MARTIN CRUZ SMITH

DAS RITUAL

Roman

Aus dem Amerikanischen
von Heinz Kausträter

WILHELM HEYNE VERLAG
MÜNCHEN

HEYNE ALLGEMEINE REIHE
Nr. 01/9765

Titel der Originalausgabe
GYPSY IN AMBER

2. Auflage

Umwelthinweis:
Das Buch wurde auf
chlor- und säurefreiem Papier gedruckt.

Der Band erschien bereits unter dem Titel
»Sing, Zigeuner, sing ...«

Wilhelm Heyne Verlag GmbH & Co. KG, München
Printed in Germany 1996
Umschlagillustration: Bildagentur Mauritius/
Fuste Raga, Mittenwald
Umschlaggestaltung: Atelier Ingrid Schütz, München
Gesamtherstellung: Ebner Ulm

ISBN 3-453-09290-2

1

Gott hat den Menschen nach seinem Ebenbilde erschaffen, heißt es. Aber Roman mußte sich fragen, welcher Gott Anspruch auf die Leiche da auf dem Aluminiumtisch erheben würde.

»Weibliche Leiche, Hautfarbe weiß, Alter zwischen zwanzig und fünfundzwanzig. Haare braun, Augen blau.« Der Gerichtsmediziner sprach in das Mikrophon am Aufschlag seines weißen Kittels. Das Kabel führte zu einem Bandgerät in der geräumigen Kitteltasche. »Die Leiche wurde in sechs Einzelteile zerlegt«, fuhr er mit monotoner Stimme fort. »Davon abgesehen scheint es sich um eine gesunde Frau gehandelt zu haben. Das Gebiß ist vollständig vorhanden, allerdings mit Silberplomben in den oberen rechten Backenzähnen. Unter dem Kinn verläuft eine kleine, schon ältere Quernarbe. Leichte Gewebequetschung am Knöchel des vierten Mittelhandknochens, verursacht durch das Abstreifen eines Ringes zu Lebzeiten des Opfers oder kurz danach. Keine weiteren Narben, Muttermale oder Leberflecke.«

Vier Männer standen um den Tisch. Roman war kein Schwächling; er war dem Tod schon vorher begegnet. Aber im Gegensatz zu ihm konnten sich die anderen, einschließlich Isadore, auf ihre berufliche Objektivität stützen. Für Roman war das verstümmelte Schreckgebilde in dem sterilen Raum eine negative Offenbarung. Nie zuvor war ihm der Gedanke gekommen, wie sehr der menschliche Körper, wenn man ihn aus seinen Einzelteilen zusammenfügt, einem mißgestalteten Kraken gleicht.

Der Pathologe hatte einen Streifen der Kopfhaut zurückgeklappt und die Schädeldecke zum Gehirn hin durchgesägt. Mit einer Hand hob er das Lid über einem der blauen Augen, dessen unmöglich verschobene Iris starr auf Roman gerichtet war.

»Keinerlei Anzeichen eines Hämatoms.«

Das Gehirn, ein rubinrotes Knäuel, wurde gewogen und in einem Glasgefäß deponiert. Der Assistent des Arztes beschriftete ein Etikett, befeuchtete die Rückseite und klebte es auf das Gefäß.

Sergeant Harry Isadore sah aus wie ein chronisch verschnupfter Schneemann – völlig fehl am Platz. Bakken und Nase schimmerten vor Kälte in kontrastierendem Blau und Rosa, und er mußte die dicken Hände reiben, um die Blutzirkulation anzuregen. Er war für einen warmen Sommertag angezogen, und seit dem Betreten des Leichenschauhauses an der First Avenue hatte seine Nase angefangen zu laufen.

»Sie müssen zugeben, daß es so einfacher ist«, sagte der Assistent, während er Arme und Beine auf eine Seite schob.

Der Pathologe öffnete die Brusthöhle, entfernte Herz und Lunge und untersuchte das Innere der Höhle nach gebrochenen Rippen. In gemeinsamer Arbeit holten er und sein Assistent den Verdauungstrakt, die Leber, Milz, Bauchspeicheldrüse und Nieren heraus. Nach beendeter Untersuchung legten sie die Organe in Einmachgläser, deren Deckel sie mit Wachs versiegelten. Der Assistent beschriftete weitere Etikette, während der Arzt eine Blutprobe zur Feststellung der Blutgruppe entnahm – zwei Männer beim Katalogisieren eines Schatzes.

Laut Polizeibericht hatte sich das Mädchen in dem Cadillac Eldorado befunden, der von Nanoosh Pulneshti gefahren worden war. Nanooshs Reise hatte in

Montevideo, Uruguay, begonnen: Er sammelte Altertümer für Roman. In Cuzco erwarb er Inka-Statuetten, in Manaus eine Kiste mit einem goldenen Empire-Service, das im 19. Jahrhundert von einem Gummibaron den Amazonas hinaufgebracht worden war; in Maracaibo stahl er silberne Kerzenleuchter aus einem verlassenen Jesuiten-Fort. Unter Umgehung der US-Zollbeamten überquerte er den Rio Grande, und drei Tage später war Nanoosh bereits auf dem Palisades Parkway und näherte sich der George Washington Bridge, die ihn nach Manhattan hineinführen sollte. Und dann war es passiert: ein Unfall, wie er sich fast täglich ereignet. Der Eldorado kollidierte mit einem Transporter, der in Newton, Massachusetts, Ausstellungsstücke für die Antiquitätenausstellung in Manhattan geladen hatte. Nanoosh und der Fahrer des Transporters waren sofort tot, als der Cadillac wie ein Taschenmesser über dem Lieferwagen zusammenklappte. Normalerweise wäre es ein Fall für die Verkehrsstreife gewesen, wenn man nicht die fast kratzerlosen Einzelteile des Mädchens am Straßenrand verstreut gefunden hätte.

»Keine Spermatozoen«, sagte der Assistent, nachdem er einen Abstrich unter dem Mikroskop betrachtet hatte.

»Könnten Sie das Alter näher bestimmen, Doktor?« fragte Isadore. Der Arzt zwängte die Kiefer noch einmal auseinander, während der Assistent den Kopf festhielt.

»Nach der Abnutzung der Zähne zu urteilen« – er brachte einen dünnen Einschnitt im Zahnfleisch an – »und nach den unentwickelten Wurzeln des dritten Molars würde ich meinen: näher an zwanzig als an fünfundzwanzig.« Er klappte die Kiefer mit einem Achselzucken wieder zu. »Keine Virgo intacta mehr, aber sie hat weder ein Kind geboren noch eine Fehlgeburt gehabt. Keine Spuren von Drogen. Kaum Kavernen. Scheint ein ordentliches Leben geführt zu haben.«

Isadore hatte Roman mitgebracht, damit er Nanoosh in seinem rostfreien Stahlfach identifizierte. Warum er aber diesem grausigen Schauspiel beiwohnen sollte, konnte sich Roman nicht vorstellen. Er wandte bewußt den Blick ab und verfolgte die schwarzen Rillen zwischen den gekrümmten Rändern der Bodenfliesen. »Die Leichenstarre hat im ganzen Körper eingesetzt. Da sie im Gesicht noch nicht nachgelassen hat, dürfte der Tod vor achtzehn bis vierundzwanzig Stunden eingetreten sein. Andererseits geht aus den Berichten vom Unfallort hervor, daß Proben von Trockeneis gefunden wurden, die möglicherweise zur Konservierung der Leiche verwendet worden sind. Der Zeitraum kann also auf zwischen zehn und dreißig Stunden ausgedehnt werden, das würde dann auch die mögliche Wirkung einer niedrigeren Temperatur auf die Muskeln berücksichtigen. Insgesamt liegen neun große Zerstükkelungswunden vor. Aus dem Fehlen von Quetschungen und Kratzwunden ist zu schließen, daß kein Kampf stattgefunden hat und daß wahrscheinlich der Kopf als erstes abgetrennt wurde. Die Eintrittswunde liegt im Nacken, in Höhe des zweiten Halswirbels. Sehnen und Muskeln sind sauber durchtrennt, und vereinzelte Haarsträhnen befinden sich im Fleisch eingebettet. Die Durchtrennung des Rückenmarks, ganz zu schweigen von der Drosselvene, läßt darauf schließen, daß der Tod auf der Stelle erfolgt ist. Die Tatwaffe war scharf, sauber und schwer und wurde mit großer Kraft geführt. Nichts deutet auf einen zweiten Schlag hin. Die Eintrittswunden zur Abtrennung der Arme liegen in den Achselhöhlen. Anscheinend wurden die Arme nach hinten gezogen, und auch hier spricht alles für nur einen einzigen Schlag. In beiden Fällen wurden die größeren Armhöcker zerschmettert, genau wie die Ellbogen bei der Abtrennung des Bizeps von den Unterarmen. Bei der Abtrennung der Oberschenkel von den Wadenbeinen wurden die Kniescheiben zerschmettert. Nicht ganz so einfach war die Sache bei der Abtrennung der Schenkel vom Becken. Allem Anschein nach wurde der Schenkel abgespreizt, der Wundeintritt liegt vorn, am Ursprung des Rectus femoris. Aber es waren beim rechten Bein mehrere Schläge erforderlich, um es vom Becken zu lösen. Die Beschaffenheit der Wunden läßt keine genaueren Rückschlüsse auf die Tatwaffe zu. Aber der Täter muß über grundlegende Kenntnisse in Anatomie und über enorme Körperkraft verfügt haben. Nichts deutet darauf hin, daß er einen Schnitt falsch gesetzt hat.«

Am Ende seines langen Berichts machte der Arzt eine Pause und warf einen Blick zu Isadore hinüber. Sein Assistent stand schon auf dem Sprung und rollte einen Wagen heran, auf dem ein Behälter mit Formalin, Alkohol und Karmin stand, der Konservierungsflüssigkeit. Isadore hielt den Wagen an und fuhr mit dem flachen Ende eines Zahnstochers unter die lackierten Fingernägel der einen Hand. Dann hielt er den Zahnstocher prüfend gegen das Licht.

»Nichts«, sagte er. »Sie war vollkommen ahnungslos. Sie hat ihren Mörder für einen Freund gehalten.«

»Ist das alles, Sergeant? Wir möchten aufräumen.«

»Moment noch!« Er wandte sich an Roman. »Noch eine Frage.«

Roman stand neben Isadore vor dem kalten Tisch mit den zur Schau gestellten Fleischteilen.

»Handelt es sich um eine Zigeunerin?« fragte Isadore.

Nun ließ sich das Hinschauen nicht länger vermeiden. Roman konzentrierte sich jedoch auf winzige

Ausschnitte, ohne das Ganze ins Auge zu fassen. Schließlich wanderte sein Blick zu den Fingernägeln, mit denen sich Isadore eben beschäftigt hatte.

»Nein. Denn dann wäre zumindest um die Nagelhaut ein brauner Halbmond.«

»Wie erklären Sie es sich dann?« fragte Isadore.

»Wie erkläre ich mir was?«

»Wie konnte sie Ihren Freund Nanoosh für ihren Freund halten?«

Roman wußte darauf nichts zu sagen. Denn schließlich war Isadore auch Romans Freund.

2

Als Isadore an diesem Morgen vor ›R. Grey – Antiquitäten‹ geparkt hatte, waren fünf Gesichter im Schaufenster zu erkennen gewesen. Eines gehörte einer Sieneser Madonna, das vollkommene Oval ihres Gesichts von der schwarzen Haube umrahmt, die Haube von einem goldenen Heiligenschein umgeben. Die Flügel jubilierender Seraphim schlugen an ihre Schultern, während sie in den Himmel aufstieg.

Auf der anderen Seite des Schaufensters hing das Bild eines Florentiner Bankiers mit der Aura von Intelligenz und Habsucht. Eine flauschige Pelzmütze schimmerte im gleichen Glanz wie die Goldmünzen, die er in den Händen wog, und die lumineszierenden Augen eines Windspiels waren auf das glitzernde Gold gerichtet. In einer Ecke stand in Rot die Inschrift: *Bottega di Ghirlandaio.*

Neben dem Bankier aus dem 15. Jahrhundert ein zweiter, der sein Bruder hätte sein können, wenn nicht die Schultern von feinem Dunhill-Nadelstreifen bedeckt gewesen wären. Außerdem war er lebendig. Isadore erkannte in ihm den Aufsichtsratsvorsitzenden der amerikanischen Aktienbörse. Der Mann ließ seine Hand zärtlich über den geschnitzten Rahmen des Bildes gleiten. Durch die randlose Brille des Börsenchefs kam ein ängstlich besorgter Blick, der Isadore eine schwache Ahnung von dem Wert des Gemäldes vermittelte. Das vierte Gesicht gehörte Roman, und es war nicht weniger byzantinisch und mysteriös als das der Madonna. Das fünfte schließlich war dasjenige von Beng, Romans kräftig gebautem schwarzem Kater, der unablässig zwischen den beiden Gemälden auf und ab stolzierte.

Der Aktienmarkt gab im Moment nur wenig her. Wie wenig, das wurde Isadore erst klar, als Roman dem Börsenmakler den Arm um die Schulter legte, etwa so wie ein Süßwarenhändler einem kleinen Jungen, der keinen Penny in der Tasche hat. Beng verschwand aus dem Fenster, ein Zeichen, daß das Feilschen beendet war. Wäre es irgendein anderer Zigeuner gewesen, hätte sich Isadore jetzt darauf gefaßt machen müssen, daß eine Brieftasche ihren Besitzer gewechselt hatte. Aber bei Roman wußte er, daß der Kunde an einem späteren Tag mit begierig zitternder Hand einen Scheck ausschreiben würde, und so betrachtete er die Szene mit ungetrübtem Genuß. Isadore leistete sich nur wenige Schwächen, und der Zigeuner war eine von ihnen.

Als der Makler nach einem letzten, zögernden Verweilen vor dem Schaufenster gegangen war, ließ sich Isadore noch eine Sekunde Zeit, um das Lächeln von seinen Lippen zu wischen. Es war wirklich kein Tag zum Lachen. Langsam stieg er aus seinem Wagen; die Aussicht auf ein Gespräch mit dem Antiquitätenhändler machte ihm dieses eine Mal keinen Spaß. Sein Blick wanderte die schmale Straße an der East Side hinunter – eine nicht eben billige Gegend, mit Häusern wie aus dem Bilderbuch, in denen die Zeitungsjungen allmorgendlich die *Times* und verschiedene Modejournale ablieferten.

Die Tür zu Romans Laden hatte kein automatisches Sicherheitsschloß, ein Umstand, der im New Yorker Antiquitätenhandel sicherlich etwas Einmaliges war.

»*Sarishan!*« begrüßte ihn Roman. »Ich sah den langen Arm des Gesetzes draußen herumschleichen, da hab' ich gleich den Teekessel aufgesetzt.«

Er war hinten im Laden, halb verborgen hinter einem chinesischen Wandschirm, aber Isadore sah, wie er grinsend zwei Tassen neben dem Teekessel bereitstellte.

»'n Morgen!« gab Isadore zurück. Ihm war nicht nach Erwiderung ihres üblichen Grußes zumute. Roman kam mit den Tassen und übertrieben gerunzelter Stirn nach vorn.

»Wieder mal dienstlich, was? Wie langweilig es bei der Polizei sein kann, weiß ich erst, seit ich Sie kenne, Sergeant.«

»Heißen Tee, Menschenskind!« knurrte Isadore. »An einem Tag wie heute, wo wir jetzt schon fast dreißig Grad draußen haben!« Bereits die Untertasse in seiner Hand trieb ihm den Schweiß aus den Poren.

»Warum spielen Sie vor mir den Banausen, Sergeant?« fragte Roman und nahm einen herzhaften Schluck aus seiner Tasse. Mit dem Fuß schob er Isadore einen Stuhl zu.

»Apropos Banause – was verlangen Sie denn für dieses Gemälde?« Isadore lehnte den Stuhl ab, ein Kompromiß, den er seinem Beruf schuldig zu sein glaubte. Am liebsten hätte er die Tasse auf dem Tisch abgestellt, aber er wollte keinen Ring hinterlassen.

»Was ich dafür kriegen kann. Das Porträt stammt möglicherweise von Michelangelos Lehrmeister, wenn Ihnen das etwas sagt.«

»Und Sie lassen es so einfach im Fenster stehen?«

»Nur, damit der Kunde es auch bei Tageslicht betrachten kann. Ich handle normalerweise nicht mit Bildern, und da hab' ich keinen Platz zum Aufhängen.«

»So, so.« Isadore schaute sich im Laden um. Ein hoffnungsloser Wirrwarr wie bei einem Pfandleiher. Aber Isadore kannte inzwischen die Preise von einigen der Stücke, und Roman hatte ihm von der heilsamen Wirkung des Durcheinanders auf die Fantasie der Kundschaft erzählt. Intarsienkommoden säumten die Wände unter aufgehängten Stühlen, daneben teilweise ausgerollte Teppiche und Gobelins und Vitrinen mit orientalischem Porzellan. Isadore kam sich immer vor wie in einem Museum, das jemand auf die Seite gekippt hatte.

»Und an die Bilder sind Sie wohl auch rein zufällig gekommen – wie an alles andere?«

»Ach, daher weht der Wind?« sagte Roman. »Sicher wollen Sie die Rechnungen und Kaufverträge sehen? Das hätten Sie auch gleich sagen können!«

»Nein.« Isadore setzte sich mit einem Seufzer. Er hielt die Tasse auf dem Schoß. »Aber sagen Sie, was hat Nanoosh Pulneshti für Sie getan?«

»Nichts. Nanoosh ist ein guter Freund von mir, das wissen Sie genau. Wieso? Steckt er in Schwierigkeiten?«

»Nicht mehr. Er ist tot.«

Isadore blickte auf, um zu sehen, wie Roman reagierte. Es war zu spät. Er sah nur noch eine seelenruhige braune Maske. Hätte ein anderer Zigeuner diese Nachricht überbracht, Roman wäre in Tränen ausgebrochen. Einen Moment lang bedauerte Isadore, daß einer Freundschaft zwischen Zigeuner und *gajo*, wie sie die Normalbürger zu bezeichnen pflegten, immer Grenzen gesetzt waren. Dann aber fuhr er fort: »Er ist bei einem Autounfall ums Leben gekommen. Laut Zeugenaussagen wollte er gleichzeitig mit einem Lieferwagen in die Auffahrt zur George Washington Bridge einbiegen. Sie kennen das ja: Keiner will nachgeben, und nun sind sie beide tot.«

»Nanoosh war ein guter Fahrer.«

»Mag sein, daß der andere im Unrecht war. Aber was soll's? Was viel wichtiger ist, wir haben eine zweite Leiche in Nanooshs Auto gefunden. Ein Mädchen; sie war ermordet worden. Brünett, hübsch, meiner Meinung nach keine Zigeunerin. Jung, blaue Augen.«

»Worauf wollen Sie hinaus?« fragte Roman.

Isadore hielt das Gesicht abgewandt, um ihm keinen Hinweis zu geben.

»Vielleicht wissen Sie, wer sie ist. Ich möchte, daß Sie sie sich einmal ansehen, das ist alles.«

Roman zuckte die Achseln. Beng zwängte sich zwischen einem Meißner Porzellanservice hindurch.

»Ich habe keine Ahnung, wovon Sie reden, Sergeant. Außerdem, woher wollen Sie wissen, daß das Mädchen nicht bei dem Unfall getötet worden ist?«

»Sie brauchen sie sich nur anzuschauen, dann wissen Sie's. Der Dreckskerl hat sie den ganzen Tag in seinem Wagen herumkutschiert, Roman. Gut, Nanoosh war Ihr Freund, aber er hatte keinen Führerschein, die Nummernschilder waren falsch, und er hatte ein Messer.«

»Na und?«

»Nicht daß ich ihm deshalb allein was aufhängen will. Aber wir haben das Zeug aus seinem Wagen über die ganze Straße verteilt gefunden. Silbertabletts, Kerzenleuchter, Statuetten. Und das Mädchen. Sein Cadillac war aufgeschlitzt wie eine Bierdose.«

»Dann haben Sie das Mädchen also nicht in Nanooshs Auto gefunden?«

Beng hatte sich neben einer keramischen Darstellung des Rheins niedergelassen und funkelte Isadore an.

»Nicht im Auto, nein. Wer schnallt schon eine Leiche mit dem Sicherheitsgurt an?«

»Und das andere Auto?«

»Das war ein Kleintransporter. Auch aufgeschlitzt natürlich, aber nichts zu machen. Der Wagen wurde kurz vor dem Unfall noch von einem Versicherungsprüfer auf den Kopf gestellt. Das ist es ja gerade, Roman. Wenn Ihre Freunde Sie mit Antiquitäten beliefern, sind nie Leute von der Versicherung in der Nähe. Sie tätigen Ihre Geschäfte eben auf ganz andere Art.«

»Der Transporter hatte Antiquitäten geladen?«

»Ja.«

»Interessant, finden Sie nicht?«

»Nein, das finde ich gar nicht. Mir ist es nämlich verdammt Ernst, Roman. Ich bin hergekommen, um Ihnen zu sagen, daß Ihr Lieferant einen Menschen umgebracht hat. Ich weiß doch, wie Sie an den Lüster da drüben gekommen sind und an diesen Wandteppich. Ich hab' Ihnen zwar nie etwas nachweisen können, aber vielleicht hab' ich mir auch nur nicht genug Mühe gegeben, denn was kümmert's mich, wenn Sie ein paar Snobs um ihre Habe erleichtern? Aber diesmal ist Mord im Spiel. Nanoosh war mit seiner Ladung – einschließlich der Leiche – auf dem Weg zu Ihnen.«

»Zwischen der Wallstreet und der 86. Straße gibt es mehr als tausend Antiquitätenhändler.«

»Aber Sie sind der einzige Zigeuner. Er war auf dem Weg hierher, in diesen Laden.«

»Der einzige Zigeuner«, wiederholte Roman. Er

warf Isadore einen kummervollen Blick zu. »Darum kommen Sie also zu mir. Wollen Sie mich verhaften, nur weil ich der einzige Zigeuner bin?«

»So war das nicht gemeint, das wissen Sie sehr gut. Wollen Sie abstreiten, daß Sie sich bei der Beschaffung Ihrer Ware außerhalb der Legalität bewegen? Kommen Sie, seien Sie ehrlich!«

»Als Freund? Da streite ich nicht ab, daß ich mich außerhalb Ihrer Legalität bewege. Aber als Verdächtiger streite ich alles ab. Und wenn ich jetzt auch mal eine Frage stellen darf: Dieser Unfall ist doch gar nicht in New York passiert, sondern drüben in New Jersey, an der Auffahrt zur Brücke in die Stadt, wenn ich das richtig verstanden habe. Was hat also die New Yorker Polizei, was haben Sie damit zu tun?«

Isadore zögerte einen Moment, aber ein Ausweichen war nicht möglich. Roman kannte die Antwort bereits.

»Man hat mir die Sache übertragen, weil ich der Experte für Zigeuner bin. Mit mir würden Sie vielleicht reden, hat man sich gedacht.«

Roman ging wortlos ins Hinterzimmer. Isadore hockte verärgert auf seinem Stuhl und fühlte sich übertölpelt. Der Schock mit Nanooshs Tod hatte seine Wirkung verfehlt, und die leise Drohung wegen der Ware hatte diesmal ebenso kläglich versagt wie beim erstenmal, als Roman vor Jahren seinen Laden eröffnet hatte. Beng sprang auf die Platte eines Sekretärs hinüber. Er sah Isadore selbstgefällig an, dann schloß er die Augen und schlief ein. Die Barthaare standen fast weiß vor dem dunkleren Fell. Isadore, der Zigeunerexperte, erinnerte sich, daß er nach dem Teufel vom Ganges benannt war. Ansonsten wußte er von dem Kater ebensowenig wie von seinem Besitzer. Roman kam zurück und warf einen Eiswürfel in Isadores Tasse.

»Warum haben Sie nicht gleich gesagt, daß Sie Ihren

Tee anders wünschen?« sagte er. Er wischte seine dunklen Hände an einem Taschentuch ab. »Wenn Sie Hilfe wollen, dann hören Sie zu! Nanoosh war Zigeuner, genau wie ich. Er hat es mit den Gesetzen nicht sehr genau genommen. Er hat Autos gestohlen, und er mochte Mädchen. Zigeunermädchen. Aber er war kein Mörder, darauf gebe ich Ihnen mein Wort.«

Das Wort eines Zigeuners, dachte Isadore. Das war wie ein Widerspruch. Andererseits war dieser Roman Grey in sich ein Widerspruch.

»Das genügt mir nicht.«

»Mehr bekommen Sie aber nicht. Nanoosh hat seine Zeit nicht mit *gaja* vertrödelt; er traute nur Zigeunern. *Gaja*-Frauen verachtete er. *Gaja*-Frauen sind Milch, sagte er, und *gaja*-Männer sind Diebe, die sich ihre eigenen Gesetze machen. Nie hätte er einen oder eine von ihnen auch nur angefaßt. Wenn Sie also den Mörder des Mädchens finden wollen, dann suchen Sie unter Ihresgleichen.«

»Für mich sind Sie der Komplize eines Mörders«, sagte Isadore. Er war aufgestanden und sah sich mit hochrotem Gesicht um, wohin er seine Tasse stellen könnte.

»Ich habe Ihnen nichts mehr zu sagen, Sergeant. Was Sie da in der Hand haben, ist echt Hancock Worcester. Seien Sie vorsichtig damit!« Er nahm ihm die Tasse aus der Hand.

»Ich könnte Sie gleich auf der Stelle festnehmen. Sie haben ja schon gestanden, daß Sie mit nicht erfaßten Antiquitäten handeln.«

»Zu schade«, sagte der Zigeuner. »Sie waren endlich mal ein *gajo*, zu dem ich Vertrauen hatte.«

Isadores Hand war in einer Reflexbewegung zu den Handschellen geschnellt, als die Ladentür plötzlich aufging. Ein junges Mädchen kam herein. Sie trug ein fransiges Indianerkleid, ein Modell, wie man es bei Saks' auf der Fifth Avenue kaufen konnte. Ihr braunes Haar wurde von einem perlenbesetzten Stirnband zusammengehalten. Sie war eine ausgesprochene Schönheit, und irgendwie kam sie Isadore bekannt vor. Nicht nur, daß er das Gefühl hatte, sie in Dutzenden von Fernseh-Werbespots gesehen zu haben; sie war genau der Typ, dem sämtliche Freundinnen seines Sohnes nachzueifern versuchten.

»Roman, hast du gewußt, wieviel Kalorien Gulasch hat?« fragte sie.

Roman verdrehte sichtlich erleichtert die Augen. Er lehnte sich an den Sekretär.

»Tausende«, fuhr sie fort. »Buchstäblich Tausende! Am liebsten würde ich monatelang nur trockenen Toast essen. Gefängnisinsassen kriegen auch nichts anderes.«

»Aber es war doch deine Idee, Dany«, sagte Roman. »Du wolltest doch unbedingt mal was echt Ungarisches kochen.«

»Aber ausgerechnet Gulasch?« fragte sie zu Isadore gewandt. »Haben Sie schon mal ungarische Mädchen gesehen? Kein Wunder, daß sie alle aussehen wie pralle Würste. Französische Mädchen essen jedenfalls nie Gulasch.«

»Ich glaube kaum, daß meinen Freund deine private Ansicht über Nationalitäten interessiert«, gab Roman zu bedenken.

»Oh, ein Freund?« Die gespielte Verzweiflung des Mädchens wich offenem Vergnügen. Sie ergriff Isadores Hand. »Freut mich ungeheuer. Roman macht mich grundsätzlich nicht mit seinen Freunden bekannt. Er hat Angst, sie könnten etwas gegen mich haben«, flüsterte sie ihm hinter vorgehaltener Hand zu. »Aber ich hätte Sie nie für einen Zigeuner gehalten.«

»Ist er auch nicht«, sagte Roman. »Darf ich vorstellen: Dany Murray – Sergeant Harry Isadore. Er ist von der Polizei.«

Ihr Gesicht verdüsterte sich, und sie zog ihre Hand zurück. »Ich hab' doch nichts Falsches gesagt, oder?«

»Nichts, wofür sie mich einsperren könnten. Es sei denn, sie hätten ein Gesetz, das den Umgang mit geschwätzigen Modenärrinnen verbietet.«

»Vielleicht gehe ich besser wieder?« meinte sie.

Roman nickte. Sie küßte ihn rasch auf die Wange und wischte es ebenso rasch wieder ab.

»Er haßt Lippenstift«, erklärte sie Isadore. In der Tür drehte sie sich noch einmal um und sagte: »Pochierte Eier.« Dann war sie verschwunden, ehe Roman antworten konnte.

Er rieb sich das Gesicht und wandte sich wieder an Isadore. Ihm war klar, daß dieser sich inzwischen etwas Neues hatte einfallen lassen.

»Nun, Sergeant, wollen Sie mich nicht festnehmen?«

»Nein. Ich möchte Sie nur mit einem anderen *gaja*-Mädchen bekannt machen.«

3

Sergeant Isadore inhalierte und hustete. Er versuchte, das Zigarettenrauchen aufzugeben, indem er kleine Zigarillos rauchte, aber er vergaß die guten Vorsätze immer wieder. Während er sich gegen die Brust schlug, überlegte er, ob sie seinen Sohn auch weiterhin wegen des Studiums vom Wehrdienst zurückstellen würden. Wenn er jetzt hier in Captain Franks Büro aus den Pantinen kippen würde, vielleicht daß sie Morris dann als sogenannten Härtefall behandelten. Aber das wäre ein verdammt stolzer Preis, nur um seinen Sohn zu Hause zu behalten.

»Sie sollten mit dem Rauchen aufhören«, sagte Frank vorwurfsvoll.

»Ich weiß.« Isadore drückte sein Zigarillo in dem Standascher aus, mit dem die Stadtverwaltung das Büro des Captains ausgestattet hatte.

»Und nun nochmals von vorn: Roman Grey oder Romano Gry? Welches ist nun der richtige Name?«

»Beide«, sagte Isadore. »Gry heißt er bei anderen Zigeunern. Grey ist für *gaja*, für Nichtzigeuner.«

»An sich liegt der Fall doch ganz einfach, Sergeant. Aber mir geht allmählich auf, wodurch er so kompliziert wird.« Franks Schädel war fast völlig unbehaart, wie bei einem eben ausgeschlüpften Vogel. Beim Sprechen wiegte er den Kopf leicht von einer Seite zur andern. »Wenn ich mich nicht irre, war schon früher von ihm die Rede.«

»Ja, er hat bereits einmal mit unserem Amt zusammengearbeitet, Captain.«

»Sergeant, wenn jemand für den Polizistenball ein paar Stühle stiftet, dann nenne ich das eine nette Geste, aber Zusammenarbeit würde ich es nicht nennen.«

»Nun gut«, pflichtete Isadore bei. »Jedenfalls reicht unser Belastungsmaterial nicht für eine Anklage gegen ihn aus. Er kann über seinen Aufenthalt in den letzten vier Tagen Rechenschaft ablegen, seine Kunden haben sich noch nie über ihn beschwert, und eigentlich haben wir nicht einmal eine nachweisbare Verbindung zwischen Pulneshti und Grey feststellen können.«

Frank schielte auf das kleine Paßfoto, das Greys Akte angeheftet war. »Sieht aus wie ein Mulatte, wenn Sie mich fragen.«

»Die Grys sind bekannt für ihre dunkle Haut«, erläuterte Isadore. »Sie sind Lovari-Zigeuner wie Pulneshti.

Grey hat eine sehr interessante Vergangenheit. Früh verwaist und von einem Richter in New York aufgezogen. Daher hat er auch das Geld, mit dem er seinen Laden eröffnet hat.«

»Sieh an, sieh an! Was wissen Sie über das Mädchen oder über Pulneshti? Irgendwas Belangloses, zum Beispiel über den Mord?«

Isadore schluckte einen Hustenanfall hinunter. »Nichts Positives. Das FBI kann mit ihren Fingerabdrücken nichts anfangen, und die Überprüfung aller Personen, die von zu Hause durchgebrannt oder als vermißt gemeldet sind, braucht ihre Zeit. Die Labortests haben keine harten Drogen festgestellt, wir konzentrieren uns also auf die Vermißtenmeldungen. Pulneshti ist wegen schweren und leichten Diebstahls vorbestraft, Autos zumeist, aber seine Verwandtschaft ist uns nicht bekannt.«

Frank tippte mit dem Zeigefinger auf Greys Akte. »Keine Hilfe von dem hier?«

»Keine. Er meint, wir würden den Schuldigen schon finden.«

Für einen Mann, dessen Hauptzerstreuung der Sarkasmus war, zeigte sich Frank immer ziemlich verdutzt, wenn ein anderer sich erlaubte, sarkastisch zu sein. Er ließ nur ein leises Knurren vernehmen.

»Wir bemühen uns, das Suchgebiet einzuengen«, fuhr Isadore fort. »Eine Beschreibung des Wagens ist an alle Polizeistellen des Landes gegangen, und wir haben einen Zoologen beauftragt, den Wagen und besonders den Kühler einmal auf Insekten zu untersuchen. Vielleicht hilft uns das, herauszufinden, wo der Wagen gewesen ist. Allerdings sieht es ganz danach aus, als ob er überall und nirgends herumgekommen ist.«

Franks Gesicht verzog sich in innerem Schmerz.

»Das ist alles ein bißchen unorthodox, ich weiß«,

sagte Isadore, »aber schließlich suchen wir ja auch keinen Normalbürger. Zigeuner tragen keine Kreditkarten bei sich, sie steigen nicht in Motels ab, haben keine Bankkonten und reden nicht mit der Polizei. Und wenn sie's tun, dann in ihrer eigenen Sprache. Da hilft keine der üblichen Methoden.«

Frank sah Isadore lange an. Sie hatten zusammen auf der Polizei-Akademie angefangen, und Isadore hatte immer die besseren Zensuren bekommen; er war derjenige gewesen, in dem man schon damals den kommenden Inspector sah. Frank dagegen hatte Befehle ausgeführt, sich nie zu lange mit einem Fall aufgehalten und immer brav an den St.-Patricks-Tag gedacht, und nun war er dem anderen um zwei Dienstgrade und einige tausend Dollar im Jahr voraus. Trotzdem verstanden sie sich.

»Harry, wir müssen den Fall schleunigst unter Dach und Fach bringen. Praktisch ist die Sache für uns ja schon gelaufen. Pulneshti war vermutlich der Mörder, und er ist tot. Aber der Chef will zurücktreten. Der Ire beim CID spekuliert auf den Posten, und der Jude im Detective Bureau nicht minder. Die District Attorneys und die Captains mit ihren Leuten stehen buchstäblich Schlange, und ich muß möglichst bald Erfolge nachweisen. Dabei hab' ich gedacht, ich könnte es langsam angehen lassen, aber dann sind mir dieses Mädchen und der Zigeuner in New Jersey dazwischengekommen. Jetzt haben sie Ihnen und mir und was weiß ich wem noch diesen Mordfall aufgehalst. Sieht ganz nach diesem Jungakademiker im Detective Bureau aus, aber möglicherweise war's auch der vom CID, die stehen sich mit der Verkehrspolizei von New Jersey besser. Einer von den beiden wird sich mit den Lorbeeren schmücken, wenn Sie diesen Fall zu einem guten Abschluß bringen. Oder aber sie rechnen beide damit, daß sie den Fall verpatzen, dann können sie sich gegenseitig die Schuld in die Schuhe schieben.«

»Warum rufen Sie nicht einfach einen von ihnen an, dann wissen Sie doch, wer dahintersteckt?«

»Weil das Telefon angezapft ist. Ich hab' schon versucht, sie zu erreichen, aber die sind doch ständig mit ihren Streifenwagen in der Stadt unterwegs. Verstehen Sie jetzt? Sie müssen den Fall lösen, sauber und schnell, und falls Sie diesen anderen Zigeuner für ein Weilchen einbuchten müssen, macht nichts, ich gebe Ihnen Rükkendeckung. Bis wir wissen, wer von den beiden die Oberhand behalten hat.« Frank schob Isadore die Akte über den Tisch zu. »Sie sind doch bekannt für Ihre Fantasie, lassen Sie sich was einfallen! Wie ich die Sache sehe, haben wir's hier doch mit geborenen Verbrechern zu tun.«

4

Im Erdgeschoß des Hauses an der westlichen 82. Straße befand sich eine Bodega mit wehender puertoricanischer Flagge über Dosen mit Papayasaft und Flaschen mit Safran. Darüber lag ein noch farbenfreudigeres Fenster. Eine gelbe Hand mit roten Lebenslinien hielt ein Pik-As. Über die Straße hinaus hing ein Schild mit denselben Symbolen in kleinerem Format und der Inschrift: ›MADAME VERA: Zukunftsvoraussagen aus der Hand und aus den Karten. Liebe und Beruf. Was ist Schicksal?‹

Madame Vera hatte diese *ofisa* einen Monat zuvor bezogen. Sie war mit ihrer zwölfköpfigen Familie aus der alten *ofisa* an der Flatbush Avenue in Brooklyn ausgezogen und in zwei neuen, aber verbeulten Chrysler-

Limousinen über die Manhattan Bridge gekommen. Gleich nach Ankunft in der neuen Geschäftsadresse holten die Mädchen einen Stapel Klappstühle aus dem Kofferraum. Die Männer brachten die Tische hinauf, und die Jungen mühten sich mit den *gonyas* die Treppe hoch. Jede *gonya* bestand aus einem Schulterriemen und zwei riesigen Beuteln an den Enden. Darin befand sich der gesamte Familienschatz: schwere Halsketten aus amerikanischen Eagles und Double Eagles, alten mexikanischen Pesos mit noch höherem Goldgehalt, aber vor allem österreichische Viererdukaten mit dem Kopf des Kaisers Franz Joseph. Nachdem Tische und Stühle aufgestellt waren, transportierten die Männer die Schlafsäcke und die *dunhas* genannten Daunensteppdecken hinauf.

Während die Männer sich bei einer Zigarette erholten, richteten Vera, ihre Geschwister und Töchter die *ofisa* ein. Sie hämmerten Nägel in die Wände, zogen Drähte von Wand zu Wand und hängten dunkelrote Vorhänge darüber, so daß der weite Raum in wenigen Minuten in Wohngemächer und Teezimmer aufgeteilt war, in denen die Frauen ihre Wahrsagerei betreiben konnten. Drei roh bemalte Leinwände wurden aufgehängt. Eine stellte eine Hand mit dem Netzwerk einer Landkarte dar, die zweite einen Buddha mit einem Kreuz und die dritte ein phrenologisches Schaubild. Horoskopzeitschriften und Zeitungsausschnitte über Django Reinhardt und Yul Brynner säumten die Wände. Insgesamt brauchten sie eine Stunde, um die *ofisa* herzurichten. Die Kunden bestanden auf einer solchen Ausstattung. Wenn sie die Treppe heraufkamen, suchten sie Aufklärung über ihre Träume oder Hinweise auf Losnummern, die ihnen Glück bringen würden. Nur ein kleiner Teil der zumeist weiblichen Kundschaft fragte nach der Zukunft. Sie reichten Vera ihre

Hand und waren meist mit ein und derselben stereotypen Auskunft zufrieden: Älteren Kundinnen weissagte sie ›Besitzstreitigkeiten, die ihnen großen Kummer bereiteten‹, jüngeren Kundinnen verhieß sie ›Mißverständnisse in der Liebe, die große Herzensnot verursachten‹. Aber auch schwierigere Fälle mit echten Geheimnissen ließen sich lösen. Die Art zu sprechen oder die Augen verschämt niederzuschlagen oder auch das Zucken in den Mundwinkeln, all das waren Buchstaben in einem Alphabet, die man nur zu Worten und Sätzen zusammenfügen mußte.

Die Familie verließ die *ofisa* gewöhnlich erst, wenn Vera den Zeitpunkt für ihren *bozur*-Trick herannahen fühlte. Ihr Opfer erkannte sie gleich beim Eintreten: eine ältere, alleinstehende Frau, deren Kinder nur einmal im Monat zu Besuch kamen. So war es auch bei dem letzten Opfer in Brooklyn. Vera verbrachte mehr als die übliche Zeit mit verständnisvollem Gespräch, ehe sie die Frau plötzlich fragte, ob sie in letzter Zeit etwas besonders quäle. Wie alle anderen Opfer zuvor nickte die Frau lebhaft. Vera vertiefte sich in ihre Handfläche und sah prompt ›etwas sehr Schlimmes‹. Sie schickte die Frau nach Hause und trug ihr auf, mit einem Ei auf dem Bauch unter ihren drei wärmsten Bettdecken zu schlafen. Am nächsten Tag war die Frau wieder da, das Ei in eine saubere Serviette gewickelt. Vera schlug das Ei auf, und aus dem Dotter grinste ihnen ein winziger, häßlicher Menschenkopf mit richtigem Haar entgegen. Dieser Teufelskopf war der Beweis dafür, daß etwas Übles – vermutlich Krebs – in ihrem Innern heranwuchs. Es war das sichere Zeichen eines bösen Fluchs.

Die Wurzel des Übels war das Geld auf dem Bankkonto der Kundin. Vera erklärte ihr, das Geld sei zu irgendeiner Zeit einmal durch die Hände eines Mörders gewandert, und dem Übel könne nur Einhalt geboten werden, wenn man den Fluch von dem Geld nehme. Natürlich verlangte sie keine Bezahlung für sich selbst, dafür war die Angelegenheit viel zu wichtig. Als letzte Probe ließ sie die Frau eine Zehndollarnote von ihrem Konto abheben, die sie zusammen mit einem zweiten Ei in einer sauberen Serviette zu ihr bringen sollte.

Als die Frau wiederkam, wollte sie Vera die Banknote geben, aber die Zigeunerin weigerte sich, sie auch nur anzurühren. Sie bat die Frau, die Serviette in eine Zimmerecke zu legen. So verging eine volle Stunde, und als sie dann das Ei zerbrach, starrte ihnen wieder ein häßlicher Teufelskopf entgegen. Nun bestand kein Zweifel mehr an dem Fluch.

Vera erklärte der Frau eindringlich, was es jetzt zu tun galt. Am nächsten Tag ging diese dann zu ihrer Bank und hob ihre Ersparnisse bis auf den letzten Cent ab, in großen Scheinen, Fünfzigern und Hundertern, »damit auch alles in diesen kleinen Beutel hineinpaßt«, wie Vera sich ausdrückte. Das Romani-Wort für den kleinen Beutel lautet *bozur*, und Vera mußte den Beutel in ihren Händen halten, wenn sie den Fluch von ihm nehmen wollte.

Die Frau verschnürte den Beutel, und unter ihren gespannten Augen begann Vera, mit dem Beutel und den Geistern, mit denen sie in Verbindung stand, zu reden. Schon bald ging sie zu inständigem Flehen über, aus Englisch wurde Romani und schließlich völlig unartikuliertes Gestammel. Sie brach zusammen, rollte die Augen und stöhnte unter dem Bann des *bozur*. Sie zerriß ihre Bluse und zerkratzte sich das Gesicht. Während sie ein besonders unheimliches Schmerzensgeheul ausstieß, schoben ihre Hände den Beutel unter die vielfachen Lagen ihrer Unterröcke und brachten einen zweiten, absolut gleichen Beutel zum Vorschein. Und dann wurde sie auf dem Fußboden ohnmächtig. Als sie wieder zu sich kam, hatte sie schlechte Nachrichten für die Frau. Der Fluch ließe sich bannen, aber nur wenn das Geld vernichtet würde. Während sich die Frau noch sträubte, deutete die Zigeunerin auf den Teufelskopf, der sie aus einem Glasbehälter heraus angrinste. Vera hatte einen Eimer mit Kohlen bereit, als die Frau endlich nachgab. Das Opfer selbst warf den *bozur* in die glühenden Kohlen, natürlich einen falschen *bozur* mit Zeitungspapier in Banknotenformat, und die beiden Frauen knieten nieder und beteten vor den züngelnden Flammen. Zum Abschluß pflegte Vera der Frau zu versichern, daß sie nunmehr erlöst sei, aber nur unter der Bedingung, daß sie keiner Menschenseele verrate, wie es geschehen war.

Natürlich rief am nächsten Tag der Bankdirektor die Söhne der Frau an, und diese ließen sich von der Mutter den ganzen Hergang berichten. Aber unterdessen waren Vera und ihr Anhang samt *gonyas* und *dunhas* in eine neue *ofisa* umgezogen.

An diesem Tag jedoch hätte jedes noch so vielversprechende Opfer enttäuscht umkehren müssen. Das Schicksal hatte Madame Vera einen Strich durch die Rechnung gemacht.

»Nanoosh, te aves yertime mander, te yertil tut o Del«, sagte Roman. Er stand mitten in dem langgestreckten Raum. Dunkle Locken hingen ihm ins Gesicht, und sein Anzug war zerrissen und schweißdurchnäßt.

»Nanoosh, vergib mir alles, was ich dir je angetan habe, und ich vergebe dir alles, was du mir angetan hast«, kam es im Chor von den rundum an den roten Sackleinwänden hockenden Gestalten. *»Te avel angla* *tute, Nanoosh, kodo khabe tai kado pimo tai mange pe sastimaste*«, sagte Vera Pulneshti. Tränen rannen über ihre zerfurchten Wangen.

»Nanoosh, vergib mir alles, was ich dir je angetan habe, und ich vergebe dir alles, was du mir angetan hast«, wiederholte der Chor. In der Mitte des Raums lag ein kleiner Stapel von Schmuckstücken, die sie zufällig getragen hatten, als sie von Nanooshs Tod hörten. Romans Manschettenknöpfe, vermischt mit Ohrringen und Halsketten. In der Düsternis spiegelten sich die brennenden Votivkerzen auf dem Altar wider, der mit einem Foto von Nanoosh und einer Miniatur der schwarzen Madonna geschmückt war.

Eines der Kinder, ein Mädchen mit matter Haut, reichte ein Tablett mit Tee herum, der mit Erdbeermarmelade gesüßt war, das einzige, was die Pulneshtis bis nach der Beerdigung zu sich nehmen durften. Roman nahm ein Glas, das er mit dem Daumen am Rand und dem Zeigefinger am Boden hielt. Vera lehnte ab und klammerte sich an Romans Arm.

»Er war ein guter Mensch. Sag selbst, wie sehr du ihn geschätzt hast. Alle haben ihn geschätzt«, sagte sie mit heiserer Stimme. Es entsprach nicht ganz der Wahrheit. Nanoosh war ein Spieler gewesen, gut auf dem Rennplatz, aber schlecht beim Kartenspiel, und er stand bei allen in der Kreide. Aber er hatte es verstanden, eine Gesellschaft in Feststimmung zu versetzen, er hatte Gitarre gespielt wie ein spanischer Gitano, und seiner Schwester oblag es, sein Lob zu singen.

»Weißt du noch, was ich zu Nanoosh gesagt habe, als du zuletzt bei uns warst? Du hast gemerkt, wie gut wir uns verstanden. Und jetzt ist er tot.«

Als Roman versuchte, sie zu trösten, stieß sie ihn von sich und watschelte grimmig zu dem Behelfsaltar hinüber. Sie riß das Foto an sich und brachte es Roman. Es war ein Polaroidschnappschuß von Nanoosh, der auf dem Kotflügel einer Limousine saß.

»Er war ein großer Rom«, versicherte Roman besänftigend. Die anderen Männer im Raum murmelten zustimmend.

»Ist das das Gesicht eines Mörders?« fragte Vera. »Glaubst du, daß dieser Mann eine alberne *gaji* getötet und sie in Stücke zerschnitten hat? Nie und nimmer! Oder willst du es mir ins Gesicht sagen, Romano Gry?«

»Das habe ich nie behauptet. Die Polizei ist zwar beschränkt, aber sie wird schon herausfinden, daß Nanoosh nichts mit der Sache zu tun hat.«

Roman glaubte, was er sagte. Isadore war nicht anders als alle *gaja* – borniert allesamt, ob es nun um das Sammeln von Kunstwerken ging oder um die Aufklärung von Verbrechen. Früher oder später würde es an den Tag kommen, daß Nanoosh nicht ins Bild paßte. Ob Isadore den wahren Täter entlarvte oder nicht, war ihm gleichgültig.

»Warum sind sie dann zu dir gekommen?« Vera trat dicht an ihn heran und drängte ihn zurück. Mit ihren stechenden Augen zwischen den wirren Haarsträhnen und den roten Streifen auf ihren Wangen sah sie wahrlich furchterregend aus.

»Du kennst sie doch. Sie wollten wissen, wohin Nanoosh wollte, und sie glaubten, ich könnte ihnen helfen.«

Veras wogende Vorderpartie hatte Roman mit dem Rücken gegen das Fenster gedrängt. Er hatte davon gehört, daß keine ihrer Kundinnen, und sei sie noch so skeptisch, je ihre *ofisa* verlassen hatte, ohne um mindestens zwanzig Dollar erleichtert worden zu sein.

»Aha! Sie dachten also, du könntest ihnen helfen?«

»Ja, weil er nämlich mit ein paar Sachen von mir unterwegs war.« Er sah in die Runde, ob nicht einer der

Männer ihm Vera vom Halse schaffen wollte. Die Aussichten waren schlecht; Vera hatte die ganze Familie unter ihrer Fuchtel. Ihr Sohn Tibo in seiner Ecke konnte einen kleineren Personenwagen anheben, um das Getriebe auszubauen. In Gegenwart seiner Mutter war er eine Maus. Selbst die Leute vom Fürsorgeamt zogen es vor, Vera Unterstützungszahlungen zu leisten, nur um sie aus den Amtsräumen fernzuhalten.

»Sieh mal, Vera, ich habe alles so weit geregelt, daß ihr Nanoosh abholen und für eine anständige Beerdigung sorgen könnt«, sagte Roman.

»Eine anständige Beerdigung!« kreischte sie. Sie wandte sich an die Versammlung, so daß alle Anwesenden ihre Vorstellung gleichermaßen bewundern konnten. »Hört euch diesen Romano an! Eine anständige Beerdigung! Man nennt meinen Bruder einen Mörder, und dieser Mann redet von einer anständigen Beerdigung!« Sie spuckte auf den Boden. »Du hast schon so lange mit den *gaja* zusammengelebt, daß du allmählich selbst einer von ihnen geworden bist. Und was ist mit Nanooshs *mulo*? Was wird heute nacht, wenn sein Geist durch die kalte Leichenhalle irrt in dem Bewußtsein, daß die Schande eines Mordes über ihm schwebt?«

Was sie da sagte, hatte durchaus nichts Lächerliches. Nanooshs Geist war aus dem Körper herausgetreten; er war tot, aber noch auf dieser Erde, ein *mulo*. Mochten die *gaja* auch nur Verachtung für alle Roma haben, ein echter Rom vergaß niemals seine Toten. Für ihn wanderten nicht nur die halbe Million noch lebender Zigeuner auf Erden, sondern auch die endlose Zahl bereits verstorbener Zigeuner, ruhelose Geister, die immer noch durch Städte und Wüsten zogen. Das war für alle in diesem düsteren Raum eine unumstößliche Tatsache.

Trotzdem mußte Roman ein Lächeln unterdrücken. Vera stellte ihre dramatische Begabung schamlos zur Schau. Ein Schaudern durchlief ihren Körper, und sie setzte ihr stark ausgeprägtes Profil ins rechte Licht. Ihre große Hakennase war fast ebenso fein geschwungen wie Romanos eigene.

»Nanoosh hat nur einen einzigen Fehler gemacht«, tönte sie. »Er hat Romano für einen echten Rom gehalten, für einen *phral*. Vielleicht ist es besser so, daß er nie erfahren hat, wie sehr er sich täuschte. Ihr wißt ja alle, ein Zigeunermädchen ist nicht mehr gut genug für diesen Mann hier. Er kleidet sich nicht mehr wie ein Zigeuner, ißt nicht wie ein Zigeuner und hat nicht mehr den Geruch eines Zigeuners. Wir sind es nicht wert, daß er sich mit uns abgibt. Er ist ein anderer geworden. Verzeih mir, Nanoosh, wenn ich dir das alles sagen muß.«

Roman seufzte. »Okay, Vera, worauf willst du hinaus? Sag's mir!«

Die Wahrsagerin brachte ihren wogenden Busen zur Ruhe und wischte sich eine Träne aus dem Auge. »Ich will nur, daß du dem *mulo* deines Freundes hilfst. Wie soll Nanoosh je ins Paradies eingehen, wenn sein Name mit dem Makel des Mordes behaftet ist? Die Polizei hat dich um Hilfe gebeten. Vielleicht haben sie sogar recht, die ahnungslosen Dreckskerle. Tu's nur! Hilf ihnen! Verschaffe ihnen den Beweis, daß Nanoosh ein ehrlicher Kerl war, daß er niemanden umgebracht hat.«

Roman sah sich außerstande, zu beweisen, daß Nanoosh ehrlich gewesen war, aber er sagte: »Ich will sehen, was ich machen kann.«

»So ist es schon besser«, sagte Vera. Und wie auf ein Stichwort trat eine ihrer Töchter mit einem Papptablett aus dem Dunkel. Darauf lag ein von Pistazien und Honig triefendes Gebäck. »Wir dürfen bis zur *pomana* nicht essen, aber du sollst essen. Du hast noch viel Arbeit vor dir.«

»Danke.« Ihm war nicht entgangen, daß Vera wieder ganz die alte war, nun, nachdem sie ihren Willen durchgesetzt hatte.

»Warum grinst du so dumm?« fragte sie.

»Aus gutem Grund«, antwortete Roman.

5

Nanooshs Beerdigung fand auf einem Friedhof in Linden, New Jersey, statt, wo die New Yorker Zigeuner schon seit Jahren ihre Toten bestatteten. Isadore sah aus der Ferne zu. Vera konnte den Drang, in der frisch umgegrabenen Erde auf die Knie zu sinken und sich zum Sarg ihres Bruders hinabzubeugen, nicht widerstehen. Die Trauergäste sprachen Romani, und Isadore konnte nur wenige Sätze verstehen. Als die Totengräber mit dem Zuschaufeln des Grabes begannen, warfen die Zigeuner Geld auf den Sarg, so daß Nanoosh von einem Gemisch aus Geld und Erde zugedeckt wurde. Dann bestiegen die Zigeuner wieder ihre Cadillacs und fuhren in Richtung Norden nach New York zurück. Roman kam auf Isadore zu, der in seinem bescheidenen Ford wartete.

»Kann ich Sie mitnehmen?« fragte Isadore.

»Ich hatte insgeheim damit gerechnet«, sagte Roman. Er stieg ein. »Haben Sie irgend etwas mitbekommen?«

»So gut verstehe ich die Sprache nun auch wieder nicht.«

Sie fuhren auf der U.S. 1 nach Norden, vorbei an Roselle und Hillside. Isadore hielt das Lenkrad gewissenhaft mit beiden Händen. Ihr Gespräch drehte sich zunächst um Isadores Sohn, mit dem er am Wochenende ein Spiel der Mets im Shea-Stadion besuchen wollte.

»Ich will ihm beweisen, daß das Leben mehr zu bieten hat als Protestversammlungen und Demonstrationen.«

»Die Mets stehen ganz oben in der Tabelle, nicht?« fragte Roman abwesend. »Jedenfalls besser als die Jets, stimmt's?«

Isadore ließ verblüfft die Kinnlade sinken. »Die Jets? Aber die spielen doch Football, nicht Baseball! Wo leben Sie eigentlich, Mann – hinter dem Mond?« Sein Kopf ruckte kurz zu seinem Fahrgast hinüber. Wollte der ihn vielleicht aufziehen? »Baseball ist der Hauptzeitvertreib in unserem Land. Nie gehört, was?«

»Baseball, Football, Jets, Mets ...« Romans Blick wanderte gelangweilt durchs Fenster nach draußen. »Haben Sie schon was Neues gehört über das Mädchen?«

»Keine Fingerabdrücke im Archiv, also sind wir auf den Bericht ihres Zahnarztes angewiesen. Und dazu müssen wir zunächst herausfinden, woher sie stammt. Aber wir kriegen es heraus, und nicht nur das, wir werden auch feststellen, woher der Wagen kam. Nanoosh hatte ihn vollgepackt mit Sachen aus Südamerika. Der Captain meint, das sei belanglos, weil die Zollbehörden nichts über Nanoosh zu berichten haben. Aber ich habe ihm ein für allemal klargemacht, daß Zigeuner nicht erst seit gestern Grenzen überschreiten, ohne den Zoll zu bemühen. Sobald der Befund unseres Zoologen über die Insekten an Nanooshs Wagen vorliegt, werden wir wissen, wo er mit dem Auto gewesen ist. Sie glauben ja gar nicht, was diese Experten alles können! Die finden eine Ameise in Bernstein, die seit Millionen

Jahren ausgestorben ist, und lesen darin wie in einem offenen Buch. Wir werden bald wissen, woher das Auto und das Mädchen stammten.«

»Sie glauben also immer noch, daß es Nanoosh war.«

»Herrgott, Roman, wer soll es denn sonst gewesen sein?«

»Also bin ich der nächste Verdächtige.«

»Ja, so ungefähr.« Isadore kaute in Ermangelung einer Zigarette an seiner Unterlippe. Roman sah, wie sehr er litt. Er hatte einen Mord am Hals, einen guten Ruf als Polizist zu verlieren, und man erwartete von ihm eine Festnahme. »Sehen Sie die Sache einmal von meinem Standpunkt, Roman. Antiquitäten und Kunstgegenstände müssen verzollt werden, wenn sie ins Land gebracht werden. Die USA haben mit den Ländern, die Ihre Freunde zu durchstreifen pflegen, gewisse Abmachungen getroffen, und wenn man das Zeug nicht auf legalem Weg aus diesen Ländern herausschafft, ist es eben Schmuggelgut. Sie sind das Haupt eines Schmugglerrings. Nanoosh ist Ihr Komplice, und er tötet ein Mädchen. Vielleicht war's auch ein Unfall, aber immerhin hat er sie hinterher zerstükkelt.« Wieder warf er Roman einen raschen Seitenblick zu. »Nanoosh war Ihr Komplize, und er hat das Mädchen abgeschlachtet. Soviel steht fest. Ich könnte den Fall zu den Akten legen, ihn als abgeschlossen betrachten. In New York gibt es pro Tag einen ungeklärten Mordfall. Das wäre reine Statistik. Aber das Mädchen ist grausam verstümmelt worden. Wie soll ich meinem Sohn gegenübertreten, wenn ich es dabei bewenden lasse? Können Sie mir das sagen?«

»Was soll ich machen?«

»Helfen Sie mir!« Er klang fast wie eine flehentliche Bitte. »Ich glaube nicht, daß Sie etwas von diesem Mädchen wußten, aber sagen Sie mir alles, was Sie wissen.

Die Anklage wegen Schmuggels könnte ich leicht fallenlassen. Ihre Kaufunterlagen sind ja eigentlich gar nicht so schlecht.«

Seine fleischigen Hände krampften sich so fest um das Lenkrad, daß sie die Farbe verloren. Vor ihnen erhob sich Newark wie eine Fata Morgana aus den Hitzewellen. Der Ford folgte dem Wagenstrom auf die Tunnels nach Manhattan zu.

»Wie wär's«, sagte Roman, »mit einem Umweg über den Turnpike zu den Palisades? Vielleicht läßt sich noch feststellen, wie es passiert ist.«

Isadore überlegte. Wenn er den Zigeuner jetzt festnähme, würde er Frank einen großen Gefallen erweisen und sein eigenes Gewissen erleichtern. Immer noch unschlüssig fuhr er bei Kearny auf den Turnpike. Der New Jersey Turnpike führt an den Tanks der Ölraffinerien vorbei nach Fort Lee und zum Palisades Parkway. Der Ölgeruch war wie der Gestank eines verwesenden Tierkadavers; sie schlossen die Fenster, und Roman zündete sich eine Gauloise an, um den Geschmack loszuwerden. Isadore lehnte dankend ab.

Der Palisades Parkway war im Vergleich zum Turnpike sauber und landschaftlich gestaltet. An seinem südlichen Ende wirkte die George Washington Bridge wie ein Briefbeschwerer. Grün-weiße Hinweistafeln forderten die Autofahrer auf, anzuhalten und die herrliche Aussicht über den Hudson zu genießen. Isadore wendete über dem ›für Unbefugte verbotenen‹ Mittelstreifen und stoppte am Fahrbahnrand.

»Was versprechen Sie sich davon?« fragte Isadore.

»Keine Ahnung.«

Sie stiegen aus und gingen zu Fuß über den Randstreifen dem Verkehr auf dieser Fahrbahnseite entgegen. Isadore zeigte auf ein paar weiße Kratzer im Asphalt. Direkt gegenüber, am anderen Flußufer, lagen die mittelalterlichen Arkaden der Cloisters im Fort Tryon Park.

»Hier hat sich der Lieferwagen überschlagen. An sich müßten an dieser Stelle noch Blutspritzer zu sehen sein, aber neuerdings werden die Fahrbahnen nach Unfällen auf Staatskosten gesäubert. Ich kann Ihnen Fotos zeigen, wenn Sie sehen wollen, wie die Blutflekken und die am Unfall beteiligten Fahrzeuge ausgesehen haben.«

Roman trat mit der Fußspitze gegen die Kieselsteine. Mit einemmal war ihm klargeworden, wie töricht es war, hier in den Steinen etwas finden zu wollen, das die Polizei übersehen hatte. Die Leute warfen ihm aus den Autos neugierige Blicke zu, wenn sie in nur kurzem Abstand an ihm vorbei auf die Brücke zufuhren. Er entfernte sich von der Fahrban und trat auf die Grasböschung. Wenn es hier etwas gab, das den Polizisten entgangen war, dann war es inzwischen längst verschwunden. Das Gras war frisch gemäht. Er rieb sich das Kinn, auf dem seit der Morgenrasur schon wieder die ersten Stoppeln sprossen.

Isadore ging zum Wagen zurück. Es konnte nicht schaden, wenn auch ein Außenstehender einmal erfuhr, wie schwer es war, Detektiv zu spielen, aber es lag ihm fern, einen Freund in Verlegenheit zu bringen. Er kam wieder zu Roman, einen braunen, mit Bindfaden umwickelten Umschlag in der Hand.

»Dies sind die Fotos, Roman. Sie werden Ihnen weiterhelfen.« Er öffnete den Umschlag und nahm zwanzig großformatige Fotos heraus.

»Danke.«

Die ersten Bilder waren von dem Abschleppwagen der Polizei aus aufgenommen. Sie zeigten die Straße auf einer Strecke von etwa hundert Metern. Ziemlich weit vorn lag der Lieferwagen auf der Seite. Der Cadillac, aufs Dach gekippt, ungefähr zwanzig Meter dahinter. Die Fundstellen der Leichen waren durch Kreuze markiert. Weiter die Straße hinunter lagen auf beiden Seiten der Fahrbahn Teile von Möbelstücken, Silberteller, Stricke und Polstermaterial. Roman erinnerte sich, daß es ein sonniger Tag gewesen war. Die Sonnenstrahlen spiegelten sich glitzernd in herumliegendem Goldgeschirr. Dazwischen markierten weitere Kreuze die Stellen, an denen die zerstückelten Teile der Mädchenleiche gefunden worden waren.

Die meisten der übrigen Fotos waren Nahaufnahmen der Fahrzeuge und der Toten. Am schlimmsten waren die Bilder von dem unbekannten Mädchen, jedes Einzelteil in einem Plastikbeutel war gesondert fotografiert worden. Roman hob den Blick von den Fotos zur Straße. Ein Sportwagen ohne Auspuffdämpfer raste soeben über die Stelle, wo man ihren Kopf gefunden hatte.

»Sehen Sie!« Isadore zeigte mit dem Finger auf die erste Aufnahme von der Unfallstelle. »Teller, Stücke von Statuetten, das Mädchen. Alles zusammen an einer Stelle.«

»Und die antiken Möbel.«

»Ja, die auch. Aber Hoddinot Sloan hat ein ganz anderes Geschäftsgebaren als Sie. Das ist ein Riesenunterschied. Die Antiquitäten waren für seinen Stand auf der Ausstellung bestimmt. In Nyack ist sogar ein Inspektor seiner Versicherung an Bord gekommen und hat die Ladung gründlich geprüft. Darum fuhr der Transporter ja auch auf dem Palisades Parkway und nicht auf dem direkten Weg über den Merritt Parkway. Der Inspektor ist dem Transporter sogar ein paar Meilen weiter nachgefahren, und wir haben Zeugen in anderen Fahrzeugen, die ihn bis zur Unfallstelle gesehen haben. Wirklich schade, daß Sie Ihre Transporte nicht auch so überprüfen lassen.«

Isadore wartete im Wagen, während Roman die Unfallstelle mit den Fotos verglich. Schließlich gab er es jedoch auf und stieg ebenfalls ein.

»Nun, wie lautet Ihre Antwort?« fragte Isadore. »Werden Sie mir helfen?«

»Dieser Sloan«, sagte Roman. Er wirkte überraschenderweise gar nicht sehr entmutigt, als er eine neue Zigarette aus seiner Packung klopfte. »Hat er seine antiken Möbel schon abgeholt?«

Isadore fädelte den Wagen in den Verkehr ein. »Nein. Warum sollte er sich die Mühe machen. Vermutlich hat er durch die Versicherung ganz hübsch profitiert, und seine Möbel sind ohnehin nicht mehr zusammenzuflicken. Außerdem ist da noch das Problem, wer die Sachen überhaupt freigeben soll. Wir haben sie zwar bei uns in der Stadt eingelagert, aber auf dem Papier gehören sie der Polizei in New Jersey. Typisches Durcheinander.«

»Er hat sich die Sachen selbst nicht einmal angesehen?«

»Wir haben ihm über die Polizei in Massachusetts Fotos geschickt. Er hat die Gegenstände identifiziert und sie als Totalverlust abgeschrieben. Man braucht kein Fachmann zu sein, um das zu sehen. Ich habe am Telefon mit ihm gesprochen und muß ganz ehrlich sagen: Er ist ein mieser Hund. Hat sich nicht mal nach dem Fahrer erkundigt.«

»Was war denn der Fahrer für ein Mann?«

Isadore tippte seufzend auf eine Papiertüte, die unter dem Polizeifunkgerät hing. Roman hatte sie bisher für eine Abfalltüte gehalten. Es war Isadores Aktenordner. Die Tüte enthielt mehrere prallgefüllte Umschläge.

»Das hier ist er«, sagte Isadore.

Auf dem Umschlag, den er Roman reichte, stand in

großen Buchstaben: LOCHER. Roman zog ein Bündel Papiere heraus, die von einer Büroklammer zusammengehalten wurden. Auf sechs Seiten hatte Isadore einen knappen Bericht über Harold ›Buddy‹ Locher, von der Geburt bis zu seinem Tode mit 29 Jahren, gesammelt; medizinische, psychologische, berufliche Gutachten, die meisten aus der Militärzeit. Er war zehn Tage vor dem Unfall als Corporal in Fort Hood, Texas, entlassen worden.

Auf der Rückseite des letzten Bogens tauchte Isadores Handschrift erneut auf. ›Locher quittierte den Dienst, um einer dritten Entsendung nach Vietnam aus dem Weg zu gehen. Ankunft in Boston am Tag vor dem Unfall. Wollte Freund besuchen, der jedoch verreist war. Einstellung bei Firma des Freundes, Einsatz auf Strecke des Freundes wegen Mangels an Fahrern. In Boston eine Nacht in Wohnung des Freundes geschlafen. Zeugen bestätigen: Er war allein. Holt beladenen Transporter in Boston ab. Transporter in Nyack, N. Y., überprüft. Zeugen sehen das Fahrzeug bis zur Brückenauffahrt und Unfallstelle. Kein Motiv, keine Gelegenheit.‹

Roman überflog auch die übrigen Seiten, ehe er die Blätter in den Umschlag zurücksteckte. »Sehr gründlich. Kein Motiv, keine Gelegenheit.«

»Eben. Allmählich scheinen Sie wohl einzusehen, daß ich nicht nur auf meinem dicken Hintern herumsitze und Zigeunern auf den Wecker falle. Natürlich war Locher ein kleiner Spinner, wenn man darunter seine Angst vor dem Sterben versteht. Aber selbst wenn er sich mit Mordabsichten getragen haben sollte, hatte er gar keine Gelegenheit, sie in die Tat umzusetzen.«

Sie bogen von der George Washington Bridge auf den Henry Hudson Driveway ab. Roman wußte, daß

Isadores Tüte auch eine Akte über ihn selbst enthielt. Mager, was seine Herkunft und Vergangenheit betraf, aber gespickt mit Verdachtsmomenten. Verdächtig, weil er ein Zigeuner war und sich nicht wie einer benahm – das allein bedeutete schon ein doppeltes Risiko. Ob Isadore wohl das amüsierte Lächeln vergehen würde, wenn er wüßte, wie lange Roman daran gearbeitet hatte, seine eigene Vergangenheit zu rekonstruieren?

Jedermann wußte von den Juden, die durch die Nazis umgekommen waren. Niemand jedoch war sich bewußt, daß auch eine halbe Million Zigeuner in den Lagern umgebracht worden waren, weil ›aus volkshygienischen Gründen und insbesondere wegen der erwiesenermaßen verseuchten Erbmasse der Zigeuner und wegen der Tatsache, daß Zigeuner unverbesserliche Verbrecher sind, die als Parasiten an unserem Volkskörper betrachtet werden müssen, es unbedingt notwendig erscheint, ihre Vermehrung zu verhindern und sie auf dem Wege der Zwangsarbeit in Arbeitslagern in den Arbeitsprozeß einzuspannen. Dieses Programm muß furchtlos und ohne jeden Vorbehalt verfolgt werden, wobei zu beachten ist, daß die Sterilisierung nur eine unvollkommene Maßnahme bedeuten würde. Es steht überdies in Übereinstimmung mit den Prinzipien eines Staates von hoher moralischer Auffassung und besonders mit denen des Dritten Reiches.‹

Dieser Brief des Gauleiters der Steiermark an den Reichsminister war Roman noch in bester Erinnerung. Er bildete die hochgeschraubte bürokratische Grundlage zu den Maßnahmen, denen seine Eltern in einem Viehwagen auf dem Transport aus Rumänien zum Opfer gefallen waren. Natürlich waren sein Vater und seine Mutter dumm gewesen. Sie waren englische Zigeuner und hatten geglaubt, für sie gäbe es keinen

Krieg. Und so hatten sie sich zur Hochzeit eines Freundes in der Nähe von Konstanza auf den Weg gemacht. Das Hochzeitsgelage hatte seinen Höhepunkt erreicht, als plötzlich der Sicherheitsdienst das Lager mit Lastwagen umstellte und mit Scheinwerfern beleuchtete, die Hochzeitsgäste in Männer, Frauen und Kinder einteilte und sie zu dem kurzen Transport zum Eisenbahnanschluß verlud.

Daß er entkommen war, war nicht vorauszusehen gewesen. Sein Lkw bildete den Abschluß der Kolonne, und der Sicherheitsdienst hielt es zu dieser Zeit noch nicht für notwendig, den Transporten eine Motorradnachhut beizugeben, wie sie es später machten, als die Eingefangenen wußten, wohin die Reise ging. Weil es hinten auf dem Wagen gedrängt voll war, durfte der fünfjährige mit dem Fahrer und dem Wachmann vorn sitzen. Auf halbem Weg zum Bahnhof hielt der Wagen plötzlich an, und der Wachmann stieß den Jungen auf die Grasböschung hinaus. Dann holte der Wagen mit erhöhtem Tempo die Kolonne wieder ein. Das war das letzte Mal, daß er seine Eltern gesehen hatte. Yoyo und Mara Gry existierten nicht mehr.

Er wanderte die Straße zurück zum verlassenen Lagerplatz, weil er nicht wußte, wohin er sonst gehen sollte. Dort saß er inmitten einer Szenerie, die aussah wie ein Zirkus ohne Personal – die buntbemalten Wohnwagen, die hungrigen, angepflockten Pferde, sogar ein Tanzbär, der verwirrt über die Wiese tapste –, und wartete auf die Rückkehr der Zigeuner. Aber es kam nur ein älteres türkisch-amerikanisches Ehepaar, das sich verspätet hatte. Sie begriffen sofort, was passiert war, und nahmen sich nur gerade so viel Zeit, um den kleinen Roman hinten in ihrem uralten Auto zu verstauen. Lazlo und Yula Kronitos waren mit dem Geld, das ihnen der *bozur*-Trick eingebracht hatte, aus den USA zurückgekehrt, um, aller Sorgen ledig, Anatolien durchstreifen zu können. Statt dessen führte sie ihre Reise nunmehr mit dem kleinen Roman durch Nordafrika nach Portugal, und die Reisekosten bestritten sie von dem schier unerschöpflichen Goldmünzenschatz an Yulas schweren Halsketten. Von Lissabon ging es mit dem Schiff weiter nach New York, wo sie den Jungen in die Obhut ihres Sohnes gaben, und als das Schiff die Rückfahrt nach Europa antrat, waren die beiden Alten wieder an Bord. Der Junge war in Yulas Augen eine ›himmlische Verpflichtung‹ gewesen, der sie sich nunmehr entledigt hatten.

Amerikanische Papiere für Roman zu beschaffen, war nicht schwierig. Er behielt den *gaja*-Namen seines Vaters – Grey – bei, weil er wirklich gut paßte. Er sprach Englisch. Und außerdem hatten es die Behörden längst aufgegeben, Geburtsurkunden für auf der Reise geborene Zigeunerkinder auszustellen. Als die Polizei dann doch die Echtheit seines Taufscheins in Frage stellte, griffen die Zigeuner zu einem anderen Ausweg. Sie ließen einen Professor aus dem Staat New York zum gerichtlichen Vormund über Roman bestellen. Dieser alte Zigeunertrick, sich unter den Schutz eines verständnisvollen, wohlhabenden *gajo* zu begeben, hatte eine lange Tradition. Jemanden, der sich für so etwas gewinnen ließ, nannten sie in ihrer Sprache einen *rai*. Diesen frisch erworbenen Titel pflegte Professor James Oliver mit »halb Milchkuh, halb Vater« zu übersetzen. Oliver war Richter in Poughkeepsie am Ostufer des Hudson gewesen, bevor er den Dienst quittierte, um Sanskrit zu studieren. Sein Interesse für Zigeuner erwachte, als er die enge Verwandtschaft zwischen dem Romani-Dialekt und der toten Sprache entdeckte, und von dem Tag an übernahm er regelmäßig das Amt des Paten bei Zigeunertaufen. Es war also keine Schwierigkeit, einen Zigeunerjungen in sein großes, leeres Haus am Hudson-Ufer einzuschleusen.

»Woher magst du stammen?« pflegte Oliver laut zu sinnieren, wenn er mit dem olivfarbigen Jungen zusammen am Tisch saß. »Ostindien? England? Türkei vermutlich nicht, trotz deiner Freunde. Natürlich bist du ein Rom, aber Lovari oder doch ein anderer Stamm? Die englischen Grys sind ja bekannt für ihre dunkle Haut und ihren klugen Verstand, das würde also passen. Dann bist du also ein Rom, lassen wir's dabei. Aber wenn du einmal von hier fortgehst, glaubst du, du könntest auch so etwas wie ein *gajo* sein?« Worauf Roman mit einem heftigen Kopfschütteln zu antworten pflegte.

Oliver machte sich ein unverhohlenes Vergnügen daraus, den klugen Jungen in allem zu unterrichten, was er für wichtig erachtete. Von seiner Amtszeit bei Gericht hatte er eine Abneigung gegen Politik und Gesetze zurückbehalten. Was er dagegen schätzte, damit dekorierte er sein Haus: Tausende von Büchern in einem Dutzend verschiedener Sprachen und eine unschätzbare Sammlung von Antiquitäten. »Das Schlimme ist ja gar nicht, daß du etwas zerbrochen hast«, sagte er zu Roman, als sie vor den schimmernden Überresten eines Kristallpokals standen, »das Schlimme ist vielmehr, daß du nicht weißt, was du da zerbrochen hast.« Und so lernte Roman – hauptsächlich, weil er das, was er zerbrochen hatte, unter der sorgsamen Anleitung seines Lehrers wieder zusammensetzen mußte.

Roman war neun Jahre alt, als er zum erstenmal fortlief. Schon vorher hatte er Wochen bei Zigeunern draußen verbracht, die durch das Hudsontal zogen, aber diesmal blieb er für ein ganzes Jahr weg; er wanderte mit einer Familie von Kalderashzigeunern bis nach

Mexico City. Als er zurückkam, fand er am Tisch seinen alten Platz vor. »Schau nicht so reumütig drein!« sagte Oliver. »Ich habe nicht erwartet, daß eine *vadni ratsa* in ihrem Stall bleibt.« Roman nahm ein Stück Brot und lächelte erleichtert. Ein *gajo*, der Verständnis für die ›Wildgans‹ hatte, war wirklich ein *rai*.

Der Tisch war immer für ihn gedeckt, ganz gleich, wie lange er ausblieb oder wie weit es ihn forttrieb, und als er aus Sorge um den *mulo* seines Vaters und seiner Mutter sich auf die Suche nach ihren Gräbern machte, zog sich seine Abwesenheit sehr lange hin. Er war eben von einem Ausflug über die bayerischen Felder, wo das Gras die ehemaligen Kalkbrüche schon wieder überwuchert hatte, nach München zurückgekehrt, als er hauptpostlagernd einen Brief in Empfang nahm. Professor James Hancock Oliver war an Tuberkulose gestorben. Alle Bemühungen, Roman per Post oder über das amerikanische Konsulat zu erreichen, waren vergeblich gewesen. Man bat um unverzügliche Rückkehr in die Staaten. Er sei in Mr. Olivers Testament als Haupterbe bedacht worden. Er saß am Ufer des trüben Flusses und verfluchte die *gaja* und ihr umständliches Postwesen. Wäre irgendwo auf der Welt ein Rom gestorben, er hätte innerhalb eines Tages davon erfahren, wo immer er sich auch aufgehalten hätte. Erst als er den Brief zum hundertstenmal gelesen hatte, wurde ihm klar, daß er zum zweitenmal einen Vater verloren hatte, während er auf der Suche nach dem ersten war. Er war zwanzig Jahre alt, und er war reich. Aber sein Reichtum bestand in genau den Dingen, die er nie gewollt hatte. Ansonsten hatte er nichts.

»Ich fahre zum Hauptquartier, Roman«, sagte Isadore. »Kommen Sie mit oder nicht?«

»Natürlich, Sergeant. Ich möchte mir doch Sloans Antiquitäten einmal ansehen.«

»Wieso denn das? Das hat ja nicht mal Sloan getan!«

Roman lachte. »Eben darum.«

6

Die Asservatenkammer des New Yorker Polizeihauptquartiers war so vollgepfropft mit Whiskykartons, Fernsehgeräten, Transistorradios und sonstigen kriminellen Beweisstücken einer Wohlstandsgesellschaft, daß das Wachpersonal es seit langem aufgegeben hatte, hier Ordnung zu halten. Sloans Eigentum bildete einen kleinen Haufen, der durch je ein Seil von einem Stapel verstaubter Kleidungsstücke und einem bedrohlich schiefen Turm aus Schreibmaschinenkoffern abgegrenzt worden war.

»Da wären wir«, sagte Isadore, der sich beim Gehen unwillkürlich den vermeintlichen Staub von den Hosenbeinen wischte. »Officer Swoboda wird Sie natürlich im Auge behalten müssen, das werden Sie verstehen. Ich habe keine Ahnung, was Sie hier eigentlich suchen. Nachher kommen Sie dann zu mir hinauf, ja?«

»Danke, Sergeant. Ich will mich nur einmal umsehen.«

»Tun Sie das«, sagte Isadore.

Roman sah ihm nach, wie er seine rundliche, traurige Gestalt zur Tür hinausschob.

Swoboda, einer der Beamten, die den Kampf gegen die Unordnung verlorengegeben hatten, ein Mann, der die Monate bis zu seiner Pensionierung zählte, wich nicht von Romans Seite, während er vor den kläglichen Überresten der Möbel niederkniete. Niemand hatte sich die Mühe gemacht, die wertvollen Stücke zu reparieren; man hatte sie lediglich nach zusammengehörigen Teilen sortiert. Wenn Roman auch dem zerstückelten Mädchen nicht mehr helfen konnte, hier kam seine Hilfe nicht zu spät.

»Sie hätten nicht zufällig eine Tube Klebstoff zur Hand?« fragte Roman.

»Ja, doch, aber das ist amtliches Eigentum.«

Roman fischte einen Zwanziger aus der Tasche. Der Beamte warf einen verlegenen Blick zu der geschlossenen Tür. Roman strich die knisternde Banknote zwischen den Fingern glatt. Es erwies sich, daß bei Swoboda der Gehörsinn der am stärksten ausgebildete war. Er holte eine Tube Leim und hielt sich für weitere Aufträge bereit.

Roman ignorierte den Mann und arbeitete sich an sein Ziel heran. Das Silber war in bester Verfassung, ein kleines Teeservice, das entweder von Coney oder von dem Hugenotten Apollos Rivoire stammte, der seinen Namen später in Paul Revere abänderte. Der schlanke Schnabel der Kanne hatte bei dem Unfall gelitten, war aber leicht zu reparieren.

Ebenso bestand kein Anlaß, die beiden Queen-Anne-Stühle auf die Verlustliste zu setzen, so sehr man auch auf die Versicherungssumme angewiesen sein mochte. Sie hatten zwei Jahrhunderte unter nahezu dauernder Beanspruchung überstanden, weil sie aus schwerem Mahagoni und solide konstruiert waren. Die Kratzer waren nur oberflächlich. Ein rascher Blick genügte Roman, um festzustellen, daß sogar die Drachenfüße noch die Originale waren. Andererseits gab es an der Intarsienuhr nicht mehr viel instand zu setzen. Das Uhrwerk quoll durch das zerschmetterte Gehäuse nach draußen. Ein Anblick, bei dem Roman fast die Tränen kamen.

Ein weiterer Totalverlust war der Schreibschrank. Man brauchte schon viel Fantasie, um sich vorzustellen, wie er einmal ausgesehen hatte. Nach Form und Intarsien eines zerbrochenen Beines war es ein Hepplewhite. Das Kirschbaumfurnier auf den Regalen war größtenteils abgeblättert, und das Oberteil mit den zerbrechlichen Schiebetüren war beim Zusammenprall vom Unterteil abgetrennt worden. Roman prüfte die Innenseiten der Schubladen, insbesondere die Vernutung. Nicht nur an den Außenflächen, sondern auch an der inneren Verarbeitung ließ sich das wahre Können eines Möbelschreiners ablesen. Ein Mann, der sich vor zweihundert Jahren Möbelschreiner nannte, gehörte einer Handwerkszunft an, deren Mitglieder auf die Zimmermannsgilde herabsahen wie ein Arzt auf einen Quacksalber. Die schwalbenschwanzförmige Vernutung hatte allen Widrigkeiten mit einer Unversehrtheit getrotzt, die auch Professor Olivers Bewunderung erregt hätte.

Eine Pappschachtel enthielt Scherben von Tiffany-Glas. Ein mittelmäßiger Windsor-Schaukelstuhl war fast völlig zersplittert. Die Seiten und der Boden einer Mitgifttruhe fesselten Romans Aufmerksamkeit für zehn Minuten. Das Motiv – Tulpe und Sonnenblume – ging auf das Connecticut der Pilgerväter zurück. Roman beendete seine Untersuchung nur widerwillig. Er hatte gehofft, irgend etwas Belastendes zu finden.

Er sah von seiner Arbeit auf. Swoboda arbeitete sich mit Hilfe eines schon stark abgenutzten Radiergummis durch ein Kreuzworträtsel hindurch.

»Ist das alles?« fragte ihn Roman.

»Hm«, knurrte Swoboda, ohne den Blick von seinem Buchstabenlabyrinth zu wenden.

Roman hob sein Jackett vom Boden auf. Es war schmutzig, und er selbst war schweißgebadet. Die

Stoppeln auf Kinn und Wangen bildeten einen blauschwarzen Schatten. Er mußte ständig aufpassen, um nicht wie ein Straßenräuber auszusehen. Er war schon halb zur Tür hinaus, auf dem Weg zu Isadores Büro, als ihm plötzlich die Fotos wieder einfielen.

»Moment! Da war doch noch etwas! Was Großes.«

Swoboda stand auf, um die Tür hinter Roman abzuschließen. Beim Aufstehen zog er versehentlich ein großes Leintuch mit, das von seiner Sitzgelegenheit zu Boden rutschte. Was er als Stuhl mißbraucht hatte, war das übel zugerichtete Oberteil eines ›Highboy‹, einer fast zweihundert Jahre alten hochbeinigen Kommode mit Schubladenaufbau.

»Was ist mit dem Klebstoff?« rief Swoboda.

Aber Roman überhörte es und zog das Tuch ganz beiseite. Das Möbelstück kam zum Vorschein. In Einzelteile zerlegt, aber vollständig vorhanden. Es war ein ungewöhnliches Chippendale-Stück mit schlanken Krummbeinen und Klauenfüßen. Die fantasiereichen Schnörkel der Ornamentschnitzerei paßten zu dem Nußbaumfurnier der Vorderseite und den gravierten Messingbeschlägen.

»Den brauche ich noch«, sagte Roman.

Die alten Dübel waren gebrochen, und die Kommode würde nie wieder aufrecht stehen. Aber darum ging es ihm nicht. Er würde sie für das Begräbnis einbalsamieren. Er strich den milchigen Klebstoff auf ein loses Teil des Schnitzwerks und drückte es an die ursprüngliche Stelle.

»Außerdem brauche ich Ihre Hilfe. Können Sie bitte mal hier festhalten?«

Mit Hilfe von Stühlen und Schreibmaschinenkoffern stützte er die Teile der Kommode ab, während er eifrig leimte. Schon bald hatte das Ziel seiner Bemühungen Gestalt angenommen. Es war eine elegante Hochkommode aus Neu-England, um 1750, aus besonders leichtem, getrocknetem Nußbaum. Sonst hätten die schlanken Beine das Gewicht kaum tragen können. Er fügte eine Bodenplatte in eine der Schubladen ein.

Die untere Leiste des spröden Nußbaumfurniers war abgeplatzt. Roman fand sie in einer Schublade. Sie trug als Zeichen eine stark stilisierte Muschelschale – zusammen mit der offenen Fußklaue und dem hohen Schnörkelaufsatz der endgültige Hinweis auf den jungen, experimentierfreudigen John Goddard aus Newport, Rhode Island.

»He, das sieht ja richtig hübsch aus!« sagte der Beamte.

»Meister Goddard würde sich über das Kompliment freuen«, erwiderte Roman. Er stand vom Boden auf. Er hatte mehr als eine Stunde benötigt, um die Kommode zusammenzufügen, und sein Hemd und seine Hose sahen aus, als kämen sie frisch aus der Waschmaschine.

»Schon fertig? Wollen Sie das Ding vielleicht so lassen? Das fällt doch sofort wieder auseinander.«

»Nur keine Angst! Sollte Sergeant Isadore nach mir fragen, sagen Sie ihm, mich hätte plötzlich das Fernweh gepackt«, sagte Roman im Hinausgehen.

Erst nach einer Taxifahrt und einer Dusche, beim Rasieren, kehrten seine Gedanken wieder zu der Kommode zurück. Da er sich dreimal am Tag rasieren mußte, um manierlich auszusehen, verbrachte er eine Menge Zeit vor dem Spiegel. Die Fähigkeit, seine Gedanken während dieser relativ toten Zeit zu konzentrieren, war sein ganzer Stolz. Die einzige Gefahr bestand darin, daß er ständig die kleine Narbe am Hals vergaß.

Mit etwas Glück würde Sergeant Isadore glauben, er hätte die Kommode nur so zum Spaß wieder zusammengeflickt. Jedenfalls hätte er im Moment nicht anders begründen können, warum er soviel Zeit mit dem Möbel vertan hatte. Von außen hatte wirklich alles ganz normal ausgesehen. Sogar die Nägel im Fichtenholz der Rückwand waren die Originale gewesen, handgeschmiedete flache Stifte. Die Schubladen glitten leicht auf geschickt reparierten Schienen, und das war auch schon die erste Unstimmigkeit. Wieso waren sie herausgeglitten? Die Stricke und das schützende Polstermaterial, die er auf den Fotos gesehen hatte, hätten eigentlich auch bei dem Unfall dem schwachen Druck der leeren Schubladen standhalten müssen. Es sei denn, sie wären gar nicht leer gewesen. Vielleicht war etwas drin gewesen – etwas sehr Schweres, das hin und her gerollt und gegen die Schubladen gestoßen war, bis der Strick riß. Vielleicht ein sechzig Pfund schwerer Torso?

Innen waren die Schubladen fleckenlos. Die Zinken der Fugen griffen sauber ineinander, oder hatten es zumindest bis vor kurzem noch getan. Jetzt allerdings waren an jeder Schublade ein oder zwei Zinken herausgerissen, obwohl andere noch so festen Kontakt hatten wie an dem Tag, an dem sie verleimt worden waren. Ihm selbst war eine solche Beschädigung erst ein einziges Mal zu Gesicht gekommen: Damals hatte jemand einen antiken Zuber mit festem Kohlendioxyd, Trockeneis, vollgestopft.

Roman hatte befürchtet, der Officer würde seiner, Romans, eigentlichen Absicht doch noch auf die Schliche kommen, aber der hatte nichts gemerkt. Während er sich an den Schubladen zu schaffen machte, fuhr er wie zufällig mit der scharfen Metallfacette seines Fingerrings über das Holz der Seitenbretter. Unter der äußeren Hartholzfläche bestanden bei allen antiken Möbeln die Innenseiten der Schubladen aus weichem Fichtenholz, und es war eine allgemein übliche Methode, das Holz leicht auszuhöhlen, um festzustellen, ob die Wurmstiche gewunden, also echt, waren oder gerade, also künstlich. Wurmstiche hatten aber auch noch eine andere Eigenschaft: Durch den Kapillareffekt wurde jeder Fleck ins Holz hineingesaugt, auch wenn er sich von der Oberfläche entfernen ließ. In der letzten Schublade hatte Roman dann gefunden, was er suchte. Dort waren die Wurmlöcher mit einer rostroten Ablagerung verstopft. Und den Unterschied zwischen Blut und einem Ölfleck kannte Roman ...

Die Rasierklinge trug die erste Schicht der Epidermis ab, dann auch die zweite und die dritte, und sofort verfärbte sich die Stelle leuchtend rot, noch ehe er merkte, daß er wieder einmal die Narbe vergessen hatte.

7

Hoddinot Sloans Haus in Massachusetts erhob sich im neovirginischen Stil vor der Landschaft New Englands. Kannelierte Holzsäulen und weiße Gesimse auf rotem Backstein, eine Reihe von Terrassentüren, die in einen gepflegten Garten hinausführten, bildeten die Fassade. Eine lange Kette von Ulmen verbarg das Haus vor der Straße nach Newton. Hoddinot Sloans Aussehen hatte ebenfalls etwas Klassisches. Über einer feinen Nase wölbten sich weiße Augenbrauen. Seine blauen Augen blickten verärgert, aber das vornehme graue Haar war glatt frisiert. Sein dünner Mund war eine Mischung aus Ablehnung und Höflichkeit.

»Würden Sie bitte noch einmal Ihren Auftrag erklären?« fragte er überhöflich, während er gleichzeitig mit seinem Körper den Eingang versperrte.

»Selbstverständlich. Das Metropolitan Museum ist

dabei, eine Übersicht über die besten Privatsammlungen früher amerikanischer Möbel zu erstellen. Für den sehr unwahrscheinlichen Fall, daß einmal ein Teil der Museumsschätze zerstört werden könnte, aber Sie wissen ja, wie es augenblicklich in New York steht. Sollte ein derartiges Ereignis eintreten, möchte die Museumsleitung wissen, wo und wie sie die beschädigten Stücke eventuell ersetzen kann. Natürlich kam auch Ihr Name ins Gespräch. Ich habe ein paarmal versucht anzurufen, aber Ihre Leitung war ständig besetzt. Und da ich ohnehin schon in dieser Gegend war, dachte ich mir, ich könnte gleich einmal vorbeischauen.«

Sloan musterte den Besucher argwöhnisch. Er sah ganz entschieden nicht so aus, als hätte er mit irgendeinem Museum zu tun. Eher mit der Mafia. Sloan hatte noch nie so dunkle Augen gesehen. Pupillen und Iris waren so groß, daß kaum mehr Platz für das Weiß blieb. Die Hautfarbe des Mannes war eine Mischung aus Schokolade und Rotwein. Sein Anzug spannte sich über den Schultern eines Schwerarbeiters. Kaum der Mann, der sich für Antiquitäten interessierte. Wenn er nicht Armenier war. Obwohl Armenier sich eigentlich nur auf Teppiche verstanden, soweit Sloan informiert war.

»Ihr Name?«

»Grey. Roman Grey.«

Aber bestimmt noch nicht lange, dachte Sloan.

»Haben Sie ein Empfehlungsschreiben oder einen Ausweis?«

»Selbstverständlich.« Roman zog einen Umschlag aus der Jackettasche und reichte ihn Sloan. Als erstes prüfte Sloan den Briefkopf. Zu seiner Überraschung stammte der Brief tatsächlich vom Museum, enthielt im wesentlichen das, was der Mann gesagt hatte, und bat um jede Unterstützung. Er war unterschrieben vom Direktor der Amerikanischen Sektion des Museums.

»Treten Sie ein!« sagte Sloan widerwillig. Er las den Brief zum zweitenmal, während Roman ins Foyer trat. Das Innere des Hauses bestätigte den äußeren Eindruck: Cremegraue Simse, eine Willard-Standuhr, eine komplette Garnitur aus vier Wandstühlen, die Patina alter Möbel und alten Geldes. Sloan beäugte seinen Gast besorgt, als erwarte er jeden Augenblick, daß dieser die Uhr unter den Arm nehmen und zur Tür hinausstürzen könnte.

»Verstehen Sie was von Antiquitäten?« fragte Sloan.

»Ein wenig.«

»Also wirklich«, sagte Sloan, der seinen Zweifel nicht verhehlen konnte. »Sie haben doch nichts dagegen, wenn ich das Museum anrufe, um mich wegen dieses Briefes zu vergewissern?«

»Keineswegs, ich bitte sogar darum.«

Sloan bat Roman nicht förmlich in den Salon, er winkte ihn lediglich mit einem kurzen Ruck der grauen Locken hinein. Es war klar, daß er den Eindringling im Auge behalten wollte. Der Brief verschwand wie ein Beweisstück in Sloans Tweedjacke. Roman postierte sich auffällig vor dem Kamin und bewunderte die Stuckornamente des Simses. Was hatte ein Mann wie Sloan von einem Raum wie diesem? Wahrscheinlich hob er ihn gerade im rechten Maße vom Rest der Welt ab.

Sloan wählte mit unverhohlenem Ärger zum wiederholten Male und knallte den Hörer dann auf die Gabel. »Irgendeine idiotische Tonbandaufnahme. Die Büros sind geschlossen und öffnen erst nach dem Wochenende wieder.«

»Oh, das ist bedauerlich, aber so ist es immer an Freitagen. Die Leute fahren alle ins Wochenende«, sagte

Roman. Er hatte nur für eine Sekunde den Atem angehalten, während sich Sloan am Telefon bemühte.

»Bedauerlich für Sie«, sagte Sloan. »Wir werden also alles auf die nächste Woche verschieben müssen. Außerdem bin ich nicht in der Stimmung, einen Fremden in meinem Haus herumschnüffeln zu lassen. Wenn mir nach Gesellschaft zumute wäre, wäre ich im Augenblick ohnehin auf der Ausstellung in New York.«

»Ja, ich war ziemlich überrascht, daß Sie nicht dort sind.«

Sloan zögerte, unsicher, ob er diesen Einwurf für ungehörig halten sollte oder nicht. »Ich wäre bestimmt dort, wenn nicht irgendein Schwachsinniger den Transporter mit meinen Ausstellungsstücken gerammt und einen Totalschaden verursacht hätte. Sie entschuldigen mich also.«

Der elegante Kopf deutete zur Haustür. Roman sah sich um. Wenn nicht jetzt, dann nie. Der Telefonanruf am Montag würde das Ende bedeuten.

»Ich kann Ihre Entrüstung durchaus verstehen«, sagte er auf dem Weg ins Foyer. »Je mehr jemand die Schönheit echter Antiquitäten zu schätzen weiß, desto tiefer trifft ihn ihre gedankenlose Zerstörung.«

»Ja, ja, Sie haben recht«, sagte Sloan ungeduldig.

»Was ich nicht verstehe . . . Wie kann ein Mann Ihres offensichtlich guten Geschmacks ein Récamier in diesen Raum stellen? Es ist, als stellte man einen Konzertflügel auf ein Floß. Es macht den Raum zu der Ecke hin ein wenig kopflastig, meinen Sie nicht?«

Sloan erstarrte während Romans einleitender Bemerkung mit offenem Mund. Das gepflegte Haar knisterte. Als Roman jedoch zu Ende gesprochen hatte, hellten sich die Augen des Sammlers, neugierig geworden, auf.

»Was *ich* meine, weiß ich. Aber vielleicht sollten *Sie*

Ihre mehr als ungewöhnlichen Bemerkungen näher erläutern.«

»Verzeihen Sie, es war nicht beleidigend gemeint.« Roman lächelte einnehmend. Er wußte: Jetzt mußte er seinen ganzen Charme ausspielen. »Es fiel mir nur auf. Aber nehmen wir andererseits diesen herrlichen Sheraton-Stuhl, den Sie drüben ans Fenster gestellt haben. Die zarte Schnitzerei an der Rückenlehne, die Verzierungen der Beine, die zugespitzten Füße – all das vermittelt den Eindruck schwebender Leichtigkeit. Es ist, als hätte der New Yorker Meister das Stück genau für diesen Raum geschaffen. Und dann dieses Récamier. Es mag ein Vorurteil sein, aber ich finde, daß dieser Empire-Stil ein Mißgriff war, vielleicht der größte Fehler, den Napoleon je begangen hat. Wie konnte es nur dazu kommen, daß ein Diwan, ein Tagesbett, zum Objekt des Größenwahns wurde? Die Stile der Ägypter und der Römer lassen sich nun einmal nicht miteinander vermischen, gleich wieviel gutes Mahagoni man dabei auch verschwenden mag. Es ist zu bedauern, daß die amerikanischen Kunsttischler eine derart einfallslose Phase durchmachen mußten.«

Sloan hörte aufmerksam zu. »Ich schätze Ihre Offenheit, Mr. Grey. Bei Ihrem Sachverstand könnten Sie mir vielleicht auch sagen, ob Farbe und Vergoldung des Récamier echt sind?«

Roman nickte und ließ sich auf den Boden hinab. Er sah, wie sich Sloans Mundwinkel verächtlich verzog. Entlang der Sofaleiste verlief eine Reihe von verschlossen dreinblickenden Sphinxen. Hier, an dieser Stelle, sollte er wohl die Oberflächenbehandlung mit der Hand prüfen und dann frisch drauflosraten. Statt dessen tauchte plötzlich ein kleines Taschenmesser in seiner Hand auf. Die Spitze der Klinge folgte dem Goldbelag auf dem massiven Bein des Récamier, um dann, ehe Sloan es sich anders überlegen konnte, ein winziges Goldblättchen herauszuschälen. Er hielt es wie auf einem Tablett, während er sich erhob, und nahm es dann auf die Zunge. Er schloß den Mund und preßte das Blattgold gegen den Gaumen. Nachdem er sich eine Meinung gebildet hatte, rieb er seine Zunge mit einem Taschentuch sauber.

»Es ist die ursprüngliche Auflage, aber es ist kein Gold. Es handelt sich ohnehin um ein Récamier aus Boston, und die hiesigen Möbeltischler waren in der Verwendung von Gold schon immer sehr zurückhaltend. Ich hatte also von vornherein meine Zweifel. Nein, es ist Orpiment. Ein herrliches Gelb, aber schon lange nicht mehr gebräuchlich, weil es giftig ist, ein Arsensulfid. Es hat sich nur so lange gehalten, weil es in venezianischem Terpentin aufgelöst ist. Da die Orpimentschicht also echt ist, dürfen wir annehmen, daß auch die Farbe darunter echt ist.«

»Erstaunlich«, sagte Sloan, ehrlich beeindruckt. Seine Einschätzung des Besuchers änderte sich mit einem Schlag. »Ich habe eine Woche gebraucht, um zu demselben Schluß zu kommen. Ein Freund hat es mir zu Begutachtung hiergelassen, und dies bestätigt meine Ansicht. Und auch was Sie über den Empire-Stil sagten, ist ganz meine Meinung. Trotzdem äußerst erstaunlich. So etwas habe ich noch nie gesehen. Haben Sie sich etwa vergiftet?«

Roman lächelte. Sloan war nun schon erheblich herzlicher als vorher. »Das nicht, aber ich wäre doch dankbar, wenn ich mir rasch den Mund ausspülen könnte.«

»Aber selbstverständlich. Ich hole Ihnen ein Glas Wasser. Inzwischen können Sie sich im Rosengarten umsehen. Ich habe dort zwei Marmorbecken von Houdon, die Ihnen vielleicht gefallen werden. Hier lang, bitte!«

Der Rosengarten lag auf der anderen Seite des Hauses, der Schattenseite, so daß die Blumen den ganzen Sommer über aushalten konnten. Roman machte es sich auf einem Eisenstuhl vor den Marmorbecken bequem und begann, über Hoddinot Sloan nachzudenken. Wenn der Fisch auch noch nicht am Haken zappelte, so knabberte er doch sehr interessiert an dem Köder.

»So, da wären wir!« Sloan kam aus einer Tür am anderen Ende des Hauses, wohl aus der Küche. Er trug ein Tablett mit einer Flasche Weißwein und zwei Gläsern. »Zum Mundausspülen ist ein guter Jahrgang immer noch das beste.« Er stellte das Tablett auf den Tisch zwischen ihnen. »Was halten Sie von den Becken?«

»Viel attraktiver als Madame Récamier.«

Sloan lachte. Echte Zähne, stellte Roman fest. Für einen Mann Ende der Fünfziger hatte er sich erstaunlich gut gehalten.

»Das war ein verblüffender Trick. Woher haben Sie ihn?« Es klang aus Sloans Mund keinesfalls neidisch, eher wie eine Mischung aus Neugier und Kompliment.

»Oh, eine alte Methode«, antwortete Roman. »Die Schwierigkeit besteht in der Unterscheidung von den anderen Sulfiden, die als Pigment Verwendung fanden. Allerdings hat Arsen ja nun wirklich einen eigenartigen Geschmack. Entschuldigen Sie!« Er spie einen Mundvoll Vouvray ins Gras.

»Bittermandel, nicht wahr?« fragte Sloan.

Roman nickte. »So ähnlich. Woher wissen Sie?«

»Aus Detektivromanen. Ich lese wohl hundert im Jahr«, gestand Sloan nicht ohne Stolz. »Ich wünschte nur, die Lösung wäre nicht gar so leicht zu finden. Aber zurück zu den Sulfiden ... Gibt es noch andere Methoden, sie voneinander zu unterscheiden?«

»Aber ja. Sie legen eine Probe in einen Löffel und halten ein Streichholz darunter. Die Gerüche sind oft sehr kennzeichnend. Und als letztes Mittel bleibt dann noch die Verbrennung. Sie können doch sicher eine Flamme auf Pigmente oder auf Zink ausdeuten.«

Sloan lächelte verständnisvoll, aber seine Augen verrieten völlige Unwissenheit. Die beiden Männer waren nunmehr ebenbürtig, Freunde sogar, zumindest so lange, bis Sloan sich die Kenntnisse seines sonderbaren Besuchers angeeignet hatte. Mit der vagen Bemerkung von der ›alten Methode‹ konnte er sich einfach nicht zufriedengeben.

»Sie sammeln selbst?« bohrte der Gastgeber.

»O nein, ich studiere. Ich verfüge leider nicht über die Mittel, um mich wie Sie mit schönen Stücken zu umgeben. Ich begnüge mich mit dem Wissen. Von Zeit zu Zeit berate ich einen Anfänger unter den Sammlern.«

Wieder verzog Sloan den Mund zu einem verstehenden Lächeln. Es gab viele Leute, die sich mit dem Erwerb eines oder zweier Chippendale-Stühle – gewöhnlich noch zu überhöhten Preisen – in die feine Gesellschaft einkaufen wollten. Sein Gast wurde immer interessanter.

»Ich muß mich entschuldigen«, sagte Roman. »Ich nehme Ihre kostbare Zeit in Anspruch, wo ich doch gehen wollte. Vielen Dank für den Wein; ich schätze Loire-Weine über alles. Aber nun muß ich gehen. Die Fahrt in die Stadt ist lang.«

»Warten Sie!« sagte Sloan, als ob es ihm eben erst eingefallen wäre; dabei hatte er in der letzten Minute an nichts anderes gedacht. »Haben Sie ein Zimmer in Boston?«

»Nein«, gestand Roman. »Ich arbeite nur noch diese Woche für das Museum. Darum bin ich heute bei Ihnen vorbeigekommen. In der nächsten Woche wird man Ihnen jemand anders schicken.«

Das genügte Sloan.

»In dem Fall bestehe ich darauf. Sie müssen übers Wochenende bleiben. Der Direktor ist ein alter Freund von mir, da muß ich ihm doch behilflich sein. Außerdem ist es mir ein Vergnügen, meine Sammlung jemandem zu zeigen, der sie zu schätzen weiß. Ich werde das Gästezimmer herrichten lassen. Die Diener werden Ihr Gepäck aus dem Auto holen. Sie haben doch keine anderen Pläne für das Wochenende?«

Es war mehr ein Befehl als eine Frage, aber Roman gab sich zunächst noch zögernd, wie es der Anstand verlangt.

Sloan zwinkerte ihm zu. »Sie kann warten. Sie warten doch immer.« Es sollte wie eine Feststellung von Mann zu Mann klingen, aber unwillkürlich war auch etwas von den fantastischen Vorstellungen der Oberschicht über das Geschlechtsleben der ›Andersartigen‹ eingedrungen. Wie oft war Roman diesem Mythos schon begegnet, wenn er mit einer *kumpania* unterwegs war und die *gaja* am Straßenrand sich gegenseitig anstießen und über die Zigeunermädchen mit ihren frühreifen Brüsten und grellbunten Unterröcken zu tuscheln begannen – in völliger Unkenntnis der Tatsache, daß es kein keuscheres Wesen gab als eine Zigeunerin. Das Mädchen, das seine Jungfräulichkeit verlor, verlor auch seinen Platz am Roma-Feuer.

»Nun gut«, sagte Roman. »Wenn Sie wirklich darauf bestehen.«

Nach einem weiteren Glas kam ein Dienstmädchen und führte Roman auf sein Zimmer. Sein Koffer war bereits oben und lag geöffnet auf dem Bett, sein Reisenecessaire im Badezimmer. Er wusch sich unter den Armen, rasierte sich und legte sich aufs Bett. Die Vorhänge wären sicher leicht zu rekonstruieren gewesen, wenn er Isadore gewesen wäre. Er stierte leeren Blickes an die schwärzlichbraune Decke, die so geschmackvoll zu der georgianischen Einrichtung des Zimmers paßte. Nanoosh ... Eine Chippendale-Kommode ... Eine zerstückelte Leiche, die einen Unfall zu einem Mord werden ließ ... Ein Begräbnis mit Madame Vera ...

Hoddinot Sloan. Ein Mann, der sich sehr für Antiquitäten interessierte und leidlich viel davon verstand. Reich, wodurch? Walfang, Sklavenhandel, Rum? Es spielte keine Rolle; Geld – das war allgemein anerkannt – erhielt seinen Glanz erst mit dem Alter. Ein Snob, ein Mann, dem der Umgang mit anderen Menschen schwerfiel. Die Tweedjacke und der zitronengelbe Rollkragenpullover, das Bankiersprofil, der Siegelring mit dem Wappen – all diese Dinge waren wie die Möbel, mit denen er sich umgab. Ein besitzgieriger Mann, ein Mann, der eigentlich Hals über Kopf nach New York hätte abreisen müssen, empört über den Verlust der kostbaren Wagenladung. Ein *gajo* deutlichster Prägung, der sich aus irgendeinem Grund nicht wie ein solcher benahm.

Was hatte er gesagt? Daß ihm nicht nach Gesellschaft zumute wäre. Sloan war nicht der Mann, der zu Hause blieb, um allein zu sein mit seinen Gedanken. Er wartete auf etwas. Nicht auf einen Menschen, denn dann hätte er nie einen Fremden zum Bleiben überredet. Der Trick mit dem Récamier allein hätte wohl kaum ausgereicht zu einer solchen Einladung. Sloans Gier hatte das besorgt. Sie war nicht stark genug, um ihn zur Reise nach New York zu bewegen, aber doch stark genug, um sich für ein paar kostenlose Auskünfte einen Fremden ins Haus zu holen. Ein unangenehmer Mensch, dieser Hoddinot Sloan.

Ein Mädchen klopfte an die Tür und meldete, das Essen werde aufgetragen. Roman grub ein frisches

Hemd aus seinem Koffer, zog es an und streifte eine Krawatte darüber.

8

»Da sind Sie ja!« sagte Sloan mit Entdeckermiene, als Roman ins Eßzimmer trat.

Der Tisch war für drei gedeckt, Royal Worcester auf San-Domingo-Mahagoni. Das Eßzimmer ähnelte den anderen Räumen, die Roman bereits gesehen hatte, nur prangte hier zusätzlich noch ein patriotischer hölzerner Adler.

Sloan zog eine Flasche Weißwein aus dem Silberkübel und füllte die Gläser. Gewissermaßen als Vortischplauderei fragte er Roman, ob er die verschiedenen Stücke im Zimmer identifizieren könne. Es war eine einfache, ermüdende Aufgabe, aber Roman entledigte sich ihrer mit einem Lächeln. Welche anderen Gemeinsamkeiten sollte sich Sloan zwischen ihnen vorstellen können? Liebe? Haß? Ein zerstückeltes Mädchen? Es war ein zarter Hinweis auf Romans gesellschaftlichen Rang, daß Sloan sich nicht einmal die Mühe machte anzudeuten, wer noch bei Tisch sein würde, bis sie schließlich hereinkam.

»Oh, Hillary, wir haben uns schon gewundert, wo du bleibst. Dies ist Mr. Grey; er bleibt übers Wochenende. Meine Tochter.«

Hillarys Hand war kühl wie das Weinglas. Roman hatte ihr Bild im Salon gesehen, in einem Rahmen von Biddle, Banks & Bailey. Auch als sie sich setzte, wirkte sie immer noch wie in einem Rahmen aus gediegenem Silber. Ihr Haar war lang und sehr blond, fast weiß. Von ihrem Vater hatte sie die eisblauen Augen geerbt und den vollen Mund von jemand anderem. Sie trug eine schicke Bluse, eine lange Hose und eine bestickte Lederweste. Roman schätzte ihr Alter auf neunzehn.

»Mal was Neues!« sagte sie zur Begrüßung.

»Auch ich freue mich, Sie kennenzulernen«, erwiderte Roman. Und bevor sie Anstoß nehmen konnte, bot er ihr den Anblick leuchtendweißer Zähne vor dem Hintergrund eines dunklen Gesichts.

Sie schaute von Roman zu ihrem Vater, um sich über die Zusammenhänge klarzuwerden. »Ich dachte, ich kenne alle deine Freunde, Vater.«

Sloan errötete. »Mr. Grey ist hier, um eine Liste der Sammlung für das Metropolitan Museum anzufertigen.«

»Ah.« Es war knapp und informativ. Sie hatte nicht nur ihren Vater gedemütigt – mit einer Leichtigkeit, die lange Praxis verriet –, sondern auch den Gast in seine Schranken verwiesen. Es entstand eine verlegene Pause, während sie unschuldig die Serviette auf ihrem Schoß glättete.

»Fangen wir an!« sagte ihr Vater so plötzlich, als sei das ein guter Einfall.

Das Abendessen bestand aus einem verkochten Kabeljaufilet und einem Salat, das typische Essen für einen Mann mittleren Alters, der auf sein Gewicht achten muß. Roman bekam Mitleid mit Sloans Verdauung, als das Mädchen mit sanfter, freundlicher Stimme das Gespräch von einem heiklen Thema zum andern führte. Wie ein Chirurg, der mit dem Skalpell umhertastet, nicht um Schmerzen zu lindern, sondern um sie zu verursachen.

»Mein Vater ist ein ausgezeichneter Sammler. Ich freue mich, daß Ihr Museum sich dessen endlich bewußt wird. Ich möchte wetten, es gibt keinen zweiten Mann in ganz Boston mit seinem scharfen Blick fürs

Wertvolle. Weißt du noch, damals« – sie wandte sich hilfesuchend an ihren Vater –, »als diese alte Irin dich bat, du möchtest dir doch einmal ihre Spiegelkommode ansehen. Sie war nämlich ihr Leben lang bei einer der Cabot-Familien angestellt gewesen, und alles, was ihr dafür zuteil wurde, war eine schmutzige alte Kommode. Sie lief praktisch in Lumpen umher, hast du mir damals erzählt. Nun ja, jedenfalls hatte Vater mit einem Blick erkannt, was es war: Eine – wie sagt man? – William & Mary, das war's. Er zahlte ihr 50 Dollar dafür, schaffte das Ding hierher, reinigte es und verkaufte es zwei Monate später für 3000 Dollar.« Sie schnitt mit dem Fischmesser über das weiche Rückgrat des Kabeljaus. »Meine Freunde sind alle gegen den Krieg. Das heißt, die Hälfte von ihnen ist irgendwo in Kanada, und die anderen versuchen, sich vor der Musterung eine Zehe oder sonst was zu brechen, um sich nicht zu Kanonenfutter machen zu lassen. Wenn Sie mich fragen, erfordert das mehr Mut, als sich einfach zu den Fahnen holen zu lassen. Aber so originell sind sie gar nicht, diese Knaben. Vater war zu seiner Zeit schon genauso clever wie die Jungs von heute, und dabei war es damals im Zweiten Weltkrieg viel unpopulärer. Damals gehörte schon echter Mumm dazu, Rükkenschmerzen vorzutäuschen, stimmt's nicht, Vater?«

Als sie endlich fertig war, hatte sie ihren Vater so sauber zerpflückt wie ihren Fisch. Sloan hatte die wäßrigen Augen eines Boxers, der schwer angeschlagen ist, aber noch nicht zu Boden gehen will. Das Ungewöhnliche an den Attacken des Mädchens, und was sie um so wirkungsvoller machte, war das Fehlen jeglichen Gefühls. Sie handelte nicht aus gekränkter Liebe oder verletztem Stolz, wie es bei einer Tochter denkbar wäre. Wieder wurde Roman an den seltsam abwesenden Ausdruck auf dem Bild im Silberrahmen erinnert. Von ihrer Mutter existierten keine Fotos im Haus. Diejenigen, auf denen Sloan und das Mädchen zusammen zu sehen waren, bestätigten den Eindruck, daß er seine Tochter außer zum Porträtieren nie auf dem Schoß gehalten hatte. Er gehörte zu der Sorte von Vätern, die ihre Töchter von einem Internat ins andere schicken, sich – wenn überhaupt – einmal im Jahr, am Vatertag, sehen lassen und dann mehr den Kontakt zu anderen Vätern pflegen, als zu ihren Töchtern. Jetzt zahlte er dafür.

Sie war kein Kind mehr. Roman spürte ihre physische Gegenwart, die Linie, die von ihrer Wange über den stilvoll langen Hals zu der lässig aufgeknöpften Bluse hinabführte, und die Tatsache, daß kein Halter ihre jungen Brüste behinderte, wenn sie sich entweder ihrem Vater oder dem Fisch auf ihrem Teller zuwandte. Gleichzeitig war er sich bewußt, daß sie ihn studierte. Es war ungewöhnlich genug, daß ein Mann wie er ihr gegenübersaß, ob er nun vom Museum kam oder nicht. Die vereinzelten Elektroschocks, die sie gegen ihn richtete – »Ich war schon immer der Meinung, daß Immigranten viel besser verstehen, wie bestialisch unser Land ist« –, bewirkten keine Reaktion, und das verwirrte sie noch mehr.

Roman kam sich allmählich schäbig vor, daß er sich in diese ›Familie‹ eingeschmuggelt hatte und Zeuge eines Tischgesprächs wurde, das – abgesehen vom Niveau – sich in nichts unterschied von Millionen anderer Gespräche in amerikanischen Häusern. Er mußte sich immer wieder einreden, daß es unumgänglich war. Die *vilos*, die alten Hexen in Rumänien, konnten ihre Zauberkraft über eine Person nur zur Wirkung bringen, wenn sie etwas von ihr besaßen, einen Fingernagel oder ein Haar. Etwas, das diese Person greifbar, gegenständlich machte. Roman unterstand nicht dem Bann der Magie, aber er begriff, worauf es dabei ankam. Er brauchte die frostige, arrogante Atmosphäre, mit der sich die Sloans umgaben, sonst wäre er blind, wie er es draußen auf der Autostraße gewesen war, als er ein Stück der Fahrbahn und eine Handvoll Fotografien zu enträtseln versucht hatte. Er war kein Detektiv. Für ihn war dies die einzig mögliche Arbeitsweise, die der Roma.

Hillary sprach von einem Rock-Festival in den White Mountains in New Hampshire. Sloan hörte mit einem mißbilligenden Stirnrunzeln zu. Während sie sprach, hob sie die Arme hoch über den Kopf, und die Abdrücke der Brustwarzen unter ihrer Bluse trieben die Einschüchterung des Vaters einen weiteren Schritt voran. Sloan wandte den Blick ab.

Roman beobachtete die Szene mit Interesse. Nur wenige *gaja* verstanden die Körpersprache, und das Mädchen wußte wahrscheinlich selber nicht, wie gut es ihr gelang, ihren Vater zu verunsichern. Nachdem sie sich ausgiebig und genüßlich gereckt und festgestellt hatte, daß Roman die Augen nicht verschämt auf die Salatblätter senkte, stierte sie ihn direkt an. Aber noch immer wandte er den Blick nicht ab.

»Das ist eine hübsche Jacke«, bemerkte er. »Ziegenleder hatte im Mittelalter eine religiöse Bedeutung. Besonders schwarzes Ziegenleder.«

»Oh, davon hat sie auch eine«, warf Sloan rasch ein; er mußte doch zeigen, was er ihr alles gegeben hatte.

»Wirklich? Sie scheinen ja Experte auf allen möglichen Gebieten zu sein«, bemerkte Hillary zu Roman. Er sah, wie sich die Pupillen ihrer blauen Augen vor Abneigung verengten. »Und was ersieht man daraus? Diejenigen, die sich die Dinge nicht leisten können, wissen immer am meisten von ihnen.«

»Das ist leider nur zu wahr«, bestätigte Roman mit einem entwaffnenden Lächeln.

Der Nachtisch wurde aufgetragen, Kristallschalen mit Halbgefrorenem. Sloan stocherte entmutigt darin herum. Seine Tochter nahm einen Löffel, pries es in übertrieben hohen Tönen und ließ das zitronenfarbene Eis zu einem trüben, flüssigen Brei zusammensinken. Roman vertilgte seine Portion genüßlich.

»Hast du dir oben in den White Mountains Zimmer reservieren lassen?« fragte Sloan. Es war ein letzter Versuch, seine Rolle als Patriarch durchzusetzen.

»Zimmer reservieren? Das wäre wohl nicht ganz angebracht bei einem Rock-Festival«, sagte Hillary in einem Ton, als müsse sie einem zurückgebliebenen Kind etwas klarmachen. Ihre Nüstern weiteten sich, und ihre Fingerspitzen hoben sich leicht von der Tischplatte.

»Zigarette?« Roman hielt ihr seine Packung Gauloises hin. Weil er damit ihre Gedanken genau erraten und ihre kaum merklichen Gesten richtig gedeutet hatte, nahm sie an, bevor sie sich zur Ablehnung entschließen konnte. »Sie sind sehr stark, aber ich habe keine anderen«, sagte er.

Die Zigarette zurückzugeben wäre ein Eingeständnis von Schwäche gewesen. Hillary ließ sich von ihm Feuer geben.

»Très chic«, sagte sie mit einer knappen Bewegung der Gauloise.

»Schick ja, aber kaum schicklich für Damen. Und vor allen Dingen billig«, gab Roman zurück.

Sloan suchte das Gespräch auf das Festival zurückzuführen. Seine Tochter lieferte ihm bereitwillig die Stichworte. Das Verhältnis zwischen dem Mädchen und dem Besucher hatte sich geändert. Sie spielte sich vor ihm auf. Roman lehnte sich zurück und beobachtete die beiden: die höfliche Grausamkeit der Sloans, ihr Royal-Worcester-Porzellan, der Intarsien- und Mahagoni-Wohlstand, die wurmstichige Ahnengalerie der Sloans, ihr Haar, ihre Fingernägel.

Um seine Fantasie auf die Probe zu stellen, dachte er sich eine zerstückelte Leiche auf dem Tisch zwischen Vater und Tochter und überlegte, ob sie in den Rahmen paßte.

9

Es war keine gute Nacht zum Schlafen. Das Bett bestand aus lauter weichen Kissen, und die Sloans wirbelten in einem lichtlosen Antiquitätenladen umher. Was sie sagten, konnte er nicht verstehen. Schließlich schlief er auf dem Fußboden ein.

Am Morgen gab es ein kontinental-europäisches Frühstück – Croissants und Kaffee. Die Köchin braute ihm einen doppelt starken, und er schüttete massenhaft Zucker hinein. Es war noch vor acht, und nur er und das Personal waren auf. Als er fertig war, ging er hinaus in den Garten.

Sloans Vorliebe für alles Virginische zeigte sich auch in der Gartengestaltung. Nirgends eine einheimische Konifere, und die wenigen Ahornbäume waren kaum geduldet. Der Garten mit den Marmorbekken war durch eine Pergola vom Rosengarten abgetrennt. Ein Stück weiter den Rasen hinunter stand eine zweite Pergola, die einem kleinen Treibhaus als Tarnung diente. Er schlenderte gemächlich hinüber und fand nichts Verdächtigeres als Ungeziefervertilgungsmittel. Um nicht über den Hof zurückgehen zu müssen, schlug er den Weg zur Auffahrt ein. Dort parkte ein gelber Buick-Kombi. Er folgte der Auffahrt zur Frontseite des Hauses. An deren westlichem Ende lagen zwei Räume, die er noch nicht gesehen hatte, ein Büroraum und eine Werkstatt mit sauber in Reihen aufgestellten Farbdosen und, an Wandhaken aufgehängt, Beinen und Armlehnen von ausrangierten Möbelstücken.

»Suchen Sie etwas?«

Hillary war von der Gartenseite her gekommen. Sie trug einen grünen, einteiligen Reitanzug und hohe Stiefel. Sie hatte die Hände in die Hüften gestemmt, und die Wirkung des Grüns und ihres weißgoldenen Haars entsprach genau ihrer Absicht.

»Ja, Sie«, sagte Roman. »Das Haus ist wunderschön, aber ich hatte gehofft, jemanden zu treffen. Ich bin anscheinend ein Frühaufsteher.«

»Anscheinend«, sagte Hillary, und um die Spannung zu lockern, fuhr sie fort: »Ich kann nicht sagen, daß es mir gefällt. Wir hatten früher ein Haus in Cambridge. Als Mutter starb, haben wir es verkauft. Zu viele neue Nachbarn, meinte Vater. Da haben wir dieses gekauft. Ich mag es bis heute nicht.«

»Wie lange ist das her?«

»Zwölf Jahre. Aber ehe ich's vergesse, ich soll Sie holen. Er ist beim Frühstück.«

Hoddinot Sloan schien sich vom Abendessen erholt zu haben. Er bestrich ein halbes Hörnchen mit Marmelade, während er Roman begrüßte.

»Gut geschlafen? Das ist übrigens ein Baldachinbett mit Oktogonalsäulen in Ihrem Zimmer, haben Sie's bemerkt?«

»Das hat er sicher bemerkt«, warf Hillary ein. Sie goß Milch und Kaffee gleichzeitig in ihre Tasse.

»Was ich von dir nicht sagen kann«, gab ihr Vater zurück, um dann fortzufahren: »Seit Jahren versuche ich nun schon, Hillary für Antiquitäten zu interessieren. Aber sie hat immer nur Pferde und Hippies im

Kopf, eine recht aparte Kombination, zugegeben, aber doch nichts für den Geist!«

Auch unter Sloans gepflegter Oberfläche verbarg sich eine gehörige Portion Aggressivität. Das Essen am Vorabend war sicherlich nicht normal verlaufen; Sloan war nicht der Mann, der sich selbst ein Publikum zu seiner Hinrichtung einlud.

»Vater nimmt Anstoß«, sagte Hillary. Sie verschränkte die Arme, und der Reitanzug spannte sich über ihrer Brust. Sloan wußte noch immer nicht, wie er der unübersehbaren Reife ihres Körpers begegnen sollte. Sex war, wie gewöhnlich, die stärkste Waffe. »Springen Sie?« fragte sie Roman.

»Gelegentlich, wenn ich mich aus Versehen in heißen Sand setze.«

»Nein, sie meint Springreiten. Das ist ihr Hobby«, sagte Sloan.

Hillary kicherte. »Ich fand die Antwort urkomisch.« Und wieder lachte sie. Je fröhlicher sie war, desto jünger sah sie aus.

»Lächerlich«, sagte Sloan. Der letzte Bissen des Hörnchens verschwand in seinem Mund. »Kommen Sie, Grey! Wir haben noch viel zu tun.«

Während Hillary zu den Ställen ging, führte Sloan seinen Gast in sein Privatbüro. Für das Zimmer hatte er zweitklassige Antiquitäten gewählt, gut genug, um dem Raum etwas Angenehmes zu geben, aber doch nicht so gut, daß sie durch die Abnutzung im Wert gemindert würden.

»Sehr vernünftig«, bemerkte Roman. »Manch einer hätte diese Stücke einfach ins Lager verbannt.«

Sloan zeigte auf die Aktenschränke. »Bei mir verkommt nichts. Ich hab' sie für einen Dollar das Stück erworben, einfach die Gleitschienen erneuert, Leisten auf die Schubladen geklebt, und sie sind so gut wie neu. 100 Dollar das Stück hat man mir schon geboten. Sagen Sie, wie wollen Sie die Sammlung katalogisieren?«

Roman erklärte ihm, daß er keinen umfassenden Katalog im Sinne habe, sondern nur eine detaillierte Zusammenstellung der Stücke mit Ausstellungswert. Sloan erbot sich, ihm die Fotos zur Verfügung zu stellen, die er von sämtlichen Stücken besaß. »Ich betrachte das als eine Schutzmaßnahme«, fuhr er fort. »Jedes Stück, das durch meine Hände geht, erhält ein Merkblatt, in dem auch die Restaurierungsarbeiten verzeichnet sind. Ich möchte vermeiden, daß man mir Arglist vorwirft. Ich sage meinen Kunden genau, was sie kaufen. Natürlich binde ich den Leuten nicht auf die Nase, was sie in der Hand haben, wenn sie mir etwas zum Kauf anbieten. Das gehört mit zum Geschäft.«

Roman nickte, wie man es von ihm erwartete, und Sloan fuhr fort: »Sie können mir glauben, mich kann niemand zweifelhafter Praktiken beschuldigen wie so manchen Sammler in New York.«

»Gibt es in Boston viele Leute dieser Art?«

Sloan rümpfte die Nase. »Die meisten sind Iren. Ich hab' es rechtzeitig vorgezogen, die Stadt zu verlassen, als die Kennedys sie mit ihrem Geld kauften.«

Sloans Bigotterie brach durch wie ein Wal durch die ruhige Oberfläche des Meeres. Er ließ die angestaute Galle ab und kehrte rasch wieder zu den Tiefen seiner Persönlichkeit zurück. Das Gespräch drehte sich wieder um Antiquitäten.

»Es muß doch ein schwerer Schlag für Sie gewesen sein, als Ihre Ladung für die Ausstellung zerstört wurde. Aber vielleicht war es ja kein Totalverlust«, gab Roman zu bedenken. »Wenn Sie diese Aktenschränke instand gesetzt haben und Sie Fotos besitzen, dann lassen sich doch sicher einige der Stücke restaurieren.«

Sloan tat den Hinweis mit einem Achselzucken ab. »Das bezweifle ich. Außerdem – Sie werden es kaum für möglich halten – werden sie als Beweismaterial von der New Yorker Polizei zurückgehalten. Es geht angeblich um einen Mord oder eine Leiche, genau habe ich das nicht verstanden.«

Roman hob verwundert die Brauen.

»Äußerst anmaßend, ganz meine Meinung«, sagte Sloan. »Aber es scheint, als ob der Mann, der den Transporter angefahren hat, eine Mädchenleiche in seinem Wagen versteckt hatte. Wäre es nicht zu diesem Unfall gekommen, wäre er möglicherweise wegen des Verbrechens ungeschoren geblieben.«

»Näheres hat Ihnen die Polizei nicht berichtet?«

»Leider nein«, seufzte Sloan. »Eine Eifersuchtsgeschichte wahrscheinlich. Darum dreht es sich doch meistens. Affekthandlungen.«

Sloan öffnete seinen Schreibtisch und nahm vier Loseblattordner heraus. Die Seiten waren angefüllt mit Notizen und Fotos. Roman durfte sie auf dem Weg zur Werkstatt tragen.

In dem Raum herrschte ein scharfer Geruch von Terpentin und Sägespänen. Dübel der verschiedensten Stärken standen in einer ansteigenden Linie wie Orgelpfeifen. In einer Ecke bemerkte Roman eine Kreissäge. An den Wänden hingen die demontierten Trophäen, die er bereits durchs Fenster gesehen hatte – Stuhl- und Tischbeine unterschiedlicher Gestalt und Bearbeitung. Von der Decke hing eine helle Neonröhre in Form eines Heiligenscheins. Roman legte die Ordner beiseite und nahm sein eigenes Notizbuch heraus. Sloan zog ein Leinentuch von einer kleinen Anrichte, einem Sheraton-Möbel aus dem New England der Zeit um 1800, das auf jeder Auktion einen guten Preis erzielt haben würde. Roman mußte zugeben, daß es Museumswert besaß.

»Ich hab' es für 5000 Dollar erstanden. Aber mein Erlös wird weit höher sein«, erläuterte Sloan. »Können Sie mir erklären, warum ich es so billig erwerben konnte? Und können Sie mir sagen, wo Sie in diesem Haus ein Werk desselben Künstlers gesehen haben?«

Sloan war unersättlich. Seine Manie, andere auf die Probe zu stellen, lag genau auf der Linie der *gaja*. Roman hatte sie nie recht begreifen können, diese Leistungsbesessenheit, die letzten Endes auch ihre sexuellen Frustrationen zu erklären vermochte. Geschah ihnen ganz recht. Roman fuhr mit der Hand über die feinen Schnitzereien der Beine und über das blanke Mahagoni der Schubladenfronten. Ihm fehlte einfach die Geduld, Sloan lange in Spannung zu halten.

»Die Schnitzereien stammen von Samuel McIntire aus Salem, und es ist nicht zu übersehen, daß der Entwurf im Grunde mit dem Kaminsims in Ihrem Salon übereinstimmt. Damit wären wir also in Salem. Dieser Deckel hier oben stammt jedoch nicht von McIntire; er verrät vielmehr die Handschrift von William Hood. Sie haben gemeinsam an diesem Stück gearbeitet. Wieso aber konnten Sie es so günstig erstehen?« Er zog die Schubladen auf. Abgesehen von einer Nachbearbeitung an den Seitenteilen waren es die Originale. »Die Rückseite«, sagte er dann. »Die Rückseite war beschädigt.«

Sloan stand mit offenem Mund da. »Wie haben Sie denn das festgestellt? Sie haben es ja nicht einmal von der Wand abgerückt, um die Rückseite zu betrachten.«

Wäre es gestern gewesen, als er noch Eindruck auf Sloan machen mußte, hätte Roman seine Antwort sicherlich dramatischer gestaltet. So aber gab er sich als gelangweilter Magier.

»Was hätte es sonst sein können? Alles andere ist offensichtlich in perfektem Zustand. Hinzu kommt, daß das Stück aus Salem stammt, wo sich die alten Traditionen bis ins 19. Jahrhundert erhalten haben. Sie wissen ja, die Hexenprozesse und der alte Aberglaube. Es kam nicht selten vor, daß ein Nachkomme einer der beschuldigten Damen sein Haus und seine Möbel nach seinem Tode auf irgendeine Weise beschädigen ließ. Dadurch glaubte er, seinem Geist die Möglichkeit zu nehmen, sich in dem Haus zu verstecken. Und da seine Erben sparsame Neuengländer waren, wählten sie gewöhnlich eine Stelle, wo die Beschädigung nicht gleich ins Auge sprang. Es waren schon seltsame Leute.«

»O ja«, pflichtete Sloan ihm bei. Er zog das Möbel von der Wand ab. Ein neues Kiefernpaneel verkleidete die Rückseite. »Wenn man sich vorstellt, daß ein Geist sich in einem Serviertischchen verstecken könnte!«

»Da wäre eine Hochkommode schon viel bequemer, nicht wahr?«

Für einen Moment verriet Sloans Gesichtsausdruck Verwirrung. »Ach so, jetzt verstehe ich, was Sie meinen. Weitaus bequemer.« Er lachte. »Aber wie Sie zweifellos bereits vermutet haben, werde ich das Kiefernholz passend zum Rest beizen.«

»Und Sie benutzten natürlich handgeschmiedete Nägel.«

»Selbstverständlich. Sehen Sie hier? Dicht wie ein Sarg.«

Die Anrichte füllte die erste Seite in Romans Notizbuch. Weitere Stücke aus Sloans Sammlung sollten folgen, und als es Zeit zum Lunch wurde, hatten beide Männer einen Bärenhunger.

10

Zum Lunch gab es einen Salat à la niçoise und eine Flasche Tavel. Romans Magen begann allmählich, ob der leichten Kost rebellisch zu knurren. Sloan lenkte das Gespräch auf die fiktiven Sammler, denen Roman als Berater diente.

»Natürlich ohne Namen zu nennen«, sagte Sloan. »Ich habe Verständnis dafür, daß Sie Diskretion wahren müssen. Auch bei Neureichen. Beziehen Sie nur über New Yorker Händler?«

»Nicht unbedingt«, entgegnete Roman, und das war Ansporn genug für Sloan, so lange weiterzureden, bis Romans Salatschüssel leer war.

»Sie sind sicher völlig ausgehungert, nicht wahr?« Die Frage kam von Hillary.

Sloans Gesicht lief hochrot an. »Schaff diese Tiere hinaus! Das hab' ich dir schon tausendmal gesagt. Der Gärtner hat keine Zeit, immer hinter ihnen sauberzumachen.«

Hillary sah lächelnd auf ihn herab. Sie saß auf einem braunen Morgan und hielt die Zügel eines zweiten Pferdes in der freien Hand.

»Nur unter einer Bedingung. Daß Mr. Grey mitkommt. Er braucht ein bißchen Bewegung, nachdem er den ganzen Vormittag mit alten Stühlen und Tischen eingesperrt war.«

»Mr. Grey hat seine Arbeit. Er hat noch so vieles nicht gesehen – Porzellan, Glas . . .«

Hillary saß lässig im Sattel. »Ich kann warten.«

Sloan fuhr sich mit der beringten Hand durchs Silberhaar. Sein Blick wanderte hin und her zwischen seiner Tochter und Roman, der sich den Anschein völliger Unparteilichkeit gab.

»Zeig ihm nicht zuviel, Vater. Du wirst ihn ermüden. Ein kleiner Ausritt wird ihn wieder frisch machen.«

Die Zornesröte wich aus Sloans Gesicht. »Nun, wie denken Sie darüber?« fragte er Roman unter Aufbietung seines ganzen Charmes.

»Ich muß wohl, sonst wissen Sie nicht, wohin mit dem Dünger«, lachte Roman. Er trat auf sein Pferd zu, einen stattlichen Braunen mit weißem Stirnfleck, und klopfte ihm den Hals.

»Also gut«, sagte Sloan. »Ein kurzer Ausritt. Ich erwarte Sie in einer Stunde zurück.«

»Übrigens«, sagte Roman, »falls Sie Lust haben, könnten Sie ja ein paar Farben anrühren. Wir können dann nachher über die verschiedenen Methoden der Analyse sprechen.«

Hillary ritt voraus, und Roman führte sein Pferd am Zügel. Als er sich außer Sicht glaubte, schwang er sich in den Sattel. Sie ließen einen Lastwagen auf der Straße passieren und überquerten die Fahrbahn. Ein Weg führte zu einem Stall mit Auslauf. Sie wählten einen anderen, der im Wald verschwand.

»Wozu sind Sie hier?« fragte Hillary.

»Was?«

»Sie haben richtig gehört. Was wollen Sie? Warum schmeicheln Sie sich so bei meinem Vater ein?«

»Ich stelle eine Liste von Antiquitäten zusammen. Sammler, die mich in meiner Arbeit unterstützen, halten mich eben für charmant.«

Sie sah ihn durch ihre goldenen Wimpern scharf an. »Dann halten Sie sich also für einen Psychologen?«

»Nein, das nicht, aber in meinem Beruf lernt man, mit Menschen umzugehen.«

»Ach, kommen Sie! Ich bin nicht so dumm wie mein Vater. Ich würde eher sagen, ein Mann Ihres Typs muß schon eine ganz bestimmte Absicht verfolgen, sonst würde er meinen Vater und sein ganzes Haus doch lieber in die Luft sprengen. Ich jedenfalls könnte mir Sie eher als Löwenbändiger oder in einem Nachtclub vorstellen als inmitten einer Antiquitätensammlung.«

Durch ein Gehölz gelangten sie auf eine Wiese hinaus. Das hohe Gras dampfte unter der Nachmittagssonne von Insekten. Eine Drossel hüpfte in kurzen Sprüngen über das Feld. Roman drückte die Knie gegen die Flanken seines Pferdes, obwohl er gern auf den Sattel verzichtet hätte.

»Wenn Sie damit meinen, daß ich etwas gegen Schonbezüge und Sofadeckchen habe, dann haben Sie recht.« Er tätschelte den Hals seines Pferdes. »Wie heißt er übrigens?«

Hillary warf ihm einen schrägen Seitenblick zu. »Sie wechseln das Thema.« Eine Minute ritten sie schweigend nebeneinander, dann trat ein ehrliches Lächeln auf ihre Lippen. »Er heißt Blaze. Nicht besonders originell, nicht wahr?«

»Und Ihrer?«

»Brownie. Aber es sind gute Pferde«, sagte sie stolz. Und dann mit einem prüfenden Blick: »Sie verstehen sich aufs Fragenstellen, Mr. Grey, ja? Zuerst etwas ganz Unverfängliches und dann langsam das, worauf es ankommt, ja? Aber auch ich habe ein paar Fragen an Sie. Zum Beispiel: Was treibt Sie in den Schoß der langweiligsten Familie weit und breit?«

»Ich geb's auf«, seufzte Roman. »Ich bin hier, um das Geheimnis Ihres Kabeljaurezepts zu lüften. Sollte mir das nicht gelingen, gebe ich mich auch mit dem Salat à la niçoise zufrieden.«

»Im Ernst, es will mir nicht in den Kopf, warum sich jemand wie Sie für meinen Vater interessiert. Hat er sich auf irgend etwas eingelassen?«

Roman sah sich um. Die Worte des Mädchens gingen im Summen der Insekten fast unter. Aber nicht die Geräusche ließen seine Nackenhaare vibrieren, sondern das Gefühl, daß sie nicht allein waren.

»Sie glauben, Ihr Vater könne etwas Unrechtes getan haben?«

»Eine Gegenfrage ist keine Antwort.« Winzige Schweißperlen erschienen an ihrem Haaransatz. Romans Haut wirkte unter Sonne tief kupferfarben. »Und ich weiß auch, daß Sie von der Polizei sind.« Pause. »Oder von der Mafia.«

Roman schlug die Hand vor seine Augen. Hillary errötete und ritt mit entschlossen vorgeschobenem Kinn weiter. Er nahm die Hand vom Gesicht, um die Tränen wegzuwischen, und sie sah ihre Vermutung bestätigt: Er hatte gelacht.

»Gott, wenn ich das meinen Freunden erzähle«, stöhnte er. »Von der Mafia! Was denn noch?!«

»Sehr komisch«, pflichtete sie ihm grimmig bei. »Sie sind also nichts weiter als einer von diesen armen Leuten, die sich für Antiquitäten interessieren und sich in die feine Gesellschaft einschleichen. Hoffentlich können Sie dann wenigstens gut reiten.«

Er rieb sich noch immer die Augen, als Hillary ihren Brownie vor einem Himbeerstrauch zum Stehen brachte und ihn ein paar von den Beeren aus der Hand fressen ließ. Blaze stieß so lange mit dem Maul an ihre Hand, bis sie auch ihm ein paar gab. Sie waren vielleicht zehn Schritte weitergeritten, als Blaze plötzlich die Ohren spitzte. Er wieherte, schlug mit der Hinterhand aus, bäumte sich auf, daß Roman die Zügel aus den Fingern glitten, und warf den Kopf mit verdrehten Augen zurück, während die Steigbügel gegen seine Flanken schlugen. Roman konnte nur noch verschwommen Hillarys zufriedenen Gesichtsausdruck erkennen, ehe das Pferd davonschoß.

Blaze war ein kräftiges junges, aber ausgewachsenes Tier, und jetzt raste es mit vollem Tempo in den Wald hinein. Roman war nur bemüht, oben zu bleiben. Es war unmöglich, die herabhängenden Äste und Zweige rechtzeitig zu erkennen. Plötzlich stolperte das Pferd. Roman rutschte zur Seite, als das Pferd gegen einen Baum stürzte. Es klemmte den Reiter zwischen sich und dem Baum ein. Blaze kam sofort wieder auf die Füße und stürmte vorwärts. Romans Hände hatten sich in seiner Mähne verkrallt. Er war immer noch oben, aber er konnte kaum noch atmen. Die herannahenden Bäume sah er nur wie durch einen dunklen Schleier. Er blinzelte ein paarmal, um besser sehen zu können. Er spürte, daß das Pferd einen Abhang hinunterlief, bevor er ihn erkannt hatte.

Das Unterholz lichtete sich, je weiter Blaze mit zunehmender Geschwindigkeit den Abhang hinabglitt, und der schwarze Schleier vor Romans Augen rückte immer näher. Nur schwach erkannte er eine Mauer am Fuß des Abhangs. Den Sprung würde das Pferd nie schaffen, nicht mit dem Reiter, der ihm wie ein Sack Zement auf dem Rücken hing. Ein Schrei, der nicht aus seinem Mund kam, gellte ihm in den Ohren. Blaze straffte die Flanken, wie er aus dem Training gewohnt war, als sie sich am Fuß des Abhangs der Mauer näherten. Romans Gesichtskreis war jetzt nicht nur begrenzt, sondern es herrschte völlige Finsternis um ihn.

Als Blaze schreckhaft zusammenzuckte, hob sich Roman in die Knie. Jetzt gab es kein Zögern mehr. Er schlug dem Tier die Fersen in die Seite und wälzte sein ganzes Gewicht nach vorn auf den Widerrist. Blind schrie er: »Spring!«, und das Tier reagierte, indem es seine sechzehnhundert Pfund durch die Luft warf. Der Sprung hob Roman wie schwerelos in die Höhe, und er hörte ein zweimaliges scharfes Klicken, das Geräusch der Vorderhufe, die gegen den oberen Mauerrand stießen.

Roman drückte sich eng an den Leib des Tieres, als es auf dem Boden aufsetzte und zum Stehen kam. Als er sich aufrichtete, löste sich der Knoten, der ihm bislang die Kehle zugeschnürt hatte. Er konnte wieder Licht und Schatten unterscheiden. Das Pferd stand mit zitternden Flanken da; Roman klopfte ihm den feuchten Hals und redete begütigend auf es ein.

Das Geräusch eines zweiten Pferdes, das den Abhang herunterkam, veranlaßte ihn, sich umzudrehen. Er sah deutlich, wie Hillary ihren Braunen gekonnt über die Mauer dirigierte. Mit besorgtem Gesicht ritt sie näher. Blaze scheute, als sie sie erreicht hatte.

»Oh, Mr. Grey, ich . . .«

»Schon gut, ich weiß«, fiel er ihr ins Wort. Er ließ sich aus dem Sattel zu Boden gleiten und strich sanft über das Fell des Pferdes. Dann rieb er mit einer Hand die Blesse auf der Stirn, während die andere vorsichtig in den Nüstern des Tieres suchte, bis er einen kleinen Zweig zum Vorschein brachte. Er roch daran und sagte: »Rosmarin, stimmt's? Das ermuntert auch den müdesten Klepper, von diesem prächtigen Tier gar nicht zu reden.«

Er nahm das Pferd bei den Zügeln und führte es zur Abkühlung ein Stück weiter. Hillary stieg ab und ging neben ihm. Ihre Lippen waren fest zusammengepreßt, und er meinte beinahe hören zu können, wie sie krampfhaft nach erklärenden Worten suchte. Bis zu einer bestimmten Stelle im Wald hätte sie noch helfend eingreifen können, aber er hatte sie eigentlich erst schreien hören, als er schon fast den Abhang hinunter war.

»Ich wollte Ihnen nur einen Schrecken einjagen.«

»Haben Sie denn gar keine Angst gehabt, ich könnte

meine Meute von der Mafia auf Sie hetzen?« fragte er spöttisch.

Er setzte sich unter einen Baum. Hillary ließ sich neben ihm nieder und stierte vor sich hin. Die Pferde wanderten tiefer in den Schatten des Baumes, einer großen alten Eiche.

»Ich bringe Sie beinahe um, und Sie machen Witze. Sie sind der merkwürdigste Mensch, der mir je begegnet ist«, sagte sie.

»Sie führen eben ein wohlbehütetes Leben.« Er steckte einen Grashalm in den Mund. Seine Jacke war zerrissen, aber er hatte sich nicht verletzt.

»Jetzt weiß ich sicher, daß Sie nicht nur hier sind, um Daddys Antiquitäten zu bestaunen.«

»Daddy?« Roman runzelte die Stirn. »Ich dachte, zwischen Ihnen und ihm ginge es etwas förmlicher zu – Vater oder Alter Herr oder so ähnlich.«

»In Streßsituationen falle ich manchmal in Kindheitsunarten zurück«, gestand sie. »Aber Sie dürfen mir glauben – es kommt nicht oft vor.«

»Das glaube ich Ihnen gern.« Er spuckte den Grashalm aus und suchte einen anderen. »Ihre zarte Andeutung, er könnte mir leicht zuviel zeigen, hat ihn ganz schön nervös gemacht. Woran hatten Sie gedacht – gefälschte Etikette?«

Hillary pflückte sich ebenfalls einen Grashalm.

»Ich sah das Papier heute morgen durchs Fenster«, fuhr Roman fort. »Und die Tinte hab' ich bemerkt, als ich mit Ihrem Vater in der Werkstatt war.«

Sie nahm den Grashalm aus dem Mund und warf ihn wie einen Speer fort. »Fauler Zauber, wie alles an diesem Mann! Gott, wenn er eben auf Blaze gesessen hätte, er wäre in Ohnmacht gefallen. Und wenn er mich nachher in die Finger bekommen hätte, er hätte mich umgebracht.«

»Das sagen Sie im Scherz, nicht wahr?«

»Oh, ich weiß nicht.«

»Was ist mit Ihrer Mutter?« Er hatte gedacht, sie würde ihn wieder der Polizeizugehörigkeit verdächtigen, aber sie schüttelte nur den Kopf.

»Keine Mutter. Nicht einmal mehr ein Bild von ihr. Sie hatte ›böses Blut‹, wie mein Vater sich ausdrückt. Er ist übrigens der einzige Mensch im 20. Jahrhundert, der diesen Ausdruck noch benutzt. Um der Wahrheit die Ehre zu geben: Eines Nachts, auf dem Heimweg von einem Wohltätigkeitsball, hat sie das Auto samt ihrem Liebhaber in den Charles River gesteuert. Und wenn ich wie immer, wenn ich zu Hause bin, um vier Uhr morgens heimkomme, dann kriege ich von meinem Vater zu hören, ich hätte ›böses Blut‹. Zwischen ihm und mir klafft keine Generationslücke, sondern eine historische.«

Sie zog die Packung Gauloises aus seiner Hemdtasche und zündete für jeden eine an. Roman ließ sich die Zigarette mit halbgeschlossenen Augen in den Mund stecken. Sie studierte sein Gesicht. Der Nasenrücken war scharf wie ein Messer, und seine Haut wirkte, als hätte ein Lohgerber sie geduldig eingeölt. Die Hüften, nicht schlank und schmal, sondern ebenso breit wie sein mächtiger Brustkasten; alles in allem eine sympathische Erscheinung.

»Die Sprache, in der Sie mit Blaze gesprochen haben, als ich herankam ... das war doch Zigeunersprache, nicht wahr?« fragte sie leise.

Roman war überrascht. »Woher wissen Sie das?«

»Ein Lehrer in der Schweiz hat mich in die Anfangsgründe eingeweiht. Ihr Name ist also nicht wirklich Grey, oder doch?«

»Doch. Natürlich hat es nichts mit der Farbe Grau zu tun wie im Englischen. Diese Farbe gibt es für Zigeuner gar nicht. Die beste Übersetzung wäre übrigens ›Pferd‹.«

»Oh«, hauchte Hillary. »Gibt es viele berühmte Zigeuner-Jockeys?«

»Das Wort *jockey* selbst stammt aus der Zigeunersprache.«

Sie nickten einander zu, die geschlossenen Lippen zu einem Lächeln verzogen.

»Sagen Sie etwas in der Sprache, ein Gedicht vielleicht. Es interessiert mich sehr.«

»Okay.« Romans Blick wanderte in die Baumkrone hinauf. »Ein *camo djili,* da Sie so wißbegierig sind.«

Er sagte die Worte ohne sonderliche Betonung, aber seine etwas heisere Stimme verriet plötzlich eine Energie, die ihr bisher entgangen war. Gleich nach den ersten Zeilen wurde ihr bewußt, daß dies die Sprache war, in der er dachte, seine Muttersprache.

»Das gefällt mir sehr. Was war es?« fragte sie.

»Ein Liebeslied. Ich will versuchen, es zu übersetzen.«

Hillary hörte sich die Übersetzung des Liedes an, das die Silberaugen, das Engelsgesicht und die schneeweißen Brüste eines Mädchens besang. Es bewegte sie stärker, als Roman erwartet hatte. Sie wandte sich ab und trat ihre Zigarette auf dem Boden aus.

»Was ist? Was haben Sie?« fragte er.

»Ziemlich abgedroschene Lyrik – banales Zeug«, urteilte sie brutal.

»Zigeuner sind eben einfache Menschen«, sagte Roman ziemlich verblüfft. »Sie selbst sind ein modernes, gebildetes, intellektuelles junges Mädchen. Ein Zigeuner ist das genaue Gegenteil. Ein Freund von mir hat mir einmal von diesen Ur-Insekten erzählt, die in Bernstein eingeschlossen sind. So müssen Sie sich die Zigeuner vorstellen – Anachronismen, Atavismen. Lebende Fossilien, und sie wissen es nicht. Seien Sie dankbar, daß es so etwas noch gibt.« Er hielt nicht gern belehrende Vorträge, aber das junge Mädchen wurde ihm immer sympathischer.

»Jetzt reden Sie selbst banales Zeug. Kommen Sie, mein Vater wartet auf Sie.«

Er furchte überrascht die Stirn. Blaze wieherte freundlich, als sie sich ihm näherten. Wenigstens einer, der Sinn für Sentimentalitäten hat, dachte Roman. Hillary sah überall hin, nur nicht in seine Augen.

Sie ritten über das Feld zurück, wo Blaze mit ihm durchgegangen war, als Hillary plötzlich eine Hand auf Romans Schenkel legte. »Das Liebeslied war wirklich sehr schön. Ehrlich. Wir können hier absteigen, wenn Sie möchten.«

Sie hatte Brownie bereits zum Stehen gebracht, und auch er hielt sein Pferd an.

»Machen Sie sich keine Sorgen. Sie haben meine Gefühle nicht verletzt.«

Nach einer Pause sagte sie: »Ich möchte es. Sie nicht?«

Sie meinte es ernst. Ihre blauen Augen hielten seinem Blick stand.

»Ja, ich möchte schon. Aber ich tu's nicht.«

Seine Fersen gruben sich in Blazes Flanken, und er ritt davon, ehe er es sich anders überlegen konnte.

11

Eine einzige Flamme brannte in dem dunklen Raum, ein grünspanartiges Licht, das nur die Nasenflügel, Wangen und Stirn der beiden Männer erleuchtete, zwei frei im Raum schwebende groteske Masken. Der starke Geruch von faulen Eiern breitete sich im ganzen Raum aus.

»Es kommt alles darauf an, wieviel Zink Sie verwenden«, sagte Roman. »Und natürlich, ob Sie Erdpigmente oder chemische Verbindungen nehmen.«

»Und diese Methode ist sicherer als die Geschmacksprobe?« fragte Sloan.

»Nicht, wenn Sie sich ständig in dieser Atmosphäre aufhalten. Andererseits sind Schwefel und Blei auch nicht besonders gut für den Magen.«

Sloan blinzelte in den Rauch der Flamme, die auf dem Teelöffel in seiner Hand brannte. Roman wandte sich ab, um Atem zu holen. Seit zwei Stunden waren sie nun in Sloans Werkstatt damit beschäftigt, Farben zu verbrennen. Sloan lernte schnell, das mußte ihm der Neid lassen.

»Kann man auch die Pigmente selbst herstellen?«

»Selbstverständlich, wenn man sich die Mühe machen will. Aber es ist einfacher und billiger, sie im Laden zu kaufen.«

»Gewiß, gewiß. Aber ich will das Récamier restaurieren. Und Orpiment werde ich wohl kaum im Laden kaufen können.«

»Allerdings nicht«, gab Roman zu.

»Also, wie schwierig ist es herzustellen? Ich brauche es unbedingt.«

»Gar nicht schwierig.«

»Wie denn?«

Es war nicht mehr zu umgehen, er mußte antworten.

»Ganz einfach. Alles, was Sie brauchen, ist Schwefel, Arsenik und ein Schmelztiegel mit Deckel. Sie erhitzen das Ganze und lassen es abkühlen. Das Orpiment setzt sich am Deckel ab.«

»Das ist alles?«

»Das ist alles. Achten Sie aber darauf, daß Sie es nicht

mit Blei oder Kupferkarbonat in Verbindung bringen, denn keines von beiden verträgt sich mit Sulfiden. Und schmecken Sie nicht daran!«

»So stark ist es?« wollte Sloan wissen.

»Natürlich können Sie niemanden damit vergiften«, sagte Roman leichthin. »Dazu ist der Geschmack zu aufdringlich, und er läßt sich nicht übertönen. Aber es ist schon so mancher Künstler daran zugrunde gegangen, ohne es zu wollen.«

Sloan blies die Flamme aus, und der Raum war für einen Augenblick in völliges Dunkel getaucht, bis Roman das Licht anknipste. Der Kunsthändler bemühte sich gar nicht erst, seine Zufriedenheit zu verbergen. Er hatte an einem Nachmittag mehr gelernt als sonst in einem Jahr. Die Zukunft lag wie eine aufgeschlagene Gewinnbilanz vor seinem geistigen Auge. Roman öffnete die Tür und trat ins Büro. Der Schwefelgestank war auch bis hierher gedrungen, und Roman ging weiter zum Salon, ohne auf seinen Gastgeber zu warten.

»Sie sind sicher hungrig«, sagte Sloan, als er ihn eingeholt hatte. Das Dinner bestand aus kaltem Lachs. Roman widmete sich mehr dem Brandy. Von der Diätküche der *gaja* hatte er mittlerweile mehr als genug. Was ihn jetzt hätte reizen können, war ein scharfes Stew mit Paprika und die lauten Wortgefechte hungriger Roma, nicht diese eisige Höflichkeit. Er blieb sehr reserviert, als Hillary durch geistreiche Witzeleien seine Aufmerksamkeit auf sich lenken wollte. Wenn es ihm gelungen war, alles aus Vater und Tochter herauszuholen, so hatten auch sie ihn leer gemolken. Sloan versuchte, ihn in einen Disput über die Verdienste des Revere zu verwickeln, aber Roman reagierte nur mit gelegentlichen mürrischen Einwürfen. Sloan nahm jedoch keinen Anstoß. Morgen würde er seinen Gast los sein, und er hatte bekommen, was er wollte.

Roman zog sich früh zurück. Er ging auf sein Zimmer und schlug sein Bett auf dem Fußboden auf. Er stellte einen Aschenbecher neben sich und rauchte im Dunkeln eine Gauloise nach der andern. Unten hörte er sie weiterstreiten. Sloan wollte wissen, was sie und der Armenier so lange im Wald getrieben hätten. Sie sagte, er sei kein Armenier und was er sich überhaupt einbilde, anderen Herumtreiberei vorzuwerfen. Darauf er: Es sei ihm völlig gleichgültig, wer oder was Grey für einer sei, er wolle nur, daß sie sich nicht mit ihm einlasse. Nicht daß sie ihre Stimmen erhoben. Dem leichten Plauderton ihrer Unterhaltung hätte wohl kaum jemand angemerkt, daß sie sich stritten. Aber es ging doch heißer zu, als es bisher in Romans Gegenwart der Fall gewesen war.

Sie entschuldigte sich, sie wolle in Boston noch Freunde besuchen, und ließ ihren Vater allein. Sloan wünschte ihr eine gute Nacht und erinnerte sie noch einmal daran, was passieren würde, wenn sich auch nur einer von ihren Freunden in seinem Haus sehen ließe. Roman hatte geglaubt, Sloan würde sich bald danach in sein Schlafzimmer zurückziehen, aber er ging statt dessen in sein Büro. Noch zwei Stunden lang drangen die Geräusche der Schubladen und Schritte zu ihm hinauf. Schließlich zog Sloan die Bürotür ins Schloß, sperrte sie ab und ging nach oben ins Bett. Roman ließ ihm noch eine weitere Stunde Zeit zum Einschlafen. Dann stand er auf und öffnete ein Fenster, das auf den Rasen hinter dem Haus hinausging. Die Sterne gaben ein helles Licht, das nur erlosch, wenn sie in die Nähe des fast vollen Mondes gerieten. Kassiopeia, die Königin von Äthiopien, herrschte über ihre weniger hellen Untertanen. Romans Zigarette zog ihre Bahn wie eine Sternschnuppe, als er sie aus dem Fenster ins Gras warf. Kein Gärtner, kein Nachtwächter war in

Sicht. Roman setzte sich auf das Fensterbrett und ließ seine bestrumpften Füße nach draußen hängen. Eine Etage tiefer lag der Rasen. Er stieß sich ab und landete auf allen vieren im Gras. Einen angstvollen Augenblick lang stockte ihm der Atem, aber es war alles wieder in Ordnung, als er sich in den Schatten des Hauses zurückzog. Das hätte ihm gerade noch gefehlt, blind und nach Atem ringend vor dem verschlossenen Haus herumzuirren.

Er befand sich in dem Teil des Gartens, wo Sloan ihm das erste Glas Wein kredenzt hatte. Die Marmorbecken standen fröstelnd im Mondlicht. Er ging um die Pergola herum in den Rosengarten und weiter zu dem Flügel des Hauses, in dem sich Sloans Werkstatt und Büro befanden.

Sloans Arroganz zeigte sich in den Vorsichtsmaßnahmen, die er gegen Diebstahl getroffen hatte. Es gab kein elektrisches Alarmsystem, nur zwei imponierend schwere Riegel an den Seiten des Fensters. Während der Zeit, die Roman im Büro verbracht hatte, während Sloan mit Farben und Löffeln hantierte, hatte er genügend Muße gehabt, die Schrauben an der Riegelbefestigung zu entfernen. Die kräftigen Riegel waren zwar eingelegt, aber Roman konnte den Fensterrahmen samt Riegel leicht anheben.

Er ging durch das Büro in die Werkstatt. Da Sloan dort seine Silbersachen aufbewahrte, hatte er in diesem Raum seinen Besucher stärker im Auge behalten. Die Farben waren noch nicht eingeräumt, und der Geruch von Schwefel lag in der Luft. Roman richtete seine Taschenlampe auf die Kreissäge. Es war eine vergleichsweise neue Maschine, groß genug, um einen Baum zu zerlegen, zweifellos ein Gerät, auf das sein Besitzer stolz war. Durch den schmalen Mittelspalt ragte ein Ring scharfer Zähne. Roman legte den Leerlauf ein und drehte das Sägeblatt langsam unter dem Lichtstrahl seiner Lampe. Keine Blutspuren. Die Zähne waren erst kürzlich gereinigt worden.

Er richtete die Lampe zum Boden. Das Sägemehl war frisch, und auch darunter fanden sich keine sichtbaren Flecke. Er hockte sich dicht vor das Sägeblatt und prüfte den Spalt in der Werkbank. Hier war die Reinigung nicht so gründlich gewesen. Das hintere Ende des Spalts wies braune Flecke auf. Sie konnten nur von einem tropffrisch gebeizten Brett stammen, wenn es überhaupt Beize war.

Auch die nächste halbe Stunde förderte nichts weiter zutage als eine Reihe kleiner Metalletiketten, mit denen Sloan seine Fälschungen betrieb. Eines von ihnen deutete in altmodisch verschnörkelten Lettern auf die Firma Mills & Deming, 374 Queen Street, New York, hin. Mills & Deming waren zu ihrer Zeit Meister des Kunsttischlerhandwerks gewesen, aber sie hatten ihre Firmenetiketten nie mit einer Zierbordüre versehen, wie sie erst in der zweiten Hälfte des 19. Jahrhunderts beliebt wurde.

Roman ging zurück ins Büro. Ein Blick durchs Fenster sagte ihm, wie sich der Himmel inzwischen verändert hatte. Es war jetzt gegen zwei Uhr morgens. Die Aktenschränke waren sämtlich unverschlossen, und er kümmerte sich nicht weiter um sie. Die Zeit war zu knapp. Dagegen war jede Schublade des Schreibtischs abgeschlossen. Roman nahm einen Ring mit dünnen Metallstäben aus der Hosentasche. Mit wenigen schnellen Handgriffen bog er eine Reihe verschieden langer Stäbe zurecht und erhielt so die Schlüssel zu den einzelnen Schlössern.

Was er fand, war die typische Ansammlung dessen, was die *gaja* für wertvoll hielten: Papiere und Unterlagen über das Haus, Aktien und Pfandbriefe, Versicherungspolicen, Kaufverträge, Anleihescheine, Mitgliedskarten verschiedener Clubs, Zeitungsausschnitte mit dem Namen Sloan, 500 Dollar in bar, Scheckbücher, Kontoauszüge und eine Liste von Sloans Kunden. Keinerlei Hinweis auf kürzlich getätigte Geschäfte, die es erforderlich gemacht hätten, daß Sloan zwei Nächte hintereinander so lange aufblieb.

Die Briefe fand er ganz hinten in der untersten Schublade. Sie unterschieden sich deutlich von allen anderen Papieren durch die Tatsache, daß sie mit der Hand geschrieben waren, in einer abgerundeten Schrift, die sofort eine weibliche Hand verriet. Insgesamt waren es fünfzehn Briefe. Er wählte den letzten, das Datum des Poststempels lag eine Woche zurück. Ihm war, als hörte er Hillary sagen: ›. . . und was bildest du dir überhaupt ein, anderen Herumtreiberei vorzuwerfen?‹

Lieber Hoddinot,
der heutige Tag ist mir wie ein Jahr vorgekommen. Du selbst hast einmal im Scherz gesagt, das Leben sei um so erfreulicher, je langsamer es dahingehe. Ich kann daran nichts Erfreuliches finden. So wie die Dinge jetzt stehen, muß ich dauernd über uns nachdenken.

Neuer Anlauf. Die Chefbibliothekarin war gerade da, um festzustellen, ob ich fleißig mit Registrierarbeiten beschäftigt bin. Sie ist neidisch, weil ich ab nächsten Montag eine Woche Urlaub habe und sie die Arbeit nicht selbst erledigen will.

Wieder da. Jetzt ist sie endlich zu Tisch gegangen. Und ich kann endlich zur Sache kommen. Tut mir leid, daß ich einen so langen Anlauf dazu brauchte, ich wollte es eigentlich kurz und bündig machen. Was ich Dir sagen wollte, ist, daß es mir am Telefon

völlig Ernst war. Es muß Schluß sein. Es hat lange gedauert, bis ich es eingesehen habe, aber jetzt endlich ist es mir klar, daß es für uns – oder sollte ich besser sagen: für mich – keine Zukunft gibt.
Tatsache ist, daß mir erst jetzt allmählich ein Licht aufgeht, wie dumm ich doch gewesen bin. Mich nie in der Öffentlichkeit mit Dir sehen zu lassen. Heimlich nach New York zu schleichen, in irgendein schmutziges Hotel, und meinen Freunden mit keinem Wort zu verraten, wohin ich gehe und wer dieser faszinierende ältere Herr ist, der mich heiraten wird. Immer nur spät nachts anzurufen, damit die Dienerschaft nichts merkt. Und warum das alles? Weil die feine Gesellschaft noch nicht auf mich vorbereitet ist. Weil ich standesgemäß in die Gesellschaft eingeführt werden muß, um eine akzeptable Partie für Hoddinot Sloan zu werden. Als ob unsere Wochenendbegegnungen in New York auch nur das Geringste zu meiner Einführung in die Bostoner Gesellschaft beigetragen hätten! Ich bin es ganz einfach leid, andauernd von Dir zu hören, wir müßten doch nur noch das Datum festsetzen.
Der Schritt fällt mir nicht leicht. Ich liebe Dich seit dem Tage, an dem Du in die Bibliothek gekommen bist. Mag sein, daß auch Du mich liebst. Aber ich weiß nur eines: Am nächsten Montag fliege ich zu den Jungferninseln, und wenn ich zurückkomme, werde ich mich als Stewardeß bewerben. Ich sehe gut aus, bin leidlich intelligent, und wie man mir sagt, dürfte es für mich keine Schwierigkeiten geben. Ich weiß, wie Du über Stewardessen denkst, aber Du wirst nicht leugnen können, daß es Deine Schuld ist, wenn ich auf den Jungferninseln eigentlich fehl am Platz bin.
Ich habe mich also endlich zu Deiner Ansicht durch-

gerungen. Ich bin zu jung, zu minderwertig, zu linkisch, um je in Deine Gesellschaft zu passen. Machen wir also Schluß und bleiben wir gute Freunde. Mach Dir keine Sorgen um mich; Deine kleinen Geheimnisse sind bei mir sicher aufgehoben.

In Liebe
Judy

Roman schlug zur ersten Seite zurück. Im Briefkopf prangte in Prägelettern der Name: Judy Mueller. Er faltete den Brief sauber zusammen und legte ihn mit den anderen zurück an seinen Platz.

Der Skorpion bewegte sich auf die Mitte des Himmels zu, als Roman über das Spalier in den ersten Stock hinaufkletterte.

Seine Augen mußten sich erst auf das völlige Dunkel in seinem Schlafzimmer einstellen. Der Raum hatte sich leicht verändert. Die 125000000 Netzhautstäbchen, die den Menschen zum Nachttier machen, reflektierten verschwommene Muster aus Licht und Schatten. Die vier dünnen Säulen seines Baldachinbettes waren etwa in Höhe des Bettrahmens angeknickt und neigten sich über der Mitte des Bettes zu einer Pyramidenspitze zusammen. Irgend etwas bewegte sich, obwohl Roman sicher war, daß außer ihm niemand im Zimmer war.

Er richtete den Strahl seiner Taschenlampe auf die Spitze der Pyramide. Eine Schnur hing davon herunter. Der Lichtstrahl folgte der Schnur bis etwa dreißig Zentimeter über dem Bett. Und dort, in dem offenen Kegel der Baldachinsäulen, pendelte langsam das gefrorene elfenbeinerne Grinsen und das strähnige Haar eines Teufelskopfes.

12

Es war Nachmittag, als er wieder in New York eintraf. Niemand hatte ihn im Haus der Sloans verabschiedet; er war abgefahren, bevor sie aufzustehen pflegten. An diesem Tag, einem Sonntag, waren nur wenige Autos auf den Straßen, und der Himmel über Manhattan war verhältnismäßig klar. Die Bürgersteige waren ausschließlich bevölkert von jungen Pärchen in Lederhosen und psychedelischen Hemden, mit Afghanen oder dänischen Doggen an der Leine. Ihre Eltern hatten sich anscheinend in ihre vollklimatisierten Wohnungen eingeschlossen.

Als er die Tür zu seiner Wohnung aufsperrte, lag Dany auf dem Sofa. Sie futterte Beeren von einer Weintraube und blätterte in einem Modemagazin. Roman beförderte seinen Koffer mit einem Fußtritt unter einen Sessel und warf Jackett und Krawatte darüber.

»Hi!« begrüßte er sie. »Ich dachte, du wärst übers Wochenende zu Aufnahmen auf Long Island.«

»Das haben wir alles an einem Tag erledigt. Die anderen sind noch dageblieben, aber ich wollte zu Hause sein für den Fall, daß du zurückkommst.« Sie hielt ihm eine doppelseitige Strumpfreklame unter die Nase. »Findest du nicht, daß ich bessere Beine habe?«

»Ihr Fotomodelle habt doch alle eine Schraube lokker!«

Dany runzelte die Stirn. Das sagte er immer, wenn sie ihn nach seiner Meinung fragte. Sie hatte das Gefühl, daß es sein Ernst war. Er nahm eine von ihren Trauben und verzehrte sie genüßlich. Natürlich hatte sie bessere Beine, aber mußte er der Eitelkeit, die bei allen Fotomodellen die Seele ersetzt, auch noch Vorschub leisten?

Alles, was sie anhatte, war eine seiner bunten Hausjacken. Ihre langen, sonnengebräunten Beine und die neckische Haltung des Kopfes waren wie eine Einladung an einen versteckten Fotografen, sie in dieser Pose festzuhalten.

»Hast du gefunden, was du suchst?« fragte sie.

»Hm, hm.« Er kratzte über die Stoppeln, die auf seinem Kinn wucherten. Selbst im Smoking auf der Freitreppe der Oper würden ihn alle für einen Räuber halten.

»Was war es denn?«

»Eine Familie. Eine amerikanische von echtem Schrot und Korn.« Er ging ins Badezimmer, um den Schweiß abzuduschen und sich zu rasieren. Mit einem Handtuch um die Hüften und einer Rolle Heftpflaster in der Hand kam er zurück.

»Du lieber Himmel!« entfuhr es Dany. »Was haben sie denn mit dir gemacht?«

Er hob die Arme. »Du könntest mich verpflastern, ja?« Seine Betätigung in der vergangenen Nacht hatte die Wunde gereizt. Beim Duschen hatte er den Riß, der von der Schulter bis zum Nabel lief, bewußt nicht angesehen. Jetzt, da er sie sah, schmerzte die Wunde.

»Bist du unter einen Lastwagen gekommen?«

»Einen Baum, ob du's glaubst oder nicht.«

Sie umkreiste ihn, bis ein Teil seines Brustkorbes unter einem breiten Verbandsstreifen lag.

»Sieht aus wie eine zerquetschte Pflaume.« Sie fuhr mit dem Finger über die wunde Stelle. »Tut mir leid. Ich hab' dich noch gar nicht begrüßt.«

Sie küßte ihn, zuerst auf die Wange, dann auf den Mund. Romans Arme verschwanden unter der Hausjacke. Seine Schmerzen ließen nach.

»Apropos zerquetschte Pflaume . . .«, sagte er.

»Hör auf! Du kitzelst mich!«

Hillarys eindeutige Aufforderung im Wald hatte

noch einen Rest von Verlangen in ihm zurückgelassen. Die Hausjacke fiel neben dem Handtuch zu Boden. Während er Dany an sich drückte, wurde er sich, wie jedesmal, ihrer kontrastierenden Hautfarben bewußt; ein Kontrast, der sich um so mehr ausprägte, je intimer die Berührung wurde.

»Du hast wieder Gewicht angesetzt«, sagte er. »Du wirst noch deinen Job verlieren, aber mir soll's recht sein.«

»Und was wirst du machen, wenn ich meinen Job verliere?«

»Ich kaufe dir eine Kristallkugel und unterrichte dich in der Kunst des Hellsehens.«

»Das lerne ich doch nie. Wo ich nicht einmal weiß, was ich in einer Minute tun werde.«

Er grinste sie breit an.

»Ja, natürlich, das«, sagte sie.

»Warum also noch länger gegen das Schicksal ankämpfen?«

Es war halb fünf, als Roman aufwachte. Die Vorhänge konnten die Nachmittagssonne nicht ganz aus dem Zimmer ausschließen. Dany schlief glücklich und zufrieden mit dem Kopf auf seinem zerschundenen Arm. Die Bettdecke war ans Fußende des Bettes gerutscht, so daß die Luft ihren nackten Körper umfächelte. Ihre Brüste hingen leicht über den Rand ihres Brustkorbs hinab. Eigentlich waren sie für ihren Beruf ein bißchen zu groß. Unverständlich, wieso Amerikaner in ihren Fantasien von üppigen Busen schwärmten, während sie bei Fotomodellen einen eher flachen Busen bevorzugten. Für einen Rom waren die Brüste einer Frau kein Sexobjekt. Dazu wurden sie zu oft unbedeckt zur Schau gestellt – beim Säugen der Kinder in einem Raum voller Freunde oder auf der Straße vor aller Welt.

Bei Dany allerdings, das mußte er zugeben, waren sie Sexobjekte. Wenn sie es tatsächlich schaffen sollte, daß er sie heiratete, ob sie dann ihre Kinder vor den Augen ihrer Freunde stillen würde?

Behutsam zog er seinen Arm unter ihrem Kopf hervor und stand auf. Er ging ins Wohnzimmer und schloß die Schlafzimmertür hinter sich. Er wand sich das Handtuch erneut um die Hüften und setzte sich mit dem Telefonbuch und einer frischen Packung Zigaretten ans Telefon. Zuerst wählte er die Nummer von Pan American.

Eine Tonbandaufnahme bat ihn um einen Augenblick Geduld, und dann kam eine Frauenstimme.

»Hallo!« sagte Roman. »Hier ist das Reisebüro der First National Bank, Baldwin am Apparat. Es handelt sich um eine Buchung auf den Namen Mueller – M-u-e-l-l-e-r. Miß Judy Mueller hat für den vergangenen Montag einen Flug zu den Jungferninseln gebucht.«

»Nach St. Thomas doch sicherlich?« fragte die Stimme.

»Richtig. Sie wollte sich dort unten einer Reisegruppe anschließen, aber sie ist nicht eingetroffen. An sich ist das nicht sehr ungewöhnlich. Es kommt öfter vor, daß jüngere Kunden sich in ihrem Urlaub plötzlich selbständig machen. Aber nun ruft mich der Reiseleiter an, daß der Rückflug in die Staaten kurz bevorsteht und sie sich noch immer nicht hat sehen lassen. Könnten Sie nicht einmal in Ihren Unterlagen nachprüfen, ob sie überhaupt den Flug angetreten hat?«

»Wie war bitte die Flugnummer?«

»Das kann ich Ihnen leider im Moment nicht sagen, weil unser Büro am Sonntag nicht voll besetzt ist.«

Das Mädchen am anderen Ende der Leitung schien über sein reichlich seltsames Ersuchen nachzudenken.

»Das ist gegen die Vorschrift«, sagte sie schließlich.

»Ich verstehe das. Aber der Reiseleiter ist sehr in Sorge, und ich nicht minder. Wir fühlen uns unseren Kunden gegenüber doch irgendwie verpflichtet.«

Wieder ließ man ihn warten.

»Würden Sie mir bitte Ihren Namen nennen?« sagte Roman. »Damit ich mich bei Ihrem Vorgesetzten beschweren kann.«

»Warten Sie einen Moment. Ich befrage den Computer«, gab sie schnippisch zurück.

Roman drückte seine erste Zigarette aus, als das Mädchen sich wieder meldete. »Wir hatten in der letzten Woche auf keinem unserer Flüge nach St. Thomas eine Miß Mueller. Sagen Sie, worum geht es eigentlich?«

Er legte auf. Pan Am war seines Wissens die einzige Fluggesellschaft, die die Jungferninseln anflog. Auch Dany war ein Jahr zuvor mit Pan Am geflogen, und da er sie als ziemlich knauserig kannte, hatte sie sich bestimmt nach billigeren Flugmöglichkeiten umgehört. Er ging wieder ins Schlafzimmer.

»He, Dany! Aufwachen!«

Sie stützte sich mühsam auf die Ellbogen und blinzelte ihn schlaftrunken an.

»Sag mal, du bist doch damals mit diesem Dekorateur zu den Jungferninseln geflogen . . .«

»Das war wegen der Badeanzugreklame, das weißt du doch.«

»Ja, das weiß ich. Du bist doch mit Pan Am geflogen, nicht wahr? Gab es da nicht noch andere Möglichkeiten?«

»Ja, mit Trans Caribbean, aber nur sonntags.«

»Danke dir.« Er küßte sie auf die halbgeschlossenen Augen und schob sie aufs Kissen zurück.

Er suchte die Nummer von Trans Caribbean heraus

und wählte. Eine genaue Kopie der Pan-Am-Stimme meldete sich. Er spulte noch einmal seine ›Mr.-Baldwin‹-Masche herunter. Das Mädchen schwieg einige Male verwirrt, wie ihre Kollegin bei der Pan Am, aber dann prüfte sie doch bereitwillig ihre Unterlagen.

»Hallo, Mr. Baldwin? Wir haben tatsächlich einen Flug für eine Miß Mueller gebucht. Der Flugpreis wurde im voraus entrichtet, wie Sie sagten. Aber Ihr Reiseleiter braucht sich keine Sorgen zu machen. Miß Mueller hat den Flug nicht angetreten.«

»Ich danke vielmals.« Roman legte den Hörer auf.

»Kummer?« fragte Dany. Sie stand in der Tür und angelte mit den Zehen nach ihrer Hausjacke. Sie traute sich in ihrer Schamhaftigkeit nicht zum Fenster, obwohl der nächste Voyeur allenfalls auf der anderen Seite des East River wohnen konnte.

»Mein größter Kummer ist soeben beseitigt worden.«

»Worum geht's – Antiquitäten!«

»Du sagst es.«

Seine Augen hatten einen verträumten Ausdruck, wie es bei ihm nur selten vorkam. Sie trat zu ihm und wiegte seinen Kopf an ihrer Brust. Die mütterliche Geste holte ihn wieder in die Wirklichkeit zurück und zauberte ein amüsiertes Lächeln auf seine Lippen. Warum eigentlich sollte Dany ihre Kinder nicht in aller Öffentlichkeit stillen?

»Du solltest den Handel mit Antiquitäten aufgeben«, sagte Dany, »und endlich etwas anfangen, das interessanter ist.«

13

»Insekten?« sagte Captain Frank. »Sie sollen mir diesen Mordfall vom Hals schaffen, und da kommen Sie mir mit Insekten? Soll ich Ihnen mal was erzählen, ja?« Er ging an Sergeant Isadore vorbei, sperrte die Tür ab und setzte sich wieder hinter seinen Schreibtisch. »Gestern abend komme ich noch spät hierher in mein Büro, und was finde ich? Einen Mann vom CID, der auf der Herrentoilette eine Wanze anbringt, und einen von diesen Zivildetektiven, der in meinem Papierkorb herumschnüffelt. So stehen die Dinge!«

Isadore hielt die Lippen fest zusammengepreßt. Sein rundes Gesicht spannte sich wie eine Stahlfalle um ein kleines Kaninchen. Das Kaninchen war seine Zunge.

»Der Zoologe hat wegen Krankheit nicht kommen können? Na schön, dann soll er eben wegbleiben! Sie hätten diesen Dingsda schon längst verhaften können. Statt dessen lassen Sie ihn ins Lager hinein, wo er praktisch einen Antiquitätenladen aufbaut. Was glauben Sie, was die beim CID sich ins Fäustchen gelacht haben! Da können wir ja gleich jedem Verdächtigen die Gelegenheit geben, an den Beweisstücken herumzubasteln. Oder noch besser: Wir leihen sie gleich aus, wie in der Bibliothek.«

Isadore nutzte die erste Gelegenheit zum Rückzug. In seinen Ohren summte es, und auch er war froh, daß der Bericht des Zoologen über die vorgefundenen Insekten noch nicht vorlag. Sein Zorn wandte sich gegen Grey. Der Zigeuner hatte sein Versprechen, ihm zu helfen, nicht gehalten.

Er starrte auf die graue Kunststoffplatte seines Schreibtischs, um sich wieder in die Gewalt zu bekommen. Dieser Grey war eben ein Zigeuner, und was konnte man von einem solchen schon anderes erwarten? Aber warum hatte er an den Antiquitäten herumgebastelt? Sollte er wirklich Beweise an diesen sogenannten Beweisstücken gefunden haben? Solche und ähnliche Fragen waren es, die ihm ständiges Sodbrennen verursachten und seinen Bedarf an Natron in die Höhe schnellen ließen.

Eine Stunde später war er am Lagerhaus der Möbeltransportfirma Astor im East Village. Der Freund, für den Buddy Locher am Tag des Unfalls eingesprungen war, hatte am Tag vorher einen Lieferwagen aus Boston nach New York gefahren. Das Lagerhaus bestand lediglich aus zwei Lastwagenschuppen, eingerahmt von einem Gebrauchtkleiderladen und einem Hut- und Filzwarenhersteller. Alles lag unter einer dicken samtgrauen Staubschicht.

Isadores Nerven gaben der Belastung nach. Es war ein schlechter Tag und ein ausgesprochen mieser Fall, und mehr als drei Dinge konnte auch der beste Mann nicht gleichzeitig tun. Er ging zum Kiosk an der Ecke und kaufte eine Packung Zigaretten. Auf dem Weg zum Lagerhaus zündete er sich eine an. Der erste Zug entwickelte sich ohne sein Zutun von einem unschuldigen Experiment zum ausgewachsenen Lungenzug. Er trat in den leeren Schuppen.

»Ja? Was gibt's?« Ein Mann kam eine Rampe herunter. Der schmutzige Overall spannte sich über kräftigen Arm- und Bauchmuskeln.

»Ich möchte . . .«

»He!« sagte der Mann. Er zeigte auf Isadores Zigarette und dann auf ein Schild neben dem Schuppen. »Können Sie nicht lesen?« RAUCHEN VERBOTEN IN DEN WAGEN, IM GEBÄUDE UND BEI DER ARBEIT stand da.

»Wer sich heute nicht alles als Gesundheitsapostel aufspielt!« murmelte Isadore, trat aber trotzdem aus dem Schuppen auf die Straße und zerdrückte die Zigarette mit dem Schuh. Dann ging er zurück und erklärte dem Mann in bewußt ruhigem Ton den Grund seines Hierseins.

»Ach so, dann wollen Sie gar nichts von mir? Sie wollen zu dem Jungen.« Er trat mit dem Fuß gegen eine Stahltür und rief: »He, Hale, du sollst mal rasch runterkommen. Da ist ein Polyp, der will was von dir!«

Nur mit Mühe versagte sich Isadore die Frage, ob die Abfuhr von Sperrmüll ein gutes Training für den Transport von Kunstgegenständen sei.

»Der Junge« machte schon einen besseren Eindruck auf ihn. Er hieß Howard Washington Hale, trug sein blondes Haar lang, aber sauber geschnitten, und seine weiße Uniform war frisch gewaschen. Er war sogar höflich.

»Buddy kenne ich von der Army her. Er war immer schon ein bißchen komisch«, berichtete Howie Hale. »Nicht gefährlich, Sie wissen, was ich meine, nur eben übernervös. Er hat mich nicht von seiner Ankunft in Boston benachrichtigt, und ich wette, er ist nur gekommen, weil er heilfroh über seine Entlassung war.«

»Seit wann sind Sie selbst entlassen?«

»Das war vor sechs Monaten. Wäre ich doch nur dagewesen, als Buddy in die Stadt kam, aber ich war gerade auf einer Party außerhalb, und . . . na, Sie wissen ja. Aber sagen Sie Mr. Astor nichts davon!«

»Was denn, es gibt tatsächlich einen Mr. Astor?«

»Klar. Sie haben doch eben mit ihm gesprochen.«

Isadore unterhielt sich weiter mit Hale, bis der Boß seinen Schmerbauch durch die Tür hereinstreckte.

»Sie sind immer noch hier?« fauchte er Isadore an. »Ich muß mich an meinen Zeitplan halten. Wir sind schließlich keine Beamten.«

Hale zuckte die Achseln. »Sonst noch Fragen?«

»Nein, danke.«

Hale stieg in seinen Transporter, den er wie durch ein Wunder auch in dieser Umgebung sauberhielt. Am Armaturenbrett hing eine Heiligenfigur aus Plastik, wie sie sich auch unter Lochers Habseligkeiten befunden hatte. Astor stoppte den Verkehr vor der Ausfahrt und winkte den Transporter heraus. Isadore sah dem Wagen nach, der in Richtung Broadway davonfuhr und vor einer Ampel warten mußte.

»Was denn nun noch?« fragte der Transportunternehmer gequält.

»Nichts mehr. Danke, Sie waren sehr hilfsbereit, Mr. . . . eh . . . Astor.«

»Ja, schon gut, schon gut!« fauchte Astor. »Das kommt von Astorini. Na und? Wollen Sie mir daraus vielleicht einen Strick drehen? Ihr und die vom FBI, ihr könnt mir allesamt gestohlen bleiben! Wollen Sie vielleicht meine Mitgliedskarte von der Mafia sehen?«

Isadore zog in Gedanken eine gerade Linie zu seinem Auto und versuchte, ihr zu folgen. Die Linie wurde jedoch unterbrochen von einem Stadtstreicher aus der nahen Bowery, der ihn um eine Zigarette anbettelte. Isadore gab ihm seine ganze Packung.

Dann fuhr er zu dem Gelände hinaus, auf dem der Abschleppwagen der Polizei die als Beweisstücke zurückbehaltenen Fahrzeuge abstellte. Zwei junge Streifenpolizisten inspizierten die zur Versteigerung anstehenden Autos. Einen Wagen, der früher einmal ein Cadillac Eldorado gewesen war, heute aber eher einem aufgeplatzten Akkordeon glich, ließen sie links liegen. Isadore ging zu dem Kleintransporter mit der Aufschrift ASTOR-TRANSPORTE auf der Tür. Das Oberteil der Tür fehlte; es war zusammen mit dem Wagendach glatt abrasiert worden. Zum drittenmal untersuchte er das Innere der Führerkabine. Nicht daß er erwartete, irgend etwas zu finden, das ihm am Unfallort entgangen war, aber Greys Anschuldigung, bei ihm stünden nur Zigeuner auf der Abschußliste, ärgerte ihn. Abgesehen von den Spuren des Zusammenstoßes war das Führerhaus absolut sauber, ebenso wie die Ladefläche, auf der die antiken Möbel gestanden hatten. Isadore fühlte sich aller Sünden ledig, als er ausstieg und zu dem Eldorado hinüberging. Dort würde sich ein weites Feld von Möglichkeiten auftun, wenn erst der Insektenexperte einträfe und sich an die Arbeit machte. Im Grunde war Isadore ein Optimist, das ließ sich auch jetzt nicht leugnen.

Zwanzig Schritte vor dem Eldorado stöhnte er plötzlich gequält auf. Er ahnte Schlimmes, und als er bei dem eingedrückten Kotflügel stand, schlug er innerlich die Hände über dem Kopf zusammen. Kein Zoologe der ganzen Welt würde hier noch etwas ausrichten können. Aus irgendeinem ihm unbekannten Grund war die Karosserie des Eldorado ebenso sauber wie die des Transporters.

»Tja«, sagte einer der Platzwächter auf Isadores Frage, »Befehl vom CID. Wir haben den ganzen Platz mit dem Wasserschlauch abspritzen müssen. Umwelthygiene, meinten sie.«

Es klang durchaus glaubhaft. Das CID benutzte das Gelände viel seltener als das Detective Bureau, und bei deren sprichtwörtlichem Konkurrenzneid – kein Wunder. Gemeinsam mit dem Platzwächter gelang es Isadore, die Motorhaube zu öffnen. Auch aus dem zerquetschten Kühlergrill waren sämtliche Insekten herausgewaschen worden. Das Innere des Autos war noch nicht gereinigt, aber gerade hier war alles bereits gründlichst untersucht worden. Alles, bis zur einzelnen Tabakfaser und zu Abfällen, war sorgsam aufgelesen und in Pappschachteln verwahrt worden. Die Tür hing da wie ein gebrochener Flügel. Von der Polsterung war kaum noch etwas vorhanden. Die Laborleute hatten von allen Flecken Proben genommen, und in Nanoosh Pulneshtis Auto hatte es kaum Stellen gegeben, an denen keine Flecke waren. Die Aschenbecher fehlten, ebenso der größte Teil des Teppichbodens. Das Armaturenbrett war voller undefinierbarer Kratzer. Von der Windschutzscheibe, durch die Nanoosh hinausgeschleudert worden war, war kaum etwas übriggeblieben. Hier gab es nichts mehr zu entdecken.

Das heißt: fast nichts. In der Schmutzansammlung unter dem Bremspedal wuchs – gleichsam als traurige Abschiedsnote – ein Pilz. Unwillkürlich mußte Isadore an die hohe Luftfeuchtigkeit der letzten Tage denken. Mitten in Tod und Zerstörung dauerte das Leben an, dachte er, denn er hatte sich trotz seines Berufs eine gewisse Nachdenklichkeit bewahrt. Zur Fahrerseite hinüberzugehen war zwecklos. Die Tür auf dieser Seite war seit dem Unfall nicht mehr geöffnet worden. Er beugte sich zum Boden hinab, um den Pilz näher in Augenschein zu nehmen. Es war eine Gruppe winzig kleiner Pilze mit dünnen Stengeln und spitzen Hüten. Die Art war ihm noch nie begegnet, obwohl er früher oft mit seinem Sohn zum Pilzesuchen in die Catskills gefahren war.

»Ein *pajarito*«, sagte Lieutenant Ebert. Er hielt Isadores Fund mit der Pinzette ins Licht. Die Labortechniker waren ebenso wie Isadore mit ihrem Latein am Ende gewesen, als er ihnen seinen kostbaren Fund, in ein Taschentuch gewickelt, zur Begutachtung vorgelegt hatte. Ebert war vom Rauschgiftdezernat. »Wie finde ich denn das? Wo haben Sie den nur gefunden?«

»Es ist also kein heimischer Pilz?«

»Wo denken Sie hin? Einen Schatz wie diesen könnten Sie in Greenwich Village leicht für 500 Dollar verkaufen. Er kommt aus Mexiko, aus Oaxaca, westlich von Guatemala. Die Mazoteca-Indianer züchten da unten mit die besten halluzinogenen Pilze in der ganzen Welt – *pajaritos, derumbes* und dicke, fette *Santo Jesucristas*. Ich selbst habe ein solches Exemplar noch nie zuvor in dieser Stadt gesehen.«

Daß die Zigeuner den ›Stoff‹ nicht eingeschmuggelt hatten, wußte Isadore, denn man hatte unmittelbar nach dem Unfall nichts davon gefunden. Diese *pajaritos* waren von selbst gewachsen, sie hatten sich praktisch ganz allein eingeschmuggelt.

»Wie lange würde es bei diesen Pilzen bis zur Entwicklung dauern, und wie rasch würden sie hier in der Stadt wieder absterben?«

Ebert kratzte in den kurzen Stoppeln, die ihm als Kopfschmuck dienten. Als Mann des Rauschgiftdezernats kam er sehr viel an die frische Luft, und seine Haut war entsprechend braungebrannt. »Das kommt darauf an. Pilze sind ziemlich primitive Pflanzen. Sie wachsen fast überall, aber hier in New York müßten sie eigentlich schnell wieder zugrunde gehen. Besonders *pajaritos*. In den Bergen der Sierra Mazoteca ist es kühl und feucht. Sehen Sie hier« – er streckte sein Hand aus –, »diese sind schon fast ausgetrocknet. Ich würde also sagen, sie überleben höchstens vier bis fünf Tage, wenn sie erst aufgewachsen sind.«

»Und wie lange könnten sie sich in dem Schmutz unter dem Bremspedal befunden haben, bevor sie zu wachsen anfingen?«

»Ah, jetzt verstehe ich, worauf Sie hinauswollen. Wenn man den Klimawechsel berücksichtigt, kann das nicht sehr lange gewesen sein. Ich würde sagen, weniger als eine Woche, aber bei Pilzen kann man das nie so genau wissen.«

Isadore kehrte an seinen Schreibtisch zurück und machte sich mit Block und Bleistift ans Rechnen. Wenn die *pajaritos* – ›Vögelchen‹ hieß das auf spanisch – vier oder fünf Tage alt waren, allerhöchstens, und wenn sie zuvor etwa eine Woche gekeimt hatten, dann bedeutete das, daß der Eldorado noch vor elf Tagen am südlichen Ende von Mexiko gewesen war. Jetzt war Freitag. Der Unfall lag vier Tage zurück. Demnach hatte Nanoosh Pulneshti weniger als eine Woche Zeit gehabt, um quer durch Mexiko und die Vereinigten Staaten zu fahren. Zigeuner waren zwar als außergewöhnliche Fahrer bekannt, aber das wäre denn doch des Guten zuviel gewesen. In einer knappen Woche hätte Pulneshti nicht einmal Zeit gehabt, einen Straßenköter zu überfahren, geschweige denn einen Mord zu begehen, die Leiche zu zerstückeln und säuberlich zu verpakken.

Er ging im Zimmer auf und ab. Der Raum war leer bis auf einen jüngeren Beamten, der in einer Ecke die ersten Versuche auf der Schreibmaschine machte. Die anderen waren zu Hause beim Abendessen. Nur er nicht. Was suchte er noch hier? Auf einer großen Korktafel hingen die Bilder von Kindern, die von ihren Eltern als vermißt gemeldet waren. Eine Liste darunter war voll mit Namen und Personenbeschreibungen von jungen Menschen, die von zu Hause fortgerannt oder ganz einfach von der Bildfläche verschwunden waren. Zum zehntenmal ging er die Liste durch, beschränkte sich auf solche, die auch nur eine entfernte Ähnlichkeit mit der Leiche im Schauhaus besaßen. Durch strenge Selektion ließ sich die Zahl auf fünf verringern: Eine Studentin aus Roanoke, Virginia. Eine Krankenschwester aus Brownsville, Texas. Noch eine Studentin aus Memphis. Eine ausgeflippte Hippiefigur aus Little Rock und eine Fürsorgerin aus Wheeling in West-Virginia. Es mußte schon jemand aus einer Gegend gewesen sein, die er auf seinem Rückweg von Mexiko durchfahren hatte – falls Pulneshti es wirklich getan hatte. Und falls Pulneshti es nicht getan hatte, wußte er jetzt weniger als zu Beginn. Das dumme war, daß Isadore allmählich zu argwöhnen begann, Grey könnte wirklich etwas erfahren haben.

Es bedurfte einiger Überredungskunst, aber Erskine Lippincoot von der Firma Lippincoot Frères hatte eine Schwäche für die Zusammenarbeit mit der Polizei. Als Sergeant Isadore ihn am Samstag morgen anrief, verkündete er seinen Wochenendgästen mit unverhohlenem Vergnügen, daß ihn die Behörden nicht selten um Rat fragten, wenn es sich um Antiquitäten handelte, und daß sie ihn für einige Stunden entschuldigen müßten. Die Pflicht rief, und die Lippincoots hatten bei der Wahrnehmung ihrer Bürgerpflichten noch nie gezögert.

Isadore wartete vor dem Lagerhaus der Polizei, als Lippincoot im Mercedes mit livriertem Chauffeur vorfuhr. Er rollte seinen Kaugummi zu einer kleinen Kugel zusammen und wickelte ihn in Papier, als Lippincoot, im weißen Sommeranzug mit breitem Plastron, dem Wagen entstieg. Die beiden Männer waren sich noch nie begegnet, erkannten einander aber ohne Schwierigkeiten.

»Wenn Sie mir, bitte, alles noch einmal erklären würden«, sagte Lippincoot, als sie ins Lagerhaus gingen.

»Ich will's versuchen«, erwiderte Isadore. »Wir haben ein paar Antiquitäten hier von einem Unfall. Sie sind bereits von einem anderen Experten – eh – untersucht worden, aber leider hat er bisher noch keinen Bericht eingereicht. Ich wäre Ihnen dankbar, wenn Sie mit Ihrem Sachverstand die Gegenstände einmal überprüfen würden. Da Sie in der Stadt als Kapazität im Kunsthandel bekannt sind und uns schon des öfteren zur Hand gegangen sind, versprechen wir uns von Ihrer Hilfe sehr viel. Sollten Sie nichts finden, so bedeutet das, daß auch Ihr Vorgänger nichts gefunden hat.«

»Merkwürdig.« Lippincoots Stirn legte sich in mächtige Falten. »Wer ist dieser andere Mann? Ich müßte doch zumindest seinen Namen kennen.«

»Das kann ich Ihnen leider nicht sagen.«

»Merkwürdig. Äußerst merkwürdig.«

»Ich möchte nur mein Gewissen beruhigen.«

Lippincoots Stirnrunzeln wollte kein Ende nehmen. Sollte er den ganzen weiten Weg von seinem Wochenendsitz an der Küste hierher gemacht haben, nur um das Gewissen eines kleinen Polizisten zu beruhigen?

»Hier sind die Sachen«, sagte Isadore.

Lippincoots Ärger schwand und wich dem Vergnügen, das er stets bei wertvollen Antiquitäten empfand. In Gedanken schätzte er bereits den Wert der einzelnen Gegenstände ab und nahm den Polizisten an seiner Seite gar nicht mehr wahr. Das tragische Meisterwerk der Sammlung war natürlich die Hochkommode, die so kunstvoll rekonstruiert worden war, daß niemand den ursprünglichen Zustand mehr ahnen konnte.

»Herrliche Arbeit, einfach großartig. Der Besitzer war wohl selbst hier, um das Stück zusammenzusetzen?« Jedenfalls war es eine Arbeit, die ein Polizeitischler nie fertiggebracht hätte.

»Nein. Das hat Ihr Kollege gemacht. In etwa einer Stunde.«

»Kaum vorstellbar.« Lippincoot zog behutsam an einer der Schubladen. Die ausdrucksstarke Stirn furchte sich noch tiefer. »Merkwürdig, sehr merkwürdig. Warum hat er das getan?«

»Was ist merkwürdig? Was hat er getan?«

»Der Mann hat die Innenseite der Laden angekratzt, sonst nichts. So etwas macht man, um die Echtheit eines Stückes festzustellen, aber nicht, wenn man es zusammenbauen will. Ich selbst benutze dazu ein kleines Silbermesser.«

»Absichtlich, meinen Sie? Er hat es mit Absicht getan?«

»Natürlich mit Absicht. Der Mann, der dieses Möbel zusammengesetzt hat, war kein Stümper. Kiefernholz ist sehr weich, und er könnte es mit jedem scharfen Gegenstand gemacht haben.«

»Ziehen Sie sie heraus! Sämtliche Laden.«

»Das werde ich hübsch bleibenlassen!« protestierte Lippincoot. »Dies ist zweihundert Jahre altes, trockenes Nußbaumholz, mein Freund. Sehr spröde und brüchig und nur von einem Kunstharzleim zusammengehalten. Das fällt uns bei der geringsten unbedachten Bewegung auseinander.«

»Ziehen Sie sie heraus!« befahl Isadore in dem Ton, in dem er mit Ganoven verkehrte. Lippincoot erkannte gerade noch rechtzeitig den harten Stahlkern unter den mächtigen Fettpolstern seines Gegenübers, und er zog folgsam die Laden heraus, eine nach der andern, und legte sie auf den Boden.

»Merkwürdig.«

Allmählich gingen Isadore diese nichtssagenden Untertreibungen auf die Nerven, aber er erkundigte sich dennoch höflich, was den anderen zu seiner Bemerkung veranlaßt habe.

»Man kratzt das Holz an, um festzustellen, ob die Wurmstiche echt sind«, klärte Lippincoot ihn auf. »Diese *sind* echt. Der Kapillareffekt echter Wurmstiche ist es ja gerade, der sich jeder Aufarbeitung entgegenstellt. Alle Feuchtigkeit wird aufgesogen, sehen Sie hier! In einigen der Löcher befinden sich Ablagerungen, das ist unbestreitbar. Ich behaupte sogar, daß sie erst aus allerjüngster Zeit stammen, obwohl sie kaum erkennbar sind.«

»Was für Ablagerungen?«

»Blut natürlich. Glauben Sie mir, ich kenne mich da genau aus.«

Lippincoot beharrte felsenfest auf seiner Meinung. Befragt, ob er in den Schubladen Spuren von Trockeneis ermitteln könne, wies er lediglich auf die Verziehungen an den Fugen hin.

»Ein Versicherungsagent hat die Ladung überprüft, sagten Sie? Das besagt überhaupt nichts, wenn der Mann beispielsweise rechtzeitig zum Essen zu Hause sein will. Auf Versicherungsagenten ist doch selten Verlaß, wenn Sie mich fragen, ich halte sie allesamt für . . .«

»Merkwürdig«, war alles, was Isadore sagen konnte.

Wieder in seinem Büro, ließ sich Isadore die Vermißtenliste von Personen aus New England bringen. Sie enthielt ein rundes Dutzend junger Mädchen. Die Hälfte von ihnen hatte sich vermutlich zur Zuckerrohrernte nach Kuba abgesetzt. Vier weitere schieden aus wegen Haarfarbe, Statur oder unveränderlicher Kennzeichen. Übrig blieben eine Privatschullehrerin aus Middlebury, Connecticut, und eine Bibliothekarin aus Boston. Zu keiner von beiden lagen Fingerabdrücke vor, die er mit denen der Toten vergleichen konnte. Er beauftragte die Kollegen in Middlebury und in Boston, sich mit den Zahnärzten von den vermißten Mädchen in Verbindung zu setzen und die Gebißabdrücke zu besorgen. Am Sonntag nachmittag endlich wußte er, daß es sich bei der Toten um eine gewisse Judith Jean Mueller handelte.

14

Ein U-Boot schaukelte auf dem trüben Wasser. Die Batterien waren leer, und die Schrauben standen still. Funksignale verhallten wirkungslos. Der Kapitän, ein Junge von zwölf Jahren, drehte frustriert an den Knöpfen seiner Fernsteuerung. Da die Technik sich als Fehlschlag erwiesen hatte, lief er in den Park, um einen langen Stock zu suchen.

»Ich nehme an, Sie haben Nanooshs Verwandten die freudige Nachricht überbracht, obwohl Sie angeblich bisher nicht wußten, wo sie zu finden sind«, sagte Isadore, ein heißes Würstchen in der Hand.

»Wenn ich sie finden könnte, würde ich es ihnen sagen, und sie wären wahrscheinlich außer sich vor Freude. Dafür werden sie Ihnen ewig dankbar sein.«

»Sagen Sie ihnen, es sei gern geschehen.«

Die beiden Männer saßen auf einer Bank am Bootsteich. Hinter ihnen erhob sich der baumgesäumte Rand des Central Park, und darüber ragten die Luxusapartments der East Side.

»So kommt doch endlich Sinn in die Sache.« Isadore leckte einen Rest Senf vom Finger. »Eines hat mir überhaupt nie so recht einleuchten wollen: Wieso sollte ein Zigeuner, der sich auf einer Eilfahrt quer durch den Kontinent befindet, sich irgendwo mit einem Mord aufhalten?«

»Ich kenne Leute, die das bisher noch für möglich gehalten haben.«

Isadore schniefte verlegen durch die Nase. »Sie wissen schon, was ich meine. Die Sache mit Sloan klingt doch viel vernünftiger. Hier trifft schließlich alles zusammen: Motiv und Gelegenheit.«

»Tja ... Mann liebt Frau, Frau verläßt Mann, Mann tötet Frau ... so einfach ist das oft.«

»Eben.« Isadore war sich nicht ganz sicher, ob man sich über ihn lustig machen wollte. Zusammen mit Roman sah er dem Jungen zu, der mit einem zu kurzen Stock das Wasser peitschte. »Judy Mueller wurde von ihrer Zimmergenossin als vermißt gemeldet. Ihre Freundin wußte alles über Judys Romanze mit Sloan, nur nicht den Namen. Für sie war er ein älterer, wohlhabender Herr der Gesellschaft, der sie verführt und dann sein Eheversprechen gebrochen hat. Die Freundin hat den Mann selbst nie zu Gesicht bekommen, nur seinen Wagen, wenn er draußen vor dem Haus hupte. Es war ein zitronengelber Buick Kombi. Das Nummernschild hatte sie nicht gesehen, aber sie erinnerte sich an einen breiten Kratzer auf dem hinteren rechten Kotflügel, den sie an dem letzten Abend gesehen hatte. Den Wagen hatten wir schnell entdeckt. Der Kratzer stammte von einem Unfall, der eine Woche vorher mit Sloans Tochter am Steuer passiert war. Und als die Kollegen in Boston mit Judys Freundin zu Sloans Haus hinausfuhren, hat sie den Wagen dort genau wiedererkannt. Der Rest ergab sich dann fast wie von selbst. Von der Freundin wußten wir, daß Judy Mueller und ihr neuer Freund die Wochenenden in New York verbrachten. Die Hotelportiers konnten uns leider nicht weiterhelfen, weil Sloan schäbigerweise seine Kreditkarte benutzt hat. Immerhin reichte uns das, um Sloan direkt in die Mangel zu nehmen. Das war gestern abend. Natürlich hat er alles abgestritten, bis wir dann die Briefe in seinem Schreibtisch fanden. Danach versuchte er, alles als einen großen Irrtum darzustellen. Sie seien zwar sehr eng befreundet gewesen, aber das Mädchen habe alles maßlos übertrieben: Er jedenfalls habe ihr nie versprochen, sie zu heiraten; und natürlich hat er sie nicht umgebracht.«

Das U-Boot war auf Tauchstation gegangen. Der

Junge warf wütend Steine ins Wasser. Die beiden Männer rutschten ans andere Ende der Bank, um nicht naß zu werden. Isadore wischte sich die Hände an der Papierserviette ab, faltete sie sauber zusammen und steckte sie in die Tasche.

»Hat er?« fragte Roman unschuldig.

»Ich denke, das liegt klar auf der Hand. Nettes Mädchen, guter Ruf, belesen, gebildet. So was wartet doch nur auf einen Typ wie Sloan. Irgendwann, früher oder später, kommt sie dahinter, daß sie reingelegt worden ist. In der Abschiedsszene droht sie, die Affäre ans Licht zu bringen. Wenn sie nicht gut genug ist für die Gesellschaftsspalte, dann wird sie dafür sorgen, daß auch er unmöglich gemacht wird. Einen Mann wie Sloan kann man auf diese Weise am ehesten packen. Er tötet sie in einem Wutanfall, zersägt sie in seiner Werkstatt und packt sie in die Kommode.«

»Hochkommode.«

»Hochkommode, Tiefkommode – wen kümmert das schon? Er verfrachtet sie in panischer Angst zur New Yorker Ausstellung. Irgendwann, glaubt er, wird es schon möglich sein, die Kommode von der Ausstellung zurückzuziehen und die Leiche zu beseitigen. Die Hauptsache ist, sie aus Massachusetts hinauszuschaffen. Und wenn er sie in den Hudson werfen muß. Er kennt sich da nicht genau aus; schließlich ist er kein professioneller Killer. Und dann stellt sich dieser unerwartete Glücksfall ein. Die Versicherung ruft ihn an, der Wagen sei in einen Unfall verwickelt worden, seine Kunstwerke seien schwer beschädigt. Und falls es ihn interessiere: Bei dem Unfall ist ein verzweifelter Mörder umgekommen, der mit einer zerstückelten Leiche im Kofferraum durch die Gegend irrte. Wenn das kein Glück ist! Da zerbricht er sich den Kopf, was er mit der Leiche anfangen soll, und die beseitigt sich ganz von selbst. Was noch besser ist: Kein Unschuldiger muß für ihn ins Gefängnis, weil alle Beteiligten bereits tot sind. Gott meint es gut mit Hoddinot Sloan. Er braucht jetzt nur noch die Hände in den Schoß zu legen und das Geld von der Versicherung zu kassieren. Vielleicht springt sogar noch ein hübscher Profit dabei heraus. Darum dreht sich doch alles für Kalvinisten, oder?«

»Ihre Bildung ist beeindruckend, Mr. Isadore.«

»Ach was, ich kann eben logisch denken. Und das hier ist logisch. Wie alle Morde, so verrückt sie auch auf den ersten Blick scheinen. Und dann die typische Unverschämtheit, wie man sie bei allen Mördern findet. Die Kollegen aus Boston berichten, daß Sloan glatt in Ohnmacht gefallen ist, als man ihm vorhielt, Judy Muellers Freundin habe mit eigenen Augen gesehen, wie er sie am Abend ihres Verschwindens abgeholt hat.«

»Und er streitet das ab?«

»Nein, keineswegs. Als sie ihn soweit hatten, schrie er nach seinem Anwalt. Und als der eintraf und Sloan merkte, daß er nur für die Abfassung von Testamentsnachträgen taugt, schrie er nach einem anderen. Ich fahre heute nachmittag mit dem Zug hin. Wenn ich Glück habe, bin ich der erste, der ihm von dem Blut an der Kreissäge erzählt. Die Blutgruppe stimmt mit der von Judy Mueller überein. Ich wollte Ihnen vor meiner Abfahrt nur rasch sagen, wie die Dinge stehen, weil ich es Ihnen wirklich nicht leichtgemacht habe. Okay?«

»Selbstverständlich«, sagte Roman. Isadore schien also wirklich an seiner Freundschaft gelegen zu sein.

»Außerdem waren Sie es, der uns mit dieser Kommode auf den richtigen Weg geführt hat. Ich habe sie mir daraufhin noch einmal gründlich angesehen. Warum haben Sie mir eigentlich nichts davon gesagt?«

Roman zuckte die Achseln. »Ich hab' es zwar entdeckt, aber ich habe nichts Rechtes damit anzufangen gewußt. Ich bin kein Detektiv wie Sie.« Er machte eine Pause. »Sloan ist also der Mann, ja?«

Isadore versuchte, in den tiefschwarzen Augen des Zigeuners zu lesen, gab es aber bald auf. »Ja. Jedenfalls bin ich froh, daß sich die Dinge so entwickelt haben. Sagen Sie bloß nicht, Sie wären es nicht.«

Roman lachte. »Jetzt liegt es also in Ihrer Hand, Sergeant.«

»He, ich muß gehen. Mein Zug geht in einer Stunde. Mein hoffnungsvoller Sprößling fährt mich zum Bahnhof, und dem muß ich immer viel Zeit lassen.«

Roman schaute Isadores gebeugter Gestalt nach, die sich am Ufer des Teichs entlang entfernte und dann über die Treppe zur 72. Straße verschwand. Im Teich watete der Junge mit ausgestreckten Händen auf sein U-Boot zu, als tanze er auf einem Spannseil.

Roman ging nach Hause, um sich für eine Party fertigzumachen. Veras *kumpania* würde gleich einen doppelten Grund zum Feiern haben: die Reinwaschung von Nanooshs Namen und die Hochzeit ihrer Tochter Laza mit einem Jungen aus einer *kumpania* in Queens.

Dany schmollte, als er in die Wohnung kam. Sie war ein fester Bestandteil seines Lebens geworden. Sie weckte ihn morgens per Telefon, verschwand zu ihren Aufnahmen, besuchte ihn mittags im Laden, verschwand zu weiteren Aufnahmen und kam abends wieder zurück, um das Essen zu machen und mit ihm ins Bett zu gehen. Zwar hatte sie ihn doch nicht dazu gebracht, sie zu heiraten, aber doch so weit, daß er sich allmählich in ihrer Schuld fühlte.

»Glaubst du wirklich, sie würden so sehr entsetzt sein, wenn du mich zu ihnen mitnimmst?« fragte sie. »Wie soll ich denn überhaupt jemals deine Freunde kennenlernen? Ich meine, ein paar von den Männern kenne ich ja schon, aber von den Frauen bin ich noch keiner begegnet.«

Roman seifte sein Gesicht ein. Wie konnte er ihr beibringen, daß er sie nur in ihrem eigenen Interesse von den Zigeunerfrauen fernhielt. Eine *gaji*, die einen Rom heiratete, wurde von allen Zigeunerfrauen wie eine Sklavin behandelt. Sie würde sich streng den Zigeunersitten fügen müssen, und das würde unter anderem bedeuten, daß sie ihre Givenchy-Modelle gegen selbstgemachte Leinenunterröcke vertauschen und das harte, manchmal erniedrigende Geschäft des Wahrsagens erlernen müßte. Nicht weil er auf das Geld angewiesen wäre, sondern weil die Frauen es von ihr verlangen würden. Jedenfalls war es für ihn und für Dany besser, wenn er sie nicht heiratete. Er suchte verzweifelt nach einem Grund, das Thema zu wechseln. Er begann, sich zu rasieren, und ein dünner roter Strich erschien auf seiner Narbe.

»Verdammt, Dany, du hast dir schon wieder die Beine mit meinem Apparat rasiert. Ich hab' dir doch einen eigenen gekauft.«

»Der war stumpf.«

»Dann wechselst du eben die Klinge!« Er schob eine neue Klinge in seinen Apparat. Sie hockte draußen vor der Badezimmertür; er spürte ihre Nähe. Gewöhnlich hatte er keine Mühe, mit ihren Launen fertig zu werden, ihren Ärger mit einem Witz zu beenden, über den sie beide lachen konnten. Es gab aber auch Gelegenheiten, bei denen er wie gelähmt war und über ihre manchmal kindischen Manöver in hellen Zorn geraten konnte. »Es ist keine gewöhnliche Party«, versuchte er ihr klarzumachen. »Kein Fremder ist zu Hochzeiten zugelassen, nicht einmal ein Priester. Ein andermal ist es sicher besser. Du willst sie doch als Freunde kennenlernen, nicht?«

Er blickte auf und sah sie im Spiegel. Sie kaute an ihren falschen Fingernägeln – ein schlechtes Zeichen. Er versteckte sein Gesicht, indem er sich ins Waschbekken hinunterbeugte und den Schaum abwusch. Er trocknete sich ab und zog ein frisches Hemd an. Auf dem Wohnzimmertisch stand die Flasche Anisette und ein Filzbeutel mit Goldstücken, die er für Lazas *gonya* mitnehmen wollte.

»Du gehst also tatsächlich allein zu dieser Party und läßt mich hier sitzen«, triumphierte Dany. Sie saß mit gekreuzten Armen neben der Tür.

»Ach komm, Dany, sei nicht ungerecht! Ich hab' dir am Telefon von dieser Party erzählt, und du hast gesagt, das träfe sich gut, weil du von einem dieser Dialogschreiber eingeladen worden seist.«

»Du meinst den, der was für meine Allgemeinbildung tun wollte?« schnaufte sie verächtlich.

»Ja, den. Der weiß wenigstens, wo der Schuh drückt.«

»Sehr witzig – ha, ha!« fauchte sie.

Er ließ die Schultern sinken; ungleichmäßig, weil er in einer Hande den schweren Filzbeutel trug. Die einzige *gaji*, der es je gelungen war, ihn zu verwirren, war dieses halsstarrige, faszinierende, praktisch unbelesene (mit Ausnahme von *Vogue*), rührselige, spindeldürre, samtweiche, leidenschaftliche Fotomodell mit den Schlafzimmeraugen.

»Es gibt hundert Partys in der Stadt, auf die du heute abend gehen könntest, wenn du wolltest«, sagte er.

»Ich bleibe hier, wenn du nichts dagegen hast. Ich werde im Bett lesen.« Sie sah, daß ihre Worte auf einigen Unglauben stießen, und setzte rasch hinzu: »Vielleicht ist ja auch was im Fernsehen.«

»Wie du willst.«

Er verließ die Wohnung, und während er draußen

auf den Fahrstuhl wartete, öffnete Dany noch einmal die Tür und knallte sie heftig ins Schloß.

Wieso kam er sich vor wie Hoddinot Sloan?

15

Vera war glücklich, weil Laza vorläufig nicht hätte Hochzeit feiern können, wenn Nanooshs Name nicht reingewaschen worden wäre. Roman hatte ihr am Telefon erklärt, daß Sergeant Isadore den Mord aufgeklärt habe, aber für sie und ihre *kumpania* stand fest, daß Roman ihren Auftrag, Nanooshs *mulo* vor der Vorhölle zu bewahren, in einer knappen Woche ausgeführt hatte. Ihre geringe Meinung von der Polizei ließ keine andere Deutung zu. Nun konnten sie feiern.

Alle Vorhänge in der *ofisa* waren beiseite gezogen, so daß die Gesellschaft den ganzen Raum von vorn bis hinten zur Verfügung hatte. Sie hatten Falttische zusammengestellt und sie mit bunten Tüchern gedeckt. Darauf standen Platten mit kaltem Braten, gegrillten Hähnchen, fleischgefüllten Pfannkuchen, *bokoli* genannt, rotes Roastbeef mit einem scharfen Duft von Rosmarin, Schweinebraten mit Süßholz und Anissamen, eine nach Salbei und Majoran duftende Festtagsgans, immer wieder Hähnchen und von irgendwoher ein ganzes, fettglänzendes Spanferkel. Rundherum, gleichsam als ob es darauf ankäme, keinen Fingerbreit der Tischfläche frei zu lassen, reihten sich Schalen mit Sesamjoghurt, Kopfsalat, Gurken oder Tomaten. Die Frauen schoben Schüsseln und Teller zusammen, um Platz zu schaffen für weiße Bohnen in Essig, Kichererbsen in Sesampaste und grüne Bohnen in saurer Sahne. Die Männer machten sich Durst mit Linsen und Käse und kleinen, salzigen Oliven. Die Kinder griffen nach den Honigkuchen, Fleischbällchen mit Muskat und den Auberginen, die die hochaufgetürmten Berge von frischem Schwarzbrot einrahmten. An einem Ende der langen Tischreihe zapfte ein Bruder des Bräutigams Bier aus den Fässern.

»Es ist eine sehr gute Partie«, flüsterte Vera in Romans Ohr. »Dodo war neulich bei mir wegen seines Jungen, als ob er mir ein Geschenk brächte. Da drüben steht er gerade, und die beiden neben ihm, mit dem Hähnchen in der Hand, das sind seine Brüder.« Sie zeigte mit einem riesigen Stück Schweinefleisch in die Richtung. »500 Dollar haben sie geboten, stell dir das vor!«

Roman schüttelte den Kopf in gespielter Verwunderung. Was ihn wirklich wunderte, war, daß Vera bei dem sie umgebenden Lärm überhaupt sprechen konnte; ein Lärm aus ungezwungenem Singen, Tanzen und Prahlen und aus zwei konkurrierenden Plattenspielern, von denen einer die Rhapsodien von Balogh Istvan und der andere die Flamencos von Manitas de Plata hervordröhnte.

»Ich bitte dich, Romano! 500 Dollar für ein süßes Mädchen wie Laza! So sanftmütig, fleißig und schön wie ein Pfirsich! Kann wahrsagen wie eine Alte, marschiert in jedes Kaufhaus hinein und kommt mit einer elektrischen Kochplatte wieder heraus, ohne daß auch nur ein Mensch was merkt. Und das für einen Jungen wie diesen Kalia! Dumm, schlecht erzogen und stockhäßlich! Der hat immer nur Autos im Kopf, und wenn er die stiehlt, läßt er sich auch noch erwischen. Du kannst dir denken, was ich gemacht habe. Aus reinem Entgegenkommen und nur, um ihn vor seinen beiden Brüdern nicht bloßzustellen, habe ich 4000 Dollar verlangt. Das ist das mindeste, was ich für Laza verlangen kann.«

Ein Freund brachte Roman ein frisches Bier und versuchte, ihn am Arm fortzuziehen, aber Vera hielt ihn fest.

»Also haben wir uns zusammengesetzt und verhandelt. Vielleicht ist dieser Kalia gar nicht so schlecht. Weißt du noch, wie er sich aus lauter gestohlenen Einzelteilen das Auto gebaut hat? Und für seine sechzehn Jahre hat er eigentlich schon ganz schönen Erfolg auf dem Rennplatz gehabt. Laza, das muß sogar ich zugeben, hat manchmal einen sehr teuren Geschmack, und alles bekommt sie eben nicht, ohne zu bezahlen. Ich meine, man darf die Sache nicht nur schwarz und weiß sehen. Immerhin, Dodo hat 1000 Dollar geboten, und ich bin auf 3500 Dollar heruntergegangen, aus reiner Freundschaft.«

»Aus reiner Freundschaft.«

»Ja. Und dann erwähnte Dodo, daß seine *kumpania* zu den ältesten und geachtetsten im ganzen Land gehört und daß sie einen Anwalt hätten, den sie uns ausleihen könnten, wenn wir erst miteinander verwandt wären, und außerdem bot er 1500 Dollar. Irgend jemand glaubte zu wissen, daß Laza am Kochtopf nichts tauge, was ich natürlich scharf zurückgewiesen habe, aber Dodo und seine Familie waren ja schon früher mal bei mir zum Essen gewesen, und ich mußte auf 2750 Dollar heruntergehen.«

»Sehr weise«, sagte Roman. Die Unterhaltung war jetzt einfacher, weil sie von Gästen, die eine Tanzfläche schaffen wollten, näher zusammengeschoben wurden.

»Und dann war da natürlich noch die menschliche Seite«, fuhr Vera mit einem tragischen Seufzer fort. »Laza und Kalia schienen sich wirklich zu mögen und wünschten sich die Heirat. Also hab' ich für 2500 Dollar eingewilligt.«

In der überfüllten *ofisa* drängten sich außer den vierzig Mitgliedern von Veras *kumpania* und den fünfzig von Dodos *kumpania* noch mehr als hundert andere Gäste. Männer, die sich nur einige Tage nicht gesehen hatten, und andere, die eben erst von jahrelangen Wanderungen durch Europa zurückgekehrt waren, fielen einander in die Arme und brachten originelle Trinksprüche aus. Die Frauen sahen sich zu gemeinsamem Schwatz in die Ecken gedrängt. Die *shavs*, kleine Jungen und Mädchen, wanden sich durch die Beine der Umherstehenden hindurch zu den Tischen, wo sie sich genüßlich über das süße Gebäck hermachten. Eine große Hand langte durch die Menge und entführte Roman wie durch Zauberkraft von Veras Seite.

»Romano! Romano! Das also ist unser Detektiv!«

Kore Tshatshimo, ein Hüne mit dunklen Ringellokken über einem sympathisch mißgestalteten Gesicht, schlug Roman auf beide Schultern und umschlang ihn mit seinen Armen, daß es diesem fast den Atem nahm. Roman erwiderte die Umarmung, bis er Kores Rippen nachgeben fühlte. Kore schrie vor Vergnügen.

»Immer noch der alte«, sagte er. »Und da reden sie alle, daß Romano verweichlicht ist. Ich habe immer gesagt: An dem Tag, an dem Romano Gry ein *gajo* wird, ziehe ich Weiberröcke an. Ha, weißt du noch, damals in Rio, als die Soldaten unsere Ausweise sehen wollten, ja, weißt du noch?«

»Das vergesse ich nie.« Wie konnte er auch. Das war der Tag, an dem Kore einen Streifenwagen mit einem Fußtritt in den Atlantik befördert hatte.

»Und du und Nanoosh, ihr habt euch die Uniformen angezogen und rasch ein paar Mädchen für uns alle verhaftet«, redete Kore weiter, ehe ihm einfiel, daß Nanoosh tot war. »Auf Nanoosh!« Er hob sein Glas, um das Sakrileg zu vertuschen.

Sie tranken, und Kore wurde immer munterer.

»Gut, daß du den Mörder gefunden hast, weißt du.

Laza war schon seit vier Wochen drauf und dran, mit Kalia durchzubrennen. Vera konnte sie gar nicht früh genug unter die Haube bringen. Außerdem kann uns allen eine Hochzeit nur nützen. Das wird uns ein bißchen von Nanoosh ablenken.«

»Auf unser Glück!« rief Roman, auf das Stichwort eingehend. Er war der Held des Tages, und alle wollten mit ihm trinken. Die Männer hatten ein reichhaltiges Sortiment alkoholischer Getränke zum Fest beigesteuert; Cognac, Perlwein, Anisette, Wodka, Brandy und Bier mischten sich in Romans Magen und stiegen ihm zu Kopf. Auf einem leergeräumten Tisch breiteten die Gäste ihre Geschenke aus: Türme von Goldmünzen und Stapel von Papiergeld, der Auftakt zu Lazas und Kalias *sumadjii*, der Grundstock zu künftigem Eheglück.

Dodo und Kore setzten Roman auf einen Stuhl, und einer von Kalias Brüdern sang ihm zu Ehren einen *patshiv*. Ein grauhaariger alter Mann begleitete ihn auf der Geige. Als er sein *patshivaki djili* beendet hatte, klatschten zweihundert Menschen begeistert Beifall.

Ein Lied genügte nicht. Nun war der alte Mann an der Reihe mit einem jahrhundertealten *djili*, das er mit flüsternder Stimme vortrug. Einer der Älteren, ein Mann mit weißem Schnauzbart bis auf den Hemdkragen, ließ sich mit gespieltem Widerwillen in die Kreismitte schieben. Er hob die Hände über den Kopf und begann zu tanzen. Unbeholfen zuerst, dann aber wie verjüngt durch den Geist der Musik, immer kraftvoller und granziöser, begleitet von den anerkennenden Zurufen seiner Kinder und Enkelkinder. Als er müde war, löste ihn ein anderes Familienoberhaupt ab, und nachdem alle Älteren getanzt hatten, war die Reihe an den *shavs*, die in Gruppen, schreiend und händeklatschend, in die Mitte sprangen und sich von der Bewunderung der zuschauenden Mädchen anfeuern ließen.

»Alles das ist für dich, Romano«, sagte Kore feierlich, mit schwerer Zunge. Inzwischen war auch sein mächtiger Körper vom Alkohol durchdrungen. »Unvorstellbar, daß ein Lovari ein Mädchen tötet. Typisches *gaja*-Laster! Ein Rom schlägt seine Frau, ja, aber sie töten? Niemals! Wenn er nicht zufällig ein Gitano ist.« Wie die meisten Kalderash und Lovari verachtete auch Kore die spanischen Zigeuner zutiefst.

Die Musik klang aus, und Vera und Dodo traten in den Kreis. Kalias Vater hielt eine Flasche Courvoisier in der Hand. Um den Flaschenhals hing eine Kette aus schweren Goldstücken, die den Cognac als *pliashka* kennzeichnete. Die Flasche wurde geöffnet und der Inhalt in zwei Gläser geschenkt, aus denen Dodo und Vera feierlich tranken. Als sie sich dann umarmten, waren ihre Kinder getraut. Später würde die Trauung noch einmal durch einen verständnisvollen Priester nachvollzogen werden, aber das geschah nur der Form halber. Die Roma bekundeten ihre Anerkennung der Verbindung mit jubelndem Beifall der Frauen und Trinksprüchen der Männer.

Bisher waren Kalia und Laza unsichtbar geblieben. Der Bräutigam war mit einigen seiner Freunde den Broadway auf und ab gefahren, während die Braut sich mit einer Freundin und einer Tante in einer anderen *ofisa* aufhielt. Inzwischen hatte man sie in Veras Haus gebracht und in die Küche eskortiert, wo sie auf Kalia warten mußte. Es war ein notwendiger Bestandteil der alten Tradition, daß sie unter heftiger Gegenwehr von ihrem jungen Ehemann entführt wurde.

Das Trinken, Schwatzen und Singen ging noch eine Stunde weiter, bis Kalia eintraf. Die Nachricht wurde sofort in die Küche weitergeleitet, wo Vera eiligst Lazas lange Zöpfe entflocht. Das Mädchen sah staunend an dem weißen Seidenkleid hinunter, das eigens für diese Gelegenheit gekauft worden war. Mit einer für Laza überraschenden Zärtlichkeit sang Vera leise:

Kay hin m'ro vodyi?
Ujes hin cavo,
Ujes sar o kam,
Ujes sar pani,
Ujes sar kumut,
Ujes sar legujes,
Pen mange,
Cavescro vasteha
Kay hin m'ro vodyi

Das bedeutete: »Wo ist mein Herz? Das Kind ist rein, rein wie die Sonne, rein wie das Wasser, rein wie der Mond, rein wie das Reinste. Darum sag mir, wie konnte das Kind mein Herz stehlen?«

Als es an der Küchentür klopfte, ging das junge Mädchen allein hinaus. Ihre Brüder und Vettern bildeten ein langes Spalier. Von der anderen Seite des Raums kam Kalia mit seinen Brüdern und Vettern auf sie zu. Die beiden kleinen Armeen stießen aufeinander und verwickelten sich in eine spektakuläre Filmkomparsenschlacht, in der Kalias Seite traditionsgemäß den Sieg davontragen mußte. Er packte Laza um die Taille und wollte sie fortzerren. Sie schrie und stieß ihn heftig zurück, aber er ließ nicht locker. Beide fielen zu Boden, und als Laza sich unwiderstehlich zur Tür gezogen fühlte, zerrte sie voller Angst an ihren Haaren und zerkratzte sich das Gesicht, während die Zuschauer zurücktraten, um freie Bahn für die Entführung zu schaffen. Noch ein letztes Mal versuchte die Braut, sich ihrem Entführer zu entwinden, dann hatte Kalia sie zur Tür hinausgedrängt und schleppte sie die Treppe hinunter zu ihrem Gefolge.

Schließlich stieß er sie ins wartende Auto und fuhr davon.

Kore steckte sich eine von Romans Zigaretten an und blies eine dünne Rauchfahne durch die Nase. »Sehr gut«, sagte er kennerhaft. »Sie hat ihrer Familie Ehre gemacht. So nette Kinder sieht man nur selten, Romano.«

Roman fragte sich, ob eine solche Hochzeitsfeier wohl Dany, mit ihrem gewissen Hang zum Dramatischen, gefallen hätte. Kore hatte sich ein Bierfaß auf jede Schulter geladen und tanzte damit zu Romans rhythmischem Händeklatschen. Dodo und seine Brüder stimmten ein Lied an. Dodos Brüder drängten Roman immer neue Gläser mit Bier und Tokajer auf. Beim Tanzen fiel Kores Amulett, eine sternenbesetzte Seemuschel, aus seinem Hemdenausschnitt und hüpfte an einem dünnen Kettchen auf und ab. Für einen flüchtigen Augenblick sah es aus wie ein Teufelskopf.

Roman war nicht betrunken. Seine Gedanken waren klarer, als sie es den ganzen Tag gewesen waren. Irgendwo in seinem Hinterkopf hatte sich ein Dämon eingenistet, der all das Bier und den Branntwein vertilgte. Die Umrisse waren noch unklar, aber groß und drohend. »Nichts an den Wunden deutet darauf hin, daß der Mörder auch nur irgendwie gezögert hat. Der Mörder muß über enorme Körperkraft verfügt haben.«

Er erinnerte sich an diese Worte des Pathologen. Körperkräfte, die einen Mann befähigten, die Säulen eines Baldachinbettes zu knicken oder mit Bierfässern auf den Schultern zu tanzen. Solche Kräfte waren es, die das Mädchen und Nanoosh getötet hatten, und sie hätten auch ihn töten können, wenn sie gewollt hätten. Es waren Züge, die zu Hoddinot Sloan nicht paßten.

Zum erstenmal mußte Roman sich eingestehen, daß er etwas mit Sloan gemeinsam hatte. Dieser langweilige, snobistische, unsympathische *gajo* war ebenso verliebt wie er. Warum sollte er sonst die Briefe aufbewahren und stundenlang aufbleiben, um auf einen Telefonanruf zu warten – von einem Mädchen, das er ermordet hatte?

16

Celie Miyeyeshti war in mancher Hinsicht bedeutend. Zunächst einmal war sie ein Berg von einer Frau. Ihre Faltenröcke umgaben sie wie weite Ausläufer. Wenn sie Anstalten machte, sich zu setzen, beeilten sich ihre Urenkel, mindestens zwei Klappstühle nebeneinanderzustellen. Im Kreis der Roma diente das Wort ›bedeutend‹ als die gebräuchlichste höfliche Umschreibung für ›gewichtig‹, und Celie Miyeyeshti war die bedeutendste Frau in ganz New York.

Außerdem war sie eine *phuri dai*, eine Frau, deren außergewöhnlicher Scharfsinn und deren Kenntnis der ungeschriebenen Gesetze der Roma so allgemein anerkannt waren, daß nicht nur die Kinder, sondern auch die mächtigsten Mitglieder des *Kris* mit ihren Problemen bescheiden vor den Klappstuhl-Thron dieses von grellbuntem Prunk umgebenen Riesenweibs traten. Niemand wußte, wie alt sie war. Ihre Reisepässe boten eine Reihe von Varianten, nicht nur was ihr Alter, sondern auch was ihre Nationalität betraf. Sie pflegte im Fond ihres Cadillac Fleetwood zu reisen. Im Innern dieser Limousine gab es Klappsitze für jeden, der sich die Mühe machte, sich mit ihr in dem geräumigen Auto einpferchen zu lassen, wo sie den Ratsuchenden ihre Weisheit verabreichte – über den geeigneten Ort, eine *ofisa* zu mieten, über den geigneten Zeitpunkt, einen *bozur* zu wagen, und in der besonders wichtigen Frage, ob ein Verbrechen groß genug war, den ganzen *Kris* zu versammeln. Früh am nächsten Morgen, wenn Laza und Kalia ihre Ehe vollzogen hatten und der blutbefleckte Beweis der Jungfräulichkeit zur Schau gestellt worden war, würde Celie dem jungen Paar gegenübertreten. Sie würde einen Laib Brot in zwei Teile brechen, jedem Stück eine Prise Salz beigeben und es Laza und Kalia überreichen. ›Wenn ihr dieser Speise – Brot und Salz – überdrüssig geworden seid, seid ihr auch einander überdrüssig geworden‹, würde sie sagen. Und Laza und Kalia würden ihre Brothälften austauschen und sie essen, während die Kinder Reiskörner über ihre Köpfe ausstreuten. Und das wäre der Auftakt zur zweiten Runde der Feierlichkeiten.

»Einen Stuhl für Romano!« befahl Celie. Ein kleines Mädchen schob einen Stuhl für Roman herbei.

»Danke dir«, sagte Roman. Er wischte sich den Schweiß von der Stirn und betrachtete Celie mit banger Erwartung. Trotz der spanischen Mantilla und dem Brustpanzer aus Goldmünzenketten, die sie zu solchen Partys immer zu tragen pflegte, wirkte sie kühl. Gold, wohin man blickte; sogar aus ihrem Mund blitzte es, wenn sie lächelte.

»Du mußt noch lernen, dich zu entspannen«, sagte Celie. »Wenn nun alles vorbei ist, warum entspannst du dich nicht? Was wolltest du mich fragen?«

Wodurch hatte er sich ihr verraten? Er bildete sich ein, selbst ein guter Menschenkenner zu sein, aber Celie sah Dinge, die ihm für immer verborgen bleiben würden, und wenn er tausend Jahre alt würde. Es genügte, daß er sich diesmal nicht neben sie gesetzt hatte, um über ihren Körperumfang zu witzeln.

»Ich weiß nicht«, sagte er.

Drüben bei den Tischen versuchten sich Kore und

Dodo als Bärenführer und Tanzbär. Der Junge, der zuvor den *patshiv djili* dargeboten hatte, sang einen gefühlvollen *canto hondo*, den er in Granada gelernt hatte. Zwei Frauen stritten sich, wessen *bokoli* die besseren wären. Kinder bekämpften sich mit Faustkeilen aus Brot, und als plötzlich einer der umstrittenen *bokoli* in die Luft geworfen wurde, erhob sich ein ohrenbetäubendes Geschrei. Die Älteren hatten sich im Kreis zusammengesetzt und begannen, ihre alten Lieder zu singen. Nicht lange mehr, wenn sie wieder zu Atem kamen, und sie würden wieder anfangen zu tanzen.

»Komm!« sagte Celie und wuchtete ihre Massen von den Stühlen. »Dies ist nicht der Ort, um über den Tod zu sprechen.«

Roman folgte in ihrem Kielwasser, während sie sich würdevoll einen Weg durch die Menge zur leeren Küche bahnte.

Dany, die bisher auf ihrer linken Unterlippe gekaut hatte, wechselte die Seite und begann auf der rechten. Ihre überdimensionale Brille hing auf der Nasenspitze, in den Gläsern spiegelte sich der blaue Schimmer des Fernsehschirms. Ohne ihre Brille verschwamm ihr alles vor den Augen. Kontaktlinsen, die sie in der Öffentlichkeit bevorzugte, trieben ihr die Tränen in die Augen und schufen nur neue Probleme. Roman pflegte sich ständig über sie lustig zu machen, wenn sie beim Schaufensterbummel immer wieder zu ihrem Taschentuch greifen mußte. Auch das war ein Grund, ihn zu hassen. Den ganzen Abend schon hatte sie nach solchen Gründen gesucht und eine stattliche Anzahl zusammengetragen. Auf der Mattscheibe setzte eine Riesenechse die japanische Bevölkerung in panischen Schrecken. Es war ein alberner, langweiliger Film, aber er machte ihr angst, und das war ein weiterer Grund, ihn zu hassen.

Sie legte sich ein Kissen auf den Bauch. Es war eine laue Nacht. Sie hatte nur Romans alten Kimono angezogen, und da sie die Klimaanlage eingeschaltet hatte, fröstelte sie nun ein wenig. Sie sah auf ihre Uhr. Es war halb drei, und was sie bisher schon an Gründen gegen Roman gesammelt hatte, würde wieder einmal für einen vollen Monat reichen.

Roman hatte versprochen, früh nach Hause zu kommen, und sie war jedesmal, wenn der Aufzug ging, erstaunt über ihr scharfes Gehör. Sie wußte schon, was sie sagen würde. Gar nichts würde sie sagen; sollte er doch in seinen Schuldgefühlen schmoren. Später, am Vormittag, war es immer noch früh genug, seine Entschuldigungen huldvoll entgegenzunehmen. Die Riesenechse verschlang eben einen Panzerwagen in der Tokioter Innenstadt, und Dany drückte das Kissen fester an sich.

Der Aufzug hielt auf ihrer Etage. Das konnte nur Roman sein, denn seine Wohnung lag im obersten Stock, und sein Etagennachbar war auf einer Europa-Reise. Den Fernsehapparat auszuschalten, dazu war es jetzt zu spät. Sie nahm also das Buch vom Fußboden auf und begann, die letzten Seiten von Spinoza zu lesen. Der Schlüssel steckte nicht in der Tür, und als es klingelte, fuhr sie zunächst erschrocken zusammen. Dann aber lachte sie über ihre Dummheit. Natürlich wußte er, daß sie noch nicht schlief und auf ihn wartete.

Sie ließ sich Zeit, betrachtete sich noch einmal im Spiegel, band den Kimonogürtel fest und setzte eine mißvergnügte Miene auf. Dann löste sie die Kette von der Tür und öffnete. Bevor sie sie wieder zuschlagen konnte, schoß eine Hand durch den Spalt und ließ sie rückwärts taumeln. Um Gleichgewicht ringend, hielt sie sich an der Fernsehantenne fest, als die Hand zum zweitenmal zupackte und ihr den Mund verschloß. Als sie sich losreißen wollte, spürte sie eine andere Hand im Nacken. Die Antenne brach ab, als man sie mit Gewalt aufs Sofa zerrte.

Sie waren zu fünft, alle in dicken, bunten Skipullovern, Gesichtsmasken, Anoraks und Handschuhen. Die Hitze der Nacht trieb ihnen unter ihren Kostümen den Schweiß aus den Poren, und sie mußten ihre Augen durch häufiges Blinzeln schützen.

»Die Tür versperren!« flüsterte der, der sie überwältig hatte. Die Kette wurde vorgelegt, und dann konzentrierten sich alle wieder auf Dany. Sie langte mit den Händen nach hinten, um zu kratzen, aber man packte sie an den Handgelenken und bog ihr die Arme hinter den Rücken. Sie spürte, wie sich die Fesseln in ihre Haut fraßen. Dann wurde sie bäuchlings auf das Sofa geworfen. Fast drohte sie in dem Kissen zu ersticken, aber schließlich zog man ihren Kopf an den Haaren zurück. Sie schnappte einmal kurz nach Luft, ehe ein Nylonstrumpfknäuel in ihren Mund geschoben wurde. Man verband ihr die Augen mit einer von Romans Socken.

Es war lächerlich, aber was sie im Moment dachte, war, daß ihr Kimono bei der Auseinandersetzung hochgerutscht war und ihr Hinterteil entblößt hatte. Jede weitere Gegenwehr wäre nicht nur unnütz, sondern würde sie gänzlich entblättern. Sie preßte die Schenkel zusammen und konzentrierte sich auf den Knebel in ihrem Mund. Nur jetzt nicht erbrechen! Sie hörte, wie ihre Brille auf dem Fußboden zertreten wurde.

»Keine Aufregung!« flüsterte der Mann ihr ins Ohr, seine Hand lag wie selbstverständlich auf ihrer nackten Hinterbacke. »Ganz ruhig bleiben und nur nicken! Kommt er zurück?«

Dany schüttelte den Kopf. Sie weinte vor Scham

über ihre eigene Schwäche. Was konnten sie ihr denn schon antun? Schlimmstenfalls sie vergewaltigen. Aber dann schloß sich eine Hand über ihre Nase, drückte fest auf den Knorpel, und ihre halbblinden Augen öffneten sich vor Entsetzen, als ihr plötzlich klar wurde, was ihr passieren konnte. Der Griff über ihrer Nase lockerte sich, und sie sog Luft in ihre Lungen.

»Ich frage noch einmal: Kommt er heute nacht zurück?«

Sie hatte kaum angefangen, den Kopf zu schütteln, als die Hand wieder zupackte. Ein Fingernagel bohrte sich durch ihre Haut. In einem schwarzen Vakuum sah sie mit absoluter Klarheit, daß man sie umbrachte. Den Nylonknebel hatte sie tief in den Rachen geschluckt. Sie versuchte, sich vom Sofa auf den Boden zu wälzen, aber zwei andere Hände ergriffen ihre Fußgelenke. Sie brauchte eine Ewigkeit, um zu begreifen, daß das spröde Knackgeräusch von ihrem Nasenknorpel kam, der unter dem unerbittlichen Griff nachgab. Daß das doppelte Knallgeräusch die schwachen Proteste ihrer Trommelfelle waren. Das Sofa öffnete sich unter ihr wie ein weichgepolsterter Sarg.

Der Tod strömte über sie hinweg. Eine Echse, die ständig andere Farben annahm, kam näher und näher. Jetzt war sie an ihren Zehen und kroch weiter bis zum Rist. Sie ließ sich nicht abschütteln. Einen Moment ruhte sich das Untier an ihrem Fuß aus, dann kroch es weiter über den Knöchel, die Wade hinauf bis zur Kniekehle – ein kitzelndes Gefühl. Die scharfen Krallen des Untiers gruben sich in das Fleisch ihrer Schenkel, erreichten das Gesäß, und nun glaubte sie die Fußtritte sogar zu hören, laut und ohrenbetäubend. Dann fühlte sie die kalte Berührung der gespaltenen Zunge am Beginn ihrer Wirbelsäule, und sie hielt es nicht länger aus. Sie entfloh ihrem Körper.

»He, sie hat Krämpfe und würgt wie toll!«

»Mach den Knebel fester!«

Es gab kein Entkommen. Irgendwo, in Mund und Nase, bildeten sich Klumpen. Die Geräusche wurden lauter, deutlicher.

»Sie erstickt an dem Zeug.«

»Ich kann's nicht mit ansehen. Deckt sie doch zu!«

»Sie wird's überleben.«

Die Schritte waren in ihrem Innern, liefen polternd umher und ließen sie jedesmal erzittern. Dann nahm sie plötzlich, völlig verblüfft, ihren eigenen Herzschlag wieder wahr. Und den säuerlichen Geschmack von Erbrochenem in ihrem Mund. Und die Tatsache, daß sie nicht tot war. Etwas Warmes berührte sie.

»Tut mir leid, ich mußte sie zudecken«, sagte ein Mädchen.

»Du sollst flüstern, verdammt noch mal! Flüstern! Sie kann dich hören«, sagte die Stimme, die ihr am vertrautesten war. »Stell den Fernseher lauter!«

Es war wunderbar, wieder die Entsetzensschreie des Horrorfilms zu hören. Wahrscheinlich war sie nur wenige Minuten bewußtlos gewesen. Ihre Ohren schmerzten, aber jetzt drangen auch andere ungewöhnliche Geräusche, außer dem Gekreisch der Filmkomparserie, zu ihr durch. Eine Schublade wurde herausgezogen, der Inhalt fiel klappernd auf den Boden. Eine Gardine wurde mit hämischer Sorgfald zerrissen. Ein antiker Stuhl prallte, mit irrer Gewalt geschleudert, gegen die Wand.

Wann er zurückkäme, hatten sie gefragt. Er hatte sich verspätet und war vermutlich im Moment auf dem Heimweg. Die Besucher stellten die Wohnung auf den Kopf, weil sie ihn nicht angetroffen hatten. Mach, daß er betrunken ist, betete sie; daß seine Freunde ihn nicht gehen lassen, daß er mit einem Mädchen flirtet, irgendwas. Jemand kratzte über eine Glasplatte, und das Geräusch ließ sie fröstelnd erschauern. Niemand sonst würde es hören. Auch die Leute, die unter ihnen wohnten, waren in Urlaub.

»Du bist schuld. Du hast gesagt, er ist zu Hause«, sagte die Mädchenstimme.

»Das Licht brannte ja auch«, antwortete eine Männerstimme. »Wirf das Porzellan nicht auf den Boden. Nimm den Hammer!« Sie wußten, daß sie wach war, denn sie unterhielten sich flüsternd. Es war schwierig zu unterscheiden, welche Stimme zu einem Mann und welche zu einer Frau gehörte.

»Es ist echt Sèvres.«

»Gib mir den Hammer!«

Eine Tasse explodierte wie ein Pistolenschuß. Die übrigen Teile des zerbrechlichen Services folgten wie eine Serie von Knallfröschen, während die Eindringlinge wie unsichtbare Phantome ihr Zerstörungswerk fortsetzen. Dany lag frösteln unter der Decke; die Zunge vom dem Knebel zurückgezogen, hoffte sie, daß sie sich nicht mehr mit ihr beschäftigen würden.

»Hinter dem Bett ist ein Wandsafe. Versuchen wir's mal!«

Sie hörte, wie das Bett von der Wand gerückt wurde, dann wurde es relativ still, während sie nach der richtigen Safekombination suchten. Das Scheitern des Bemühens war von einem wütenden Hammerschlag gekennzeichnet und von dem erneuten Eifer, mit dem sie sich wieder über die restliche Wohnungseinrichtung hermachten. Danys bildliche Vorstellungskraft wurde immer besser. Sie ›sah‹ das Messer, das in das Sesselpolster eindrang und mit wütendem Zerren die Füllung herausriß.

Wie lange mochten sie nun schon hier sein? Erneute Furcht packte sie, als ihr klar wurde, daß inzwischen kaum noch etwas in der Wohnung übrig war, das sie zerstören konnten. Jeder Stuhl, jeder Tisch, jeder Spiegel und jedes einzelne Stück Porzellan, alles hatten sie zerschmettert. Nur sie noch nicht. Bald würden sie dastehen mit ihren Hämmern und Messern und bloßen Händen und nur noch ein einziges Angriffsobjekt vor sich sehen. Immer länger wurden die Pausen in der seltsamen Kakophonie. Bisher hatte sie gewünscht, sie möge bald zu Ende sein. Nun aber war sie bereit, sie für ewig anzuhören.

Es war still im Zimmer; nur das Keuchen von Menschen, die in einer Sommernacht mit dicken Wollmasken vor dem Gesicht schwer gearbeitet hatten. Irgendwie wußte sie, daß die Leute die bunten Masken und Handschuhe noch nicht abegelgt hatten. Wie herrlich mußte es sein, zusammen mit Roman zum Skilaufen in die White Mountains zu fahren. Sie waren noch nie dortgewesen. Das Sofa sackte durch. Jemand hatte sich neben sie gesetzt. Sie spürte die Hitze an ihrer Wange, als er sich über sie beugte und zu sprechen anfing.

»Wir müssen gehen. Und wir gehen auch sofort«, sagte die Stimme in liebenswürdigem Plauderton. Hoffnung keimte in ihr auf, obwohl sie sich noch dagegen wehrte. Sie zwang ihren Körper zu absoluter Ruhe. Eine Hand fuhr über ihre Rippen.

»Wir müssen gehen«, wiederholte der Mann. »Aber so einfach ist das nicht. Verständlicherweise. Nicht gar so einfach.«

Die Hoffnung erstickte im Keim.

»Gib mir die Rasierklinge!« sagte er, und sie wußte sofort, daß er nicht mehr zu ihr gesprochen hatte. Natürlich war es dumm von ihr, weil die Socke ihr die Augen verband, aber trotzdem schloß sie die Augen, um nicht zu sehen, was er tun würde. Wie recht Roman doch gehabt hatte, wenn er immer sagte, sie sei ein dummes Mädchen und würde zeit ihres Lebens dumm bleiben. Nun gut, dann würde sie eben dumm sterben.

Immerhin war sie klug genug, ohnmächtig zu werden, als der Mann anfing.

Celie hielt das Glas mit heißem Tee zwischen ihren Fingerspitzen, als wollte sie es irgendeinem Buddha zum Opfer darbringen. Sie blies den kräuselnden Dampf fort und gab Roman das Glas. »Du bist ein gescheiter Junge, Romano. Das habe ich immer gesagt. Vielleicht hast du recht, vielleicht habe ich recht, denn ich bin sicher nicht weniger gescheit als du. Aber wenn ich dir die Weisheit des Alters mit auf den Weg geben darf, halt dich da heraus! Sollten die *gaja* sehen, wie sie damit fertig werden, nicht du.«

»Das hast du schon einmal gesagt.«

»Weil ich genau weiß, daß du nicht mehr auf mich hören willst. Naoosh ist gerettet. Mehr darf dich nicht interessieren.«

»Aber er hat mich bedroht – mit dem Teufelskopf.«

»Pah! Als ob dich das schrecken könnte! Das zeigt doch nur, wie gut er sich wirklich in unseren Riten auskennt.«

»Es zeigt, daß er glaubt, er kennt sich aus. Das macht ihn ja gerade so gefährlich.« Er dachte an Sloan, den Feigling, der stundenlang in seinem Büro auf und ab ging und auf seinen Telefonanruf wartete, ehe er sich mit bösen Träumen ins Bett legte. Der Mann, der den Teufelskopf zurückgelassen hatte, war – genau wie Roman selbst – durchs Schlafzimmer gekommen. Wäre er durch eine Tür ins Haus gelangt, hätte Roman ihn gehört. Er war ein Mann, der – wie Roman – mit der Dunkelheit vertraut war. »Daß er mich nicht getötet hat, verdanke ich nur der Tatsache, daß ich in diesem Haus zu Gast war. Die Polizei wäre bei so vielen Zufälligkeiten stutzig geworden. Der Mann weiß, wer und was ich bin.«

»Du glaubst also, daß es dieses Scheusal besonders auf dich abgesehen hat? Dann will ich dir einmal was sagen, was du vielleicht noch nicht gewußt hast: Wenn die *gaja* Böses im Schilde führen, dann richtet sich das Böse nie gegen eine einzige Person. Du brauchst nur einen Schritt zur Seite zu treten und es vorbeilassen, dann wird es den armen Romano Gry bald vergessen haben.«

»Und was soll ich morgen nacht tun? Was schlägst du vor? Einfach nicht daran denken?«

Der Partylärm von nebenan konnte der Stille in der Küche nichts anhaben. Auf dem Fußboden lag eine Nadel von Lazas Hochzeitskleid. Roman schob sie mit dem Fuß beiseite.

»Also gut«, sagte Celie schließlich. »Du bist doch so dick mit diesem Polizisten befreundt. Warum erzählst du ihm nicht deine Geschichte?«

Für Celie bedeutete das ein ziemlich ungewöhnliches Zugeständnis. Kein Rom sprach je mit der Polizei. Nur ihre ausdrückliche Genehmigung würde Roman in den Augen der Stammesmitglieder von der Einhaltung dieses Gesetzes befreien.

»Zwecklos«, sagt er. »Isadore hat einen leibhaftigen Verdächtigen; ich habe jemanden, den ich nie gesehen habe, ein Phantom. *Er* hat Beweise und ein Motiv. Alles, was *ich* sagen kann, ist, daß es noch einen zweiten Mord geben wird. Glaubst du etwa, daß die Gerichte sich von Zigeunern beeindrucken lassen, die mit Geschichten von Teufelsköpfen und finsteren rituellen Zeremonien daherkommen? Ich habe die Mordwaffe gesehen, und du auch. Isadore würde nicht die leiseste Ahnung haben, wovon ich überhaupt rede. Außerdem, Isadore könnte mit dem Mörder gemeinsam zum

Sportplatz gehen, und er würde ihn nicht erkennen. Wenn ich ihn sähe, würde ich ihn sofort erkennen.«

»Dann sollen die *gaja* ihre Fehden unter sich austragen. Wenn sie nicht wissen, wie, dann ist das ihr Problem, nicht deins! Pfui! Jetzt hast du mir den Abend verdorben.«

Er hatte Celie noch nie wütend gesehen, und auch sein hilfloses Achselzucken änderte nichts an der Tatsache.

»Und noch eines will ich dir sagen, wo du dich schon so sehr für die *gaja* interessierts«, sagte sie. »Wir sind in Amerika, hab ich recht?«

»Du hast recht.«

»Und du gehst mit einem amerikanischen Mädchen, hab ich recht?«

»Hm, hm,«

»Betrachtest du dich selbst als Amerikaner? Denn wenn es bereits so weit gediehen ist, dann bist du in meinen Augen ein großer Narr. Wie lange gibt es dieses Amerika denn schon – zweihundert Jahre? Nun, die Roma gibt es seit fünftausend Jahren, länger als jedes andere Volk. Und warum? Weil wir uns auf die Kunst des Überlebens verstehen. Wer hat nicht alles versucht, uns auszumerzen? Die Perser, die Tataren, die Magyaren, die Afrikaner, die Deutschen, alle. Aber wir bleiben zusammen, und wir ziehen weiter, immer weiter. Und wir haben immer nur einen Gedanken: zu überleben. Und das ist unser größtes Geheimnis. Sobald du aufhörst, dich für einen Rom zu halten, und dich für etwas anderes ausgibst, Romano, bist du schon ein toter Mann. Und wenn sie an meine Tür kommen und mir von deinem tapferen Tod berichten, dann werde ich sagen: ›*Bater*! So sei es!‹«

Roman hatte den Blick gesenkt. Er sah Lazas Nadel. Er hatte vergessen, ob es Glück oder Unglück bedeutete, sie aufzuheben. Es war nach drei Uhr, und er hatte versprochen, früh zurück zu sein, und er war müde. Celie bearbeitete ihn nun schon seit fast einer Stunde.

»Wenn ich geahnt hätte, was du vorhast, ich hätte dir nie Rede und Antwort gestanden«, sagte sie. »Du bist bei allen beliebt, und nur darum hast du es vor mir geheimhalten könnten. Aber es war nicht fair von dir. Ich werde dich nicht gehen lassen, bevor du mir versprichst, daß jetzt Schluß ist. Du hast mich in die Sache hineingezogen, also kann ich das verlangen. Du wirst nichts unternehmen. Du wirst hübsch zuschauen, wie sich die *gaja* gegenseitig umbringen und wie sie ihre Mörder allein fangen. Ich verbiete dir, auch nur noch einen Finger zu krümmen.« Ihre alterslosen Augen blickten in seine. »Versprichst du das?«

Mit einem Seufzer stellte er das Glas auf eine Anrichte. Es hatte einen Marmeladenfleck an der Seite. Eins scharfes Aroma ging von dem Glas aus, ein Aroma, das ihm zu Kopf stieg und das er zu anderen Zeiten und an anderen Orten schon tausendmal gerochen hatte.

»Ja«, antwortete er.

Kore hatte ein neues Lied, das er Roman vorsingen wollte, als dieser aus der Küche kam. Dodo war dabei, eine neue Flasche Branntwein zu öffnen. Roman lehnte dankend ab und wollte sich gerade verabschieden, als die Jungvermählten zurückkamen. Laza nahm das ehrfürchtige Kichern ihrer früheren Spielkameradinnen mit hochrotem Kopf entgegen. Vera breitete ihre Arme aus, um das blutbefleckte Bettuch zu enthüllen.

Es war schon nach vier Uhr, als Roman nach Hause kam, und damit war sein Versprechen schon jetzt gebrochen.

17

Die Wohnung sah aus, als hätte ein mächtiges Ungeheuer sie zwischen die Zähne genommen und kräftig durchgerüttelt. Zerschlitzte Gemälde und zerbrochene Spiegel lagen zwischen Porzellanscherben am Boden, Stühle ohne Beine und Lehnensprossen daneben. Eine zerrissene Gardine bewegte sich leise im Wind, der durch das eingeschlagene Fenster wehte. In dem unwahrscheinlichen Durcheiander dauerte es eine Weile, bis Roman ihren Arm entdeckte.

Die Erinnerung an einen Feind seiner Kindheit tauchte auf, an einen Jungen, der ihn eines Tages, mitten im Winter, in einen tiefen Bach gestoßen hatte – derselbe kalte, hilflose Schock. Hastig, um die eigene Angst gar nicht erst hochkommen zu lassen, zog er die Decke von ihrem Körper, band die Socke von ihren Augen und löste die Knoten des Halstuchs, mit dem ihre Handgelenke gefesselt waren. Ihre Hände waren kalt, und ein Arm war mit Blut verschmiert. Aus ihrem Mundwinkel hing ein kleiner Zipfel Stoff, und er sah mit Entsetzen zu, wie er einen ganzen Nylonstrumpf zum Vorschein brachte.

Er konnte unmöglich erkennen, ob sie noch atmete, so legte er eine Hand zwischen ihre Brüste. Der eisige Schock taute zu Schweiß, als er ihren schwachen Herzschlag spürte. Die Vandalen hatten eine Brandykaraffe in der Küche unberührt gelassen. Roman hob Danys Kopf an, um ihr ein Glas einzuflößen. Sie würgte leicht, und er richtete sie auf, legte ihren Kopf an seine Schulter. Je mehr sie zu Bewußtsein kam, desto fester drückte er sie an sich, bis er sie schließlich sanft hin und her wiegte, auf dem Sofa, mitten in dem chaotischen Durcheinander des Zimmers, in das die warme Nachtluft durch die scheibenlosen Fenster eindrang.

»Was für ein Saustall!« sagte Dany in einer Parodie auf Liz Taylor in einer Parodie auf Bette Davis. Eine Stunde war seit Romans Ankunft vergangen, und sie war wieder halbwegs wohlauf. Sie saßen auf dem Bett, das nur verhältnismäßig geringen Schaden genommen hatte. Die Hausapotheke im Badezimmer war in die Badewanne entleert worden, und der Inhalt des Kühlschranks lag überall verstreut. Sie verzehrte ein halbwegs sauber gebliebenes Brötchen.

»Was macht der Arm?«

»Oh, ich spüre ihn kaum. Das wird in ein paar Tagen behoben sein. Aber frag mich nicht, warum sie das getan haben. Ich hab nämlich keine Ahnung.

Sie betrachtete die Rasierklingenschnitte, die auf der Innenseite ihres Unterarms ein Fischgrätenmuster bildeten. Roman hatte sie mit Jod nachgezogen – ein Ritual, das beruhigend auf Dany gewirkt hatte.

»Was mir in erster Linie auffällt«, sagte sie, »ist, daß wir auf keinen Fall mehr barfuß herumlaufen dürfen, bis all die Scherben beseitigt sind.«

Roman schüttelte verwundert den Kopf. Eine volle halbe Stunde hatte es anfangs gedauert, ehe sie vor lauter Tränen überhaupt ein Wort hervorbrachte. Und jetzt nahm sie die ganze Sache wie einen Ausrutscher auf dem Bürgersteig. Es war nur gespielte Gleichgültigkeit, aber um so mehr wußte er es zu schätzen.

»Daß sie mir Haare ausgerissen haben, hätte ich gar nicht gemerkt, weißt du.« Sie rieb sich über den Kopf. »Ich habe gedacht, das käme von den allgemeinen Kopfschmerzen. Jetzt habe ich wohl als Opfer gründlich versagt, was?«

»Total.« Er sah, wie das Lächeln von ihrem Gesicht schwand. »Was ist denn?«

»Ich muß nur gerade denken, warum sie mir weiter nichts getan haben. Warum sie mir nur einen Mordsschrecken eingejagt haben. Sie wollten dich ... dich wollten sie umbringen.«

»Nun, mich haben sie verpaßt – und dafür dich angetroffen. Und es ist meine Schuld. Ich werde dich nie wieder allein lassen, das schwöre ich. Ich kenne da einen Sergeant bei der Polizei, der ist mir noch einen Gegendienst schuldig. Mit ihm zusammen werde ich herausfinden, wer diese ... Leute waren.«

»Nein, das wirst du nicht tun!« Dany klammerte sich an seinen Arm. »Sie kommen nicht wieder. Vergiß sie! Von nun an werde ich immer erst durchs Guckloch schauen und die Tür nur noch bei vorgelegter Sicherungskette aufmachen. Bitte! Wenn du etwas für mich tun willst, dann tu nichts! Du kannst dir nicht vorstellen, welche Angst ich ausstehe, wenn du so redest.«

»Okay, okay,.« Er tätschelte ihr Knie. »Dann lasse ich eben den Polypen allein arbeiten. Besser so?«

Dany war erleichtert. Er hatte ihr gegenüber noch nie nachgegeben. Sie schlang die Arme um seinen Hals und küßte ihn ab. »Moment, Moment noch! Du hast mir ja noch gar nicht erzählt, was ich meinem Freund von der Polizei sagen soll.« Er hatte gedacht, daß es eine zu schwere Nervenprobe für sie bedeuten würde, sich alles noch einmal ins Gedächtnis zurückzurufen, aber Dany hatte keinerlei Bedenken, ihm die Vorgänge zu schildern – wie ein Kind, das sich nur vor der Dunkelheit fürchtet, wenn es allein ist.

»Ich kann mich nicht mehr genau erinnern, was sie alles gesagt haben. Dafür hatte ich viel zu große Angst«, gab sie zu. »Ich weiß nur, daß sie zu fünft gewesen sind, zwei Männer und drei Frauen, glaube ich. Wie groß oder wie klein, kann ich nicht sagen.«

Sie sprach lange, aber irgendwelche handfesten Tatsachen konnte sie nicht bringen. Sie war blind und völlig verschreckt und meistens halb bewußtlos gewesen.

Aber sie hatte den Eindruck gehabt, daß sie es nur auf Roman abgesehen hatten und daß alles andere nur eine Verlegenheitslösung gewesen war. Das Zerstörungswerk hatte vor nichts haltgemacht, allerdings hatten sie sich mit dem Porzellan besonders intensiv beschäftigt, aber Genaues konnte sie auch hier nicht sagen. Und der Wandsafe, ja, den hatten sie nicht aufbekommen.

Als ihre Augenlider zu flattern begannen, wischte Roman die Krumen vom Bett und legte ihren Kopf auf das aufgeschlitzte Kissen. Er knipste das Licht aus und ließ seine Kleider auf den Boden fallen. Sie würden das Tohuwabohu auch nicht schlimmer machen. Als er sich neben sie ins Bett legte, schob Dany ihren Kopf vom Kissen auf seine Schulter.

»Komisch«, sagte sie schläfrig, »aber das zeigt wohl nur, wie dumm ich bin. Als er mir die Nase zudrückte, und ich das erste Mal wieder zu mir kam, hab ich immer nur gedacht, wie heiß es wohl unter ihrer Skikleidung sein müßte und wie gern ich auch unbedingt einmal mit dir zum Skilaufen fahren würde. Du mußt mich unbedingt einmal mitnehmen in die White Mountains.«

Mit dem Ende des letzten Satzes war sie eingeschlafen. Ihr Haar strich über Romans Mund. Er selbst war nie in seinem Leben wacher gewesen.

Er hatte ihr nicht gesagt, was er bei der Durchsuchung der Wohnung gefunden hatte. Man hatte Dany nicht ohne Grund Blut und Haare genommen. Sie gehörten ins Gesamtbild – wie auch die Warnung, die Roman gesucht hatte, sobald er sah, was sie mit Dany gemacht hatten. Sie war nicht schwer zu finden gewesen. Inmitten der allgemeinen Zerstörung stand allein das Kästchen unversehrt. Es war eine kleine, fußhohe Truhe, eine Sonderanfertigung zur Unterbringung der

Augengläser eines reichen Kunden, entstanden um 1750 in Philadelphia. Franklins Zweistärkenbrillen waren damals noch nicht verbreitet, und so hatte das Kästchen sechs Schubladen für sechs Brillen. Es bestand ganz aus Kirschbaumholz, und die Innenseiten der Schubladen waren mit Samt ausgeschlagen.

In der untersten Lade fand er ein winziges, rosafarbenes Bein. Er kannte es; es stammte von einer viktorianischen Porzellanpuppe aus seiner Sammlung. Es war mit Blut beschmiert und mit einem von Danys Haaren umwickelt. Das andere Bein nahm er aus der zweiten Lade, den Rumpf aus der dritten, den rechten Arm aus der vierten und den linken Arm aus der fünften. Der Kopf war in der obersten Lade. Jedes einzelne Teil war in gleicher Weise verschmiert und umwickelt.

Die Besucher hatten noch eine weitere Erkennungsmarke hinterlassen, wahrscheinlich weniger absichtlich. Das Halstuch, mit dem sie Dany gefesselt hatten, war gänzlich ungewöhnlich. Ein dünner, geflochtener Zopf aus schwarzer Seide mit einem Vier-Dukaten-Goldstück an einem Ende. Die Münze zeigte das Profil des Kaisers Franz Joseph. Es überraschte Roman nicht, daß es Danys Blutzirkulation abgeschnitten hatte.

Er streichelte jetzt die zufrieden schlafende Dany. Es war gar nicht so dumm von ihr gewesen, mit dem Gedanken an Skilaufen in den White Mountains aufzuwachen. Genau dorthin waren Hillary Sloan und ihre Freunde unterwegs, wenn er dem braungefleckten Stück Landkarte Glauben schenken konnte, das er neben den Puppenkopf gefunden hatte. Er brauchte die Einladung nicht anzunehmen, sagte die Puppe, aber dann würden sie sich an Dany halten.

18

Gleich hinter der Grenze zwischen Massachusetts und New Hampshire beginnt der F. E. Everett Turnpike, und auf dieser Autostraße befand sich Roman auf dem Weg nach Norden, in die White Mountains. Allein schon der Name ›Everett‹ konnte dem Benutzer dieser Straße einen Hauch von Distinguiertheit verleihen.

»Sie haben allen Grund zum Jubilieren, dabei reden Sie, als sei Ihnen die Petersilie verhagelt«, hatte Isadore am Telefon aus Boston zu ihm gesagt. »Der Versicherungsagent gibt zu, daß er keinen einzigen Blick in das Innere der Kommode getan hat. Das Blut des Mädchens stimmt mit dem in der Kommode und an der Säge in Sloans Werkstatt überein. Sloan hat kein – ich wiederhole: kein – Alibi.« Er war bestürzt, als Roman ihm von dem Besuch in seiner Wohnung erzählte. »Ich kümmere mich darum, sobald ich wieder in New York bin. Die einzige Möglichkeit ist, daß die Leute ihren Namen in der Zeitung gesehen haben. Captain Frank hat der Presse ja so ungefähr alles, bis auf den Mädchennamen seiner Mutter, mitgeteilt. Sie und Lippincoot wurden als Gutachter bezeichnet. Haben Sie denn nicht die Zeitungen gelesen?« Roman klärte Isadore dahingehend auf, daß er keine Zeitungen lese. »Nun ja«, meinte Isadore, »aber die heutige Jugend liest Zeitung, und Sie wissen ja, wie so was geht. Ein einziger verrückter Fall bringt eine ganze Armee von Verrückten auf die Beine. Glauben Sie mir, es war kein Racheakt. Sloan hat nicht einen einzigen Freund auf der Welt, Was sagen Sie übrigens dazu: Der Kerl hat sich als Fälscher entpuppt.« Roman fragte Isadore, ob er nicht alles stehen- und liegenlassen und ihn begleiten könne. »Sind Sie wahnsinnig? Sie haben ja keine Ahnung, was Sie da von mir verlangen. Ich weiß, daß Ihnen die Sache heute nacht auf den Magen geschlagen ist, und ich werde zu ihrer Aufklärung tun, was möglich ist. Aber nein, ich kann auch keinen einzigen Mann entbehren. Sehen Sie, dies hier ist nicht mein Zuständigkeitsbereich, und zu Hause in New York schwebt alles noch hoch über den Wolken wegen der Politik. Warten Sie, bis ich wieder da bin. Gerade kommt übrigens Sloans neuer Anwalt herein, mit einem Gesicht, als ob er Ameisen in der Hose hätte. Ich rufe Sie wieder an.« Roman akzeptierte Isadores Entschuldigung, glaubte jedoch, in seiner Eigenschaft als Gutachter der Polizei dem Sergeant den guten Rat geben zu müssen, er möge sich einmal die Ringe anschauen, die eine Kreissäge im Holz hinterläßt. Eine solche Säge würde niemals glatte Schnittflächen an Fleisch hinterlassen. Außerdem schlug er vor, Isadore möge doch einmal zu der Zweigstelle der Stadtbücherei gehen, in der Judy Mueller gearbeitet hatte, und dort in den Ausleihlisten nachschlagen, welcher Leser eine ungewöhnliche Anzahl von Büchern über Zigeuner und indische Mythologie entliehen hätte. »Überlassen Sie die Aufklärung von Verbrechen gefälligst mir, und ich überlasse Ihnen die Voraussage der Zukunft und die Hellseherei«, war Isadores Antwort. Roman hörte, wie im Hintergrund zwei andere Männer auf Isadore einredeten. Einer von ihnen war Sloans Anwalt, und der hatte seinem Klienten wahrscheinlich die Bostoner Zeitungen gezeigt. »Moment noch, Roman!« rief Isadore. »Sie haben mir ja gar nicht gesagt, daß Sie in Sloans Haus waren.« Aber Roman hatte bereits eingehängt.

Die ganze vergangene Woche hatte er sich nicht so wohl gefühlt. Er war aller Versprechungen und Verpflichtungen zur Zusammenarbeit ledig. Er machte bereitwillig einem Motorrad Platz, das zum Überholen ansetzte. Schon den ganzen Vormittag war die Jugend

Amerikas auf Motorrädern und in Autos an ihm vorbeigezogen. Viele hatten das Friedenszeichen gemacht, und er hatte es gern erwidert. Hinter Concord mußte er vor einer Straßensperre anhalten. Die Polizisten durchsuchten jedes Motorrad und jedes Auto. Einer, mit Sonnenbrille, winkte ihn an den Straßenrand, aber als Roman der Aufforderung Folge leisten wollte, gab der Mann ihm unverhofft und ungeduldig die Weiterfahrt frei. Im Rückspiegel sah Roman, daß sein Interese sich auf ein schweres Motorrad konzentrierte. Die Besatzung – zwei junge Männer – mußten absteigen und sich eine Leibesvisitation gefallen lassen. Die Polizei suchte nach Rauschgift.

Die Landschaft wurde gebirgig und die Fahrt schleppender. Diesmal allerdings nicht wegen einer Polizeispperre, sondern wegen des zu dichten Verkehrs für die zweispurige Straße. Die Entfernung bis Moultonboro, einer kleinen Stadt auf einer abgeschiedenen Hochebene in den Ossipee Mountains, betrug fünfzehn Meilen. Das Rock-Festival sollte am nächsten Tag in der Gegend zwischen Moultonboro und der noch kleineren Stadt Sandwich beginnen. Die Straße wimmelte von Jugendlichen, motorisiert und zu Fuß. Ein Pärchen mit einem Jungen und einem Mädchen auf den Schultern kam besonders langsam voran, und Roman hielt an, um sie zur Mitfahrt einzuladen.

»Fantastisch! Danke«, sagte der junge Mann. Das Mädchen saß mit den Kindern hinten im Wagen und schwieg. Nicht daß es Roman nervös machte, aber der junge Mann warf immer wieder besorgte Blicke nach hinten.

»Es ist das Auto, nicht Sie«, flüsterte er Roman zu. »Umweltverschmutzung. Sie wäre gar nicht erst eingestiegen, wenn die Kinder nicht so müde gewesen wären.«

»Laß das Flüstern!« schrie sie ihn an. »Genau das ist es, was ich unter männlichem Chauvinismus verstehe.«

»Du flüsterst doch auch mit deinen Freundinnen«, wagte er einzuwenden.

»Flüstern ist ein verbrieftes Recht der Sklaven«, sagte sie. »Immer wenn du dich gerade in einer Phase erhöhter Sensitivität befindest, läßt du dich von irgendeinem Fremden einlullen.«

»Er nimmt uns doch in seinem Auto mit, Herzchen.« Er lehnte sich weit über die Rückenlehne, um mit ihr zu sprechen. Es war, als ob Roman gar nicht anwesend wäre.

»Herzchen?! Ich heiße nicht Herzchen, du Miesling!«

»Die Kinder.«

Sie sagte ihm, was er ihrer Meinung nach mit den Kindern machen könnte. Für den Rest der Fahrt bis Moultonboro herrschte Grabesstille im Wagen. Als Roman seine Gäste vor der Stadt aussteigen ließ, steckte der junge Mann noch einmal den Kopf zum Fenster herein.

»Schuldgefühle sind etwas Schreckliches«, sagte er.

Sämtliche Teilnehmer an dem Festival schienen bereits eingetroffen zu sein. Auf der Ebene nördlich von Moultonboro wimmelte es von Zelten und – so weit Roman es von dem Behelfsparkplatz aus sehen konnte – den Köpfen von Menschen, die sich zwischen den Zelten durchschlängelten, auf der Suche nach einem Fleckchen, wo sie ihr müdes Haupt für die Nacht betten konnten. Weit hinten wurde die Bühne für die Bands aufgebaut. Halb fertig sah sie aus wie ein Galgen. Ein Parkwächter eilte herbei, um von Roman zehn Dollar zu kassieren. Die Veranstalter des Festivals rechneten mit über zweihunderttausend Teilnehmern, und es sah nicht nach einer Verlustrechnung aus.

Dieses Heerlager schlug alles, was Roman je an Zigeunerlagern gesehen hatte. Junge Menschen überall. Die geburtenstarken Jahrgänge der fünfziger Jahre überschwemmten die ganze Hochfläche. Kein Grashalm stand mehr aufrecht, der Boden war kahl- und staubiggetreten. Es war nicht nur eine andere Nation, es war eine andere Welt; eine Welt ohne Hemden, mit Kopftüchern, ohne Kämme, mit Lederarmbändern, einer tiefen Abneigung für das herrschende Geldsystem und mehr teuren 35-mm-Filmkameras, als Roman in seinem ganzen Leben je gesehen hatte. Mit jedem Augenblick gefielen ihm diese Leute besser. Die Tatsache, daß sie die Ökologie dieser Bergwelt mit bloßen Füßen zu Tode trampelten, würde das Herz des schwärzesten Zynikers erfreut haben. Das Zurschaustellen nackter Körper widersprach allen Sitten und Gebräuchen, mit denen Roman aufgewachsen war. Ein Rom würde nicht einmal vor Mitgliedern seiner eigenen Familie andeuten, daß er austreten müsse, so diskret war man allem Körperlichen gegenüber. Aber das Bemühen dieser Kinder, aus ihrem *gaja*-Lebensstil auszubrechen, hatte etwas so Ausgelassenes und Überschwengliches, daß man ihnen nur mit Wohlwollen gegenübertreten konnte.

Breughel hätte seine helle Freude daran gehabt, diese Szene zu malen – Menschen, die es zurück zur Natur drängte, Naturkinder mit glockenförmig ausladenden Hosenbeinen, Lederjacken, Stirnbändern und Perlenketten. Die Kinder waren eine Schau für sich, und sie genossen ihre Schau, beglotzten und bekrittelten einander mit ihren Kriegsbemalungen und drängten sich um Hunderte von Stegreifbands. Eine wirre Musik von Gitarren, Maultrommeln, Sitars, Harmonikas und Trommeln wehte über das Feld. Etwas Ähnliches hatte Roman erst ein einziges Mal gesehen – beim großen Markt in Marrakesch. Und genau wie in Marrakesch zogen auch hier die Händler durch die Menge und priesen lauthals ihr Sortiment von Haschisch an.

Ein bis zur Taille nacktes Mädchen starrte Roman an, und er merkte sofort, daß etwas nicht stimmte. Er stopfte seine Krawatte in die Hosentasche und warf sein Jackett über die Schulter. Die Menge überflutete auch die Route 25, die an dieser Stelle die Ossipee Mountains durchschneidet. Auf der Straße ließen die jungen Leute ihre Drachen fliegen, die meisten aus Plastik, darunter einige imposante chinesische Drachen mit riesigen Ausmaßen und langen bunt verzierten Schwänzen.

Je näher er auf seiner Wanderung dem Squam Lake kam, desto größer wurde die Zahl nackter Körper. Die Figuren der Mädchen waren eine Huldigung an die amerikanische Ernährungsweise. Die Jungen dagegen waren in peinlich schlechter Verfassung, und sie nahmen auch stärker Anstoß an Romans Gegenwart.

> Noch wär ich glücklich, wenn das ganze Lager,
> Troßbub und alles, ihren süßen Leib genoß ...

Roman drehte sich um und stand einem mageren, stark geschminkten Mädchen in einem langen purpurfarbenem Kleid gegenüber. Auf ihren Schultern trug sie ein Gestell mit Shakespeares gesammelten Werken auf der Vorderseite und einem PEACE-Poster auf der Rückseite. Sie sah einem der chinesischen Drachen zum Verwechseln ähnlich.

»Weißt du, was das war?« fragte sie. Ihre Augen ertranken in einer Woge von Wimperntusche. Roman verneinte.

»*Othello*«, sagte sie. »Du siehst nämlich aus wie Othello.«

»Ich fühle mich aber nicht wie Othello.«

»Das käme auf einen Versuch an«, sagte sie.

Als er sich ein paar Minuten später nach ihr umschaute, sah er, wie eine Windbö unter ihr Poster gefaßt hatte und sie langsam auf den See zutrieb. Sie wollte das Gestell von den Schultern streifen, was Roman jedoch – mit Shakespeare – als vergebliche Liebesmüh erkannte. Er wanderte weiter.

Afghanen, Bernhardiner und irische Setter beschnupperten die selig daliegenden Haschleichen und verliehen dem Ganzen eine häusliche Atmosphäre. Ein Affe passierte Roman in Augenhöhe, ehe er bemerkte, daß das Tier auf dem Kopf eines Liliputaners hockte.

Auch die Auseinandersetzungen mit den Ordnungshütern wurden von den Jugendlichen als Teil der Schau aufgefaßt. Ein Junge mit orangerotem Haar hatte irgendwelchen Gesetzen zuwidergehandelt. Ein Ordnungshüter kam mit seinem Motorroller heran und führte ihn ab. Sofort bildete sich ein Ring von hundert Leuten, die meisten mit teuren Nikons oder Leicas, einige sogar mit schweren Filmkameras. Der Junge zog sein Hemd an, der Ordnungshüter suchte ihn zu besänftigen, indem er ihm klarmachte, daß bei einem Rock-Festival eben doch nicht alles erlaubt sei. Der Junge wurde immer erregter, und als jeder schon glaubte, gleich würde er in Tränen der Reue ausbrechen, holte er plötzlich aus, und seine Faust landete voll im Gesicht des Ordnungshüters. Tausend Zuschauer hatten sich als Zeugen der inzwischen vertraut gewordenen Pantomime eingefunden und beobachteten die beiden Kontrahenten, die sich im Staub wälzten. Hier und da wurden Rufe laut, die wie ›Polizeibrutalität‹ und ›Ausschreitungen‹ klangen, aber die Rufer waren nur mit halbem Herzen bei der Sache. Ein Auto schob sich durch die Menge der Zuschauer, und der Junge wurde auf die Hinterbank verfrachtet.

»Nicht schlecht! Endlich mal ein paar Meter Action«, sagte der Mann neben Roman; ein schlanker, durchgeschwitzter Typ mit Bürstenschnitt und zerknittertem Sporthemd. Er trug eine Filmkamera an der Schulter. »50 Dollar kostet allein das Mitnehmen der Kamera. Da will man schließlich was haben für sein Geld.«

Er gab Roman Auskunft, wo er die Telefonzelle finden könne. Roman mußte eine Viertelstunde anstehen, ehe er an die Reihe kam, und dann dauerte es noch einmal fünf Minuten, um eine Leitung nach Boston zu bekommen, und weitere fünf, um Isadore aufzuspüren.

»Was haben Sie vor?« wollte Isadore wissen. »Wo stecken Sie? Ich rufe schon den ganzen Tag in Ihrer Wohnung an, aber Miss Murray weiß auch nicht mehr zu sagen, als daß Sie nicht da sind.«

»Ich würde es Ihnen ja sagen, aber ich möchte nicht die hiesige Gendarmerie auf dem Hals haben.«

»Dann warten Sie wenigstens auf mich!«

»Zu spät. Das würde zu lange dauern. Wieso haben Sie plötzlich Ihre Meinung geändert?«

»Wer sagt, daß ich meine Meinung geändert habe? Wir halten uns noch immer an Sloan. Aber was Sie da über Spuren und Hinweise gesagt haben, interessiert mich. Ich denke da an etwas ganz anderes. Das Armaturenbrett in Nanooshs Auto war doch voller Kratzspuren, aber nur eine war dabei, die sich einwandfrei identifizieren ließ: Kreisförmige Kratzer wie von einer dieser kleinen magnetischen Heiligenfiguren. Hat Nanoosh so etwas besessen?«

»Natürlich. War es denn nicht in seinem Auto?«

»Verdammt! Auf der Straße haben wir es gefunden, und wir dachten, es stammt aus dem Transporter. Aber wenn ich mich recht erinnere, waren in dem Transporter keine solchen Kratzer. Roman, wollen Sie mir nicht doch verraten, wo Sie sind?«

»Nein, aber ich nehme an, daß Sie bereits festellen lassen, woher der Anruf kommt. Ich habe mitgestoppt, es sind jetzt genau drei Minuten, und das Amt hat sich noch nicht eingeschaltet.«

»Machen Sie keinen Unsinn, Roman. Glauben Sie etwa, mir hat es gefallen, daß Judys Zimmergenossin ihre Aussage über Sloan widerrufen hat? Es könnte sehr gut ein Zusammenhang zwischen dieser Sache und dem Besuch in Ihrer Wohnung bestehen. Wenn Sie also zu wissen glauben, wer diese Leute waren, dann sagen Sie es mir. Zumindest warten Sie, bis ich bei Ihnen bin.«

»Sie wollen mich hinhalten«, sagte Roman.

»Und ob ich Sie hinhalten will, verdammt noch mal!«

Er hängte den Hörer sachte ein und bereitete sich auf einen zweiten Rundgang über das Festivalgelände vor. Isadore konnte ihn nicht verstehen; und selbst wenn, es war bereits zu spät. Er war in Gefahr, Dany war in Gefahr. Auch wenn sie beide noch einmal davongekommen waren, so bedeutete es doch, daß ein Mörder immer noch frei herumlief. Einesteils war er froh darüber, denn so hatte er völlige Handlungsfreiheit. Andererseits ärgerte es ihn, daß ein *gajo* seine Drohungen mit magischen Zutaten verbrämte. Der Teufelskopf und die blutverschmierte Puppe reizten ihn mehr, als daß sie ihn einschüchterten. Sollten die *gaja* doch bei ihren Verbrennungsmotoren, ihren Banknoten und ihren einträglichen Rock-Festivals bleiben. Die andere Welt, die Welt des Übernatürlichen, die Welt der Vampire und Unholde war leider das Privileg der Zigeuner.

Eine Gruppe junger Männer, kahlrasiert und in den

Gewändern der Lamapriester, schlurfte mit düsterem Murmelgesang vorbei. Isadore brauchte Beweise, er nicht. Ein Blick in Sloans Gesicht hatte genügt. Die Antiquitätensammlung und sein Snobismus dienten ihm nur als Schutzmauer für seine eigene Unzulänglichkeit. Hätte Sloan ein Mädchen umgebracht, er wäre einfach Hals über Kopf geflohen und hätte sie nicht kaltblütig zerstückelt und in seinen eigenen kostbaren Möbelstücken über Land geschickt. Isadore wußte mit den vorliegenden Beweisen nichts anzufangen. Die Kreissäge würde die ganze Werkstatt in eine einzige Blutlache verwandelt haben, wenn man mit ihr den Hals eines Menschen durchgesägt hätte, dessen Herz nach Aussage des Gerichtsmediziners noch nicht zu schlagen aufgehört hatte. Die Schnitte rührten dagegen von einer Waffe her, die keine Zähne oder Zacken hatte. Es gab nur eine Waffe, mit der so etwas möglich war, und Roman kannte sie: das *bhotani*, das Schwert des Henkers.

Die Lamas zelebrierten mit ihren Füßen eine Art langsamen mexikanischen Volkstanz. Es waren sanfte Burschen mit leeren, starren Blicken. Die Aufregung und Unruhe in dieser Gegend des Lagers ging von einem Zirkus aus.

19

Ein Clown in auffallend bunter Flickenjacke lief auf hohen Stelzen und jonglierte mit dicken bunten Bällen über den Köpfen der Menge. Sein Gesicht war mit roten Brauen und einem breiten roten Mund bemalt. Er machte eine Kehrtwendung und stelzte zu einem Kollegen zurück, der das Gesicht ähnlich bemalt hatte und dazu ein Hofnarrenkostüm mit Schellenkappe, spitzen Schuhen und karierter Weste und Beinkleid trug.

Roman arbeitete sich zur vordersten Zuschauerreihe durch. Ein pausbäckiges Mädchen im langen Bauernkleid jonglierte mit Keulen, während zwei andere mit kleinen Tamburinen den Takt dazu schlugen. Ab und zu vollführte eines der Mädchen einen Girlandentanz, bei dem sie wie ein Maibaum herumwirbelte. Die Lamas standen auf verlorenem Posten. Sie murmelten noch ein paarmal ihr düsteres: »*Om!*« und zogen weiter, dem Zirkus das Feld überlassend.

Als die Musik endete, ließ sich der Clown nach vorn von seinen Stelzen fallen und landete nach einigen Überschlägen geschickt auf den Füßen. Der kleinere Clown begnügte sich mit einem einfachen Absprung. Bevor sich die Menge zerstreuen konnte, ergriff der Hofnarr das Wort. Die Jongleurtruppe, die soeben ihre Kunst gezeigt hatte, führte er aus, gehörte einem uralten, hochangesehenen Stand an. Im finsteren Mittelalter waren es die Jongleure, die dem Adel nicht nur als Unterhalter, sondern auch als Hauslehrer für die Kinder dienten. Sie waren Nachrichtenüberbringer und Quellen des Wissens. Die Jongleure sorgten dafür, daß das Licht der Vernunft im dunklen Mittelalter nicht verlosch. Zeugnis davon gaben die vielen Adeligen, die ihre Burgen verließen, um als Gaukler oder Jongleure durchs Land zu ziehen. Richard Löwenherz sei das bekannteste Beispiel.

»Wir leben in einem neuen finsteren Zeitalter, in einer Zeit drohender Gefahren und abgrundtiefer Unwissenheit. Darum haben wir es zu unserer Aufgabe gemacht, den Berufsstand des Jongleurs in allen Ehren wiederaufleben zu lassen. Wir ziehen durchs Land als Unterhalter« – ein Rasseln der Tamburine – »und als Forscher und Sucher nach der Wahrheit. Unser Lebensunterhalt hängt natürlich von Ihrer Spendenfreudigkeit ab.«

Roman fand die Darstellung reizend und informativ, und als eines der Mädchen mit dem Hut die Runde machte, warf er zehn Dollar hinein.

»Hübsch getanzt, Hillary. Was können Sie denn sonst noch?«

Er glaubte, sie würde davonlaufen, aber sie beherrschte sich.

»Manchmal singe ich auch.«

»Das muß ich hören! Ich warte gern.«

Ihre Freunde hatten ihn erspäht. Auch sie stoben nicht davon. Der Hofnarr setzte seinen Vortrag fort, während die Truppe die nächsten Auftritte vorbereitete. Der Clown holte Musikinstrumente aus einem in psychedelischen Farben prangenden VW-Kleinbus. Dann ging er hinter den Bus, um einen Ziegenbock loszubinden, der dort behäbig das Gras rund um die Räder abäste. Er führte den Bock in die Mitte der Manege.

»Das traditionelle Lieblingstier des Gauklers ist der Bock – Pan, das Symbol der Fruchtbarkeit«, rief der Hofnarr.

Die Mädchen rasselten mit dem Tamburin. Der Bock spitzte die Ohren und richtete sich auf die Hinterbeine auf. Dann lief er ungelenk und mit strampelnden Vorderhufen ein paar Schritte.

»Für den abergläubischen Menschen des finsteren Mittelalters war der gehörnte Bock die Verkörperung des Teufels. Erinnern Sie sich bitte an den *Glöckner von Notre-Dame,* wo Esmeralda des Pakts mit dem Teufel angeklagt wurde, nur weil sie mit ihrem gehätschelten Ziegenbock getanzt hatte. Aus demselben Grund wurden die Zigeuner oft von den Bauern gefoltert, weil sie Ziegenböcke als Tanztiere ausbildeten, obwohl die Zigeuner im Grunde mit übernatürlichen Geheimnissen ebensowenig vertraut waren wie ihre Verfolger.«

Der Clown sprang vor den Bock. Er schwenkte einen bemalten Zauberstab auf und ab, und die Augen des Bocks folgten ihm; der gehörnte Kopf nickt heftig, und das Tier erhob sich auf die Hinterbeine, um den Stab zu erreichen. Der Hofnarr spielte auf einer Flöte, und die Mädchen sangen dazu eine mittelalterliche Weise. Das alles war sehr hübsch anzusehen und wurde mit tiefem Ernst vorgetragen. Roman sah, daß die jugendlichen Zuschauer es als Teil ihrer neuen Welt akzeptierten. Als das Lied zu Ende und der Bock wieder an seinem Platz hinter dem Kleinbus gebracht worden war, hüpfte der Hofnarr in die Manege. Die Mädchen zwängten sich durch die Menge, und Roman wollte gerade zu seiner Brieftasche greifen, als ihm jemand den Ellbogen leicht in die Seite stieß. Es war der hemdsärmelige, stoppelhaarige Kameramann, der schon bei der Schlägerei dabeigewesen war. »Das müssen Sie sich gut ansehen! Sie machen es in jeder Vorstellung.« Er drückte seine hohle Wange vor das Okular.

Der große Clown schleppte eine hölzerne Zielscheibe herbei und stellte sie an einen Baum. Er postierte sich mit dem Rücken zur Scheibe, seine Arme und Beine zerschnitten die farbigen Ringe in Quadrate, und sein Blick war starr geradeaus zu dem zehn Schritt entfernt stehenden Hofnarren gerichtet. Die Zuschauer stülpten ihre Taschen um, um Kleingeld bereit zu haben, wenn es losging. Der Hofnarr hielt eine mit Zitaten gespickte Ansprache. Roman achtete nicht auf seine Worte; er ließ die schmalen Finger, die mit einem Fächer aus silbernen Messern spielten, nicht aus den Augen. Die Mädchen kamen zurück, und der Hofnarr schaute befriedigt zu, wie sie das gesammelte Geld in einen Wildlederbeutel schütteten.

»Und nun – wie versprochen – das letzte Mitglied unserer Truppe – der Tod!« Der Hofnarr schob die Fußspitze an eine markierte Linie heran und verlagerte sein Gewicht auf den hinteren Fuß. Er wählte eines der Messer aus. Roman spürte an dem zunehmenden Druck in seinem Rücken, wie die Zuschauermenge anwuchs. Ohne jedes weitere Tamtam schoß der Arm des Hofnarren plötzlich heraus, und das Messer zitterte eine Handbreit neben dem Gürtel des Clowns. Dieser hatte mit keiner Wimper gezuckt. Der Hofnarr wählte ein zweites Messer, wog es kurz in der Hand und warf. Es traf drei Fingerbreit neben dem Gürtel, aber auf der anderen Seite. Roman sah in das Gesicht des Mannes vor der Zielscheibe. Es zeigte keine Spur von Angst. Ein drittes Messer steckte plötzlich neben seiner Schulter.

»Nicht schlecht«, kommentierte der Kameramann. »Nicht grade professionell, aber nicht schlecht.« Ein Junge neben ihnen verlangte stirnrunzelnd Ruhe. Der Kameramann beschied ihn mit einer obszönen Geste und fuhr unbeeindruckt fort: »Natürlich kommen die Messer hinter der Zielscheibe hervor, und der kleine Kerl läßt seine Messer im Ärmel verschwinden, statt sie zu werfen. Ein Trick, optische Täuschung, Sie kennen das ja sicher.« Roman hatte sich eine Stelle zwischen dem Hofnarren und dem Clown ausgesucht, von der aus er einen Blick auf einen geschlossenen Hintergrund aus dunklem Laub hatte. Für einen winzigen Augenblick erhaschte er – beinahe unsichtbar – das Flattern eines metallischen Vogels. Ein neues Messer steckte neben der Kehle des Clowns.

»Sie scheinen dieses junge Volk ja recht gut zu kennen«, sagte Roman.

»Mein Gott, die sind für mich wie ein aufgeschlagenes Buch«, murmelte der Kameramann zwischen den Zähnen.

Der Hofnarr hob seine leeren Hände. Der Clown trat von der Zielscheibe und hob ebenfalls die Hände mit einer Seelenruhe, die – wenn überhaupt möglich – noch größer war als bei dem Werfer.

»Die Burschen stecken doch bis oben hin voll mit Rauschgift. Die wären nicht einmal fähig zu . . .« Er beschrieb detailliert, wozu sie seiner Meinung nach nicht fähig wären.

»Vielen Dank, Herrschaften«, sagte der Hofnarr, »für Ihre Anteilnahme und noch mehr für Ihr Geld.« Der Kameramann versah den letzten Teil des Satzes mit einem längeren zustimmenden Kommentar. »Bis morgen, und mögen wohltuende Halluzinationen euren Schlaf versüßen.«

Die Mädchen drängten ein letztes Mal in die applaudierende Menge.

»Habe ich's nicht gesagt – Rauschgift?« sagte der Kameramann. Er ließ die schwere Kamera von seiner Schulter gleiten und hielt sie mit seinem dürren Arm fest. Sein kurzärmeliges Hemd war inzwischen völlig grau vom Schweiß. »Sagen Sie, hätten Sie nicht Lust auf ein paar Drinks oben in Sandwich? Wir könnten sicher rasch ein paar flotte Käfer aufgabeln. Die Jungens sind sämtlich schwul, aber die Bienen sind gar nicht so übel.«

»Wie ich sehe, sind Sie verheiratet«, sagte Roman mit einem Blick auf den Ring am Finger des Mannes. »Es scheint doch Spaß zu machen, wenn man wenigstens etwas mit seinen Kindern gemeinsam hat.« Er wandte sich ab und sah zu, wie der Clown die Messer aus der Zielscheibe zog. Der Kameramann stand mit hochrotem Gesicht da, aber in Romans dunklem Gesicht war keine Spur von Feindseligkeit zu lesen, weil er den Mann bereits aus seinen Gedanken verdrängt hatte.

»Ihr Scheißnigger seid doch alle gleich«, sagte der Kameramann schließlich. »Keiner ist euch gut genug.« Als er keine Antwort erhielt, knallte er wütend eine Schonkappe über die Linse und machte sich durch die abziehende Menge davon.

Hillary sammelte absichtlich auf der anderen Seite der Manege. Auf Romans Seite war das pausbäckige Mädchen. Ihr scheues Lächeln lag unter einer dicken Schicht Schminke. Er legte einen Fünfzigdollarschein in ihr Tamburin.

»Uiii! Danke!!«

Die Menge hatte sich fast zerstreut, und sie schwenkte den Schein zu dem Hofnarren hinüber. Sofort tat es ihr leid, und sie errötete heftig. Aber der Hofnarr hatte es gesehen und kam heran. Er hatte eines der Messer in der Hand. Er war ziemlich schmächtig und ließ seine dunklen Augen prüfend über Roman gleiten.

»Warum sollte er nicht seinen Obolus entrichten?« sagte er mit gewollt drohendem Unterton.

Roman lächelte, obwohl er alles andere als glücklich war. Einen Moment lang hatte er gehofft, er hätte sich geirrt und der Hofnarr sei in Wirklichkeit der Mann, den er suchte. Doch das sollte sich sofort als Wunschdenken erweisen.

»Aber warum denn?« sagte der Clown. Er war, von Roman unbemerkt, herangekommen. Nun stand er vor ihm, größer als alle anderen, und breitete die Arme in einer freundschaftlichen Geste aus. Durch die rot-weiße Schminkschicht schimmerten ebene, gleichmäßige Züge. Er zog seine Kappe vom Kopf, und eine lange blonde Mähne fiel ihm auf die Schultern. Sein Lächeln war ebenso breit wie Romans, der rote Mund verzog sich zu einer zufriedenen Miene. »Im übrigen lautet die korrekte Begrüßung: *Sarishan!*«

Roman setzte jetzt die Maske freudiger Überraschung auf. Der Clown winkte Hillary herbei.

»Sie sind ein Freund von Hillary. Sie hat mir von Ihnen erzählt«, sagte der Clown zu Roman.

»Nein«, sagte Hillary. Ihre Augen versuchten, Roman zu warnen. »Wir sind uns lediglich einmal begegnet.«

Der Clown warf dem Hofnarren und der Pausbäckigen einen Blick zu, der sie zum Rückzug veranlaßte. Sie sammelten die überall verstreuten Requisiten ein. »Kaum zu glauben!« sagte er dann. »Ein echter Zigeuner aus Fleisch und Blut!« Die erste Wolke des Tages schob sich vor die Sonne und warf einen Schatten über den kleinen Zirkusring. Die blauen Augen des Clowns glühten in der plötzlichen Dunkelheit.

»Und ein sehr abergläubischer obendrein«, ergänzte Roman. Die ironische Ausgelassenheit im Gesicht des Clowns war ihm nicht entgangen. Er konnte sich leicht vorstellen, wie dieser Mann mühelos und geräuschlos durch ein Fenster im ersten Stock kletterte. »Irgendwie habe ich das Gefühl, als ob wir uns auch schon begegnet sind.«

»Müssen Sie nicht wieder nach New York zurück, Mr. Grey?« fragte Hillary spitz.

Roman überhörte die Frage. »Ich bin zum erstenmal bei einem Rock-Festival.«

»Das beginnt erst morgen«, sagte Hillary. »Und wir müssen jetzt zusammenpacken.«

Roman sah lächelnd zu den anderen Mitgliedern der Truppe hinüber, die die verstreuten Requisiten einsammelten. Die bunten Bälle erinnerten ihn, ohne daß er sich den Grund erklären konnte, an die aufgeplatzten Eierschalen einer riesigen Vogelart und die Gaukler an eben ausgeschlüpfte, unbeholfene Junge. Hillary und der Clown waren wohl die strahlenden Helden der Truppe, die übrigen lediglich der Chor in einer Tragödie, in die die beiden hineinschlitterten.

»Einem Mann wie Mr. Grey begegnet man schließlich nicht alle Tage, Hillary«, sagte der Clown.

»Und Unterhaltung von solchem erzieherischem Wert bekommt man ebenfalls nicht alle Tage geboten«, gab Roman zurück.

Hillary biß sich auf die Lippe. Der Clown lachte und zwinkerte Roman zu, als steckten die beiden bereits mitten in einer männlichen Verschwörung. Die Persönlichkeit dieses Mannes wirkte so natürlich wie das Summen einer Stimmgabel.

»Hillary hat mir gegenüber nie erwähnt, daß sie einer reisenden Künstlertruppe angehört.«

»Sie ist eben äußerst schüchtern.«

»Das muß es wohl sein. Sie hat uns nicht einmal miteinander bekannt gemacht«, sagte Roman.

Die beiden Männer warteten, bis sie schließlich vorstellte. »Howie – dies ist Roman Grey.«

Sie gaben sich die Hand. Der Griff des Clowns war nicht weniger kräftig als der von Kore.

»Kein Zuname?« fragte Roman.

»Kein Zuname«, sagte der Clown leichthin. »Keine Adresse, keine Kreditkarten. Ist das nicht genau wie bei Zigeunern?«

»Aber wir haben gleich mehrere Namen. Für uns und für andere.«

»Geheimnisse! Ich schwärme für Geheimnisse!« rief Howie begeistert. »Vielleicht können Sie uns in ein paar davon einweihen.«

»Aber Mr. Grey wollte gerade gehen, nicht wahr«, sagte Hillary. Es war nicht als Frage gemeint.

»Unmöglich! Er ist gekommen, um das Festival zu

erleben, und er ist ein Freund. Er kann die Nacht bei uns bleiben. Stell dir vor, Geheimnisse!« So, wie er das Wort aussprach, klang es selbst schon wie ein Geheimnis.

»Er will nach Hause.«

»Er will ein echtes Rock-Festival erleben«, gab der Clown eindringlich zurück. Sein Arm schob sich hinter Hillarys Rücken. Roman sah, wie sich ihre Puppilen vor Schmerz weiteten. »Findest du nicht auch, daß es interessant sein wird?«

»Ja, das wird interessant sein«, sagte sie langsam.

»Großartig! Dann wäre das also erledigt. Ich will mir nur rasch die Farbe vom Gesicht wischen, dann machen wir uns auf den Weg.«

»Wohin?« fragte Roman. »Das haben Sie noch nicht gesagt.«

»Dorthin.« Howie zeigte zum See hinüber. Roman sah eine kleine, dichtbewaldete Insel in der Mitte des Sees. Ihre Spiegelung im Wasser hatte die Form eines amüsiert lächelnden Mundes, bis auf die rote Farbe ein genaues Abbild von Howies Mund. Roman hätte sich wohler in seiner Haut gefühlt, wenn der Messerwerfer sein Feind gewesen wäre, nicht der Mann, der in aller Gemütsruhe den Messern entgegengeblickt hatte.

20

Aus der Nähe sah die Insel hinter dem leichten Dunstschleier dieses Sommernachmittags sogar einladend aus. Ein Ruder schabte über einen Felsen, und Howie sprang ins Wasser. Es schwappte träge um seine Knie, als er das Boot über den felsigen Untergrund ans Ufer zog.

»Ararat«, sagte Howie. Er stand am Ufer, das Seil leicht in einer Hand, das Gewicht auf ein Bein verlagert, und Roman fühlte sich stark an Michelangelos David erinnert – vielleicht waren die Lippen eine Spur stärker geschürzt, die Schultern breiter, amerikanischer. Er war ganz in weißes Wildleder gekleidet, in dem sich die Sonnenstrahlen widerspiegelten.

Die übrigen stiegen aus. Ohne sein Kostüm und ohne die Schminke war der Hofnarr nur ein magerer kleiner Junge mit dem abnorm großen Kopf einer monströsen Mißgeburt. Er hieß Gerry, und sein geblümtes Hemd und die weiten Hosenschläge standen in krassem Widerspruch zu dem kurzgeschnittenen Haar, das einem Bürovorsteher besser angestanden hätte. Das pausbäckige Mädchen trug ein untailliertes Bauernkleid und eine Schleife im Haar. Sie hieß Rosalind. Isabelle, die Dritte im Bunde, stampfte boshaft ins Wasser. Sie hatte ein eckiges Gesicht mit stark vorspringenden Backenknochen, und ihre schwarzen Augen hatten die Wärme toter Kohlen, wenn sie sie auf Roman richtete. Hillarys Blick wanderte zurück zum Festivalgelände; der leichte Wind zupfte an ihrem goldblonden Haar.

»Ich bin wirklich froh, daß Sie gekommen sind«, sagte Howie ernst. Er nahm Roman beim Arm. »Die anderen hätten nie geglaubt, daß Sie tatsächlich hier auftauchen würden, am wenigsten Hillary. Aber ich habe immer gesagt, Sie würden kommen. Wenn ich es irgend jemandem zugetraut hätte, dann Ihnen. Ihre Freundin ist doch nicht zu sehr verletzt worden, oder?«

»Mehr erschreckt«, sagte Roman.

Die anderen waren vorausgelaufen zum Lager, das sich weiter in der Mitte der Insel befand. Er und Howie folgten ihnen langsam, als wären sie ihr Leben lang Freunde gewesen.

»Gut. Sie wissen ja gar nicht, wie sehr ich Sie bewundere. Sie mögen vielleicht zehn Jahre älter sein als ich, ich habe sofort die Verwandtschaft zwischen Ihnen und mir gespürt. Ich studiere, wenn Sie so wollen, das Leben der Zigeuner, und ich kann Ihnen versichern, dies ist ein Festtag für mich.«

Der Weg zum Lager führte über ein weiches Moospolster. Feuersalamander beobachteten sie aus furchtsamen Augen.

»Wissen Sie, wo ich Sloan und das Mädchen zum erstenmal zusammen gesehen habe? In der Bibliothek. Sie hatte eine lange Liste von Kriminalromanen speziell für ihn zusammengestellt. Der Knalleffekt entsprach übrigens völlig meiner Absicht: Einen Mann in einen Kriminalfall zu verwickeln, der sich so sehr für Kriminalfälle begeistert – das nenne ich einen genialen Einfall. Nun, jedenfalls habe ich ihn dort zum erstenmal gesehen« – Howie legte, in die Erinnerung versunken, den Kopf leicht zur Seite –, »und auch er hat mich gesehen, aber er hat mich nicht erkannt. Finden Sie das nicht merkwürdig? Immerhin hatte ich schon mehrfach Antiquitäten in sein Haus geliefert. So habe ich übrigens auch Hillary kennengelernt. Aber ich weiß schon, warum er mich nicht wiedererkannt hat. Für ihn war alles, was nach Hippie aussah, gleich. Er hielt es für unter seiner Würde, Unterschiede zwischen einzelnen Personen zu machen. Und sehen Sie, genau das war es, was mich so sehr faszinierte: Ich konnte seine Freundin umbringen, und er würde nicht die leiseste Ahnung haben, wer ihn in all die geheimnisvollen Vorgänge verstrickt haben könnte. Bei Ihnen war das ganz anders. Da genügte es . . . nun, was eigentlich? Es genügte ein Schatten im Wald, und Sie wußten, daß ich da war.«

»Darum wohl mußte Hillary mir all die Fragen stellen, nicht wahr?«

»Ja. Es war das erste Mal, daß ich Sie gründlich studieren konnte. Hillary hat Sie doch tatsächlich für einen Polizisten gehalten.«

Howie grinste. »Natürlich habe ich ihr, nach Ihrem rasanten Abgang hoch zu Roß schnell klarmachen können, daß sie sich irrte.«

»Und dann sind Sie los, um Ihren Teufelskopf zu holen.«

»Stimmt genau.« Howie lachte vor Vergnügen. »Da sehen Sie, um wieviel leichter es Leute wie wir haben. Am Freitag war ein Sergeant von der Polizei bei mir. Er war von der Wahrheit ebensoweit entfernt wie Sloan. Der Mann wird nicht zögern, Sloan aufgrund von Indizien zu verurteilen, und keiner von beiden wird je begreifen, was wirklich geschehen ist und warum. Zwei Männer, die völlig im dunkeln tappen und keine Ahnung von den Spielregeln haben. Sie dagegen haben sofort gewußt, daß Sloan unschuldig ist. Deshalb mußte ich versuchen, Sie abzuschrecken. Nachdem wir dann von Ihrer Verbindung zur Polizei gelesen hatten, mußten wir jedoch ernsthaftere Schritte unternehmen.«

»Sie wußten, daß ich allein kommen würde?«

»Natürlich. Ich kenne Sie recht gut.«

Hillary und die anderen sahen die beiden Männer Arm in Arm ins Lager kommen. Gerry hatte ein Feuer gemacht. Isabelle durchwühlte zwei große Rucksäcke nach Konserven. Roman sah sich nach Rosalind um und entdeckte sie neben einem Baum, an den ein anderer Ziegenbock, diesmal ein schwarzer, angepflockt war.

»Gefällt es Ihnen?« fragte Howie mit weitausholender Geste. »Auf diese Weise halten wir uns fern von der tobenden Menge. Ich habe sie noch nicht ganz zu einer *kumpania* verschweißen können, aber es ist schon mal ein Anfang.«

»Vorläufig noch in der Art von Tom Sawyer und

Huckleberry Finn, ja?« sagte Roman, und Howie stimmte lachend zu.

Roman erhaschte einen Blick von Isabelle zu Gerry.

»Was machen wir mit ihm?« fragte Gerry. Seine Hand erstarrte mitten im Holzspalten.

»Was wir mit ihm machen?« frage Howie zurück. »Wie kann man nur so frangen, wo es sich um unseren Gast handelt? Wir haben ihn eingeladen, und er ist gekommen.« Er schritt mit weit ausgebreiteten Armen über die Lichtung. »Wir behandeln ihn, wie es einem Gast zukommt«, sagte er mit einem Anflug von demütiger Bescheidenheit, die so gut gespielt war, daß selbst Roman versucht war, ihm zu glauben. »Er ist einer von uns, ein Außenseiter der Gesellschaft. Wir sollten alle zusammenhalten. Weißt du nicht, wieviel du den Zigeunern verdankst? Die Kinderreime, die Lieder, die Kinderängste und alles, was uns von den Zigeunern überliefert wurde.« Er drehte sich mit einer raschen Bewegung um, und sein langes Haar breitete sich zu einem weiten Fächer aus. Er legte den Finger an die Nase. »Denk zum Beispiel an den alten Abzählvers: ›Hickory, dickory, dock‹. Jedes Kind kennt ihn bei uns. Er stammt von den Zigeunern, bei denen es *Ekkeri akkery an* hieß. Und es gibt noch viele andere, hab ich nicht recht?«

»Sie sind zu großzügig«, sagte Roman. »Hillary, sind Sie hier die Gastgeberin?«

»Ich denke doch«, antwortete sie ohne Begeisterung.

»Wie schon einmal.«

Sie wurde bleich.

»Im Hause Ihres Vaters, meine ich.«

»O ja, da«, sagte sie.

»Nein, nicht wie damals«, unterbrach Howie. »Diesmal ist es reines Vergnügen. Wir kennen uns alle. Wir werden ein Picknick machen, und danach gehen wir zum fröhlichen Teil über. Zuerst werden Sie uns unterhalten«, sagte er zu Roman gewandt, »und dann wir Sie.«

»Wie soll er uns denn unterhalten?« fragte Rosalind naiv.

Roman war zu der Überzeugung gelangt, daß sie zumindest teilweise zurückgeblieben war.

»Wie? Er wird uns die größte Schau der Welt bieten. Er wird versuchen zu entfliehen. Oder glaubst du etwa, er sei in der Absicht hergekommen, sich die Kehle durchschneiden zu lassen?«

Howie war von hinten an Roman herangetreten und gab ihm einen Klaps auf die Schulter. Wieder fiel es Roman auf, wie gut Howie aussah, nicht nur die Gesichtszüge, die wie aus makellosem Marmor gemeißelt schienen, auch die tiefblauen Augen, wie bei einer Statue. Und wenn er lächelte, wirkte es irgendwie unheimlich – eben das Lächeln einer Statue.

»Was wird's denn sein? Ein bißchen Wahrsagen? Wissen Sie eigentlich auch schon, was wir für Sie parat haben?«

»Die Hellseherei kommt später«, sagte Roman. »Mit vollem Magen arbeitet mein Medium viel besser.«

»Großartig.«

»Roman, nicht! Es ist nicht komisch gemeint.«

Alle Blicke richteten sich auf Hillary. Ein eisiger Schimmer trat für einen Moment in Howies Augen. Gerry hüstelte nervös und sagte irgendwas vom Essen, um die Stille zu überbrücken. Seine Bemerkung holte Howie sofort in die Wirklichkeit zurück.

»Richtig, Essen. Bisher mußte ich die ganze Arbeit allein machen. Nun habe ich endlich jemanden, der mir wirklich helfen kann.«

»Aber Gerry versteht sich doch gut auf den Umgang mit Messern«, sagte Roman.

»Bei ruhenden Zielen ja. Das hat er von mir gelernt. Aber mit einem Zigeuner auf die Jagd zu gehen, das wird ein Mordsspaß. Natürlich werden wir Ihnen keine scharfe Waffe geben können, Sie verstehen.«

»Ich dachte mir schon, daß die Sache einen Haken hat.«

»Gut. Wir kommen alle mit und schauen zu. Auf zum fröhlichen Jagen!«

»Howie, ich kann nicht mitgehen«, sagte Hillary.

Howie holte tief Luft. »Du wirst mitkommen.« Seine Stimme klang plötzlich wie die eines anderen Mannes. »Ihr kommt alle mit!«

Die Salamander huschten von dem feuchten Moosteppich in die zarten Schatten der Farne. Ein Weberknecht stakte steif wie eine Giraffe über die Rinde einer Buche. Roman und die Gauklertruppe gingen, einer hinter dem anderen, den Weg zum See zurück. Hillary bildete den Abschluß. Howie hatte nichts dagegen; er war wieder guter Laune.

»Von jetzt an ist er unser Kaliban. Auch ein Zigeuner, dem nie Gerechtigkeit widerfuhr. Halb Mensch, halb Tier. Und nur ein einziges Talent hatte die Natur ihm mitgegeben: er verstand sich aufs Fluchen. So ist es doch?«

»Sie scheinen wirklich endlose Stunden in der Bibliothek verbracht zu haben«, sagte Roman mit fragend gehobener Braue.

»Und da sind wir schon, Kaliban. ›Will dir die Quellen zeigen, Beeren pflücken, will fischen und dir Holz genugsam schaffen.‹ Was wird uns unser Kaliban nun zeigen?«

Sie traten ein Stück abseits des Bootes aus dem Wald. Drüben, am anderen Ufer, pflegte die Jugend Schäferspiele à la Marie-Antoinette. Die Sonne zeichnete eine glänzende Spur auf das Wasser. »Nun, was findet man schon im Wasser? Fische«, sagte Roman. »Aber das richtige Wort ist *matcho*«, sagte Howie. »*Matcho* – Fisch. Für euch alle ist jetzt die günstigste Gelegenheit da, die älteste lebende Sprache der Welt zu lernen.« Die anderen bezogen ihre Beobachtungsposten längs des Ufers. Nur Hillary rührte sich nicht und blinzelte in die Sonne. »Ohne Haken, versteht sich.«

»Ich will's versuchen.«

Roman ging suchend am Ufer entlang, bis er einen aus dem Wasser ragenden flachen Fels fand. Darauf hockte er sich und rollte die Ärmel auf.

»Er versucht's mit bloßen Händen«, rief Rosalind aufgeregt. Gerry bedeutete ihr, still zu sein.

Roman senkte die Hände ins Wasser. Es war später Nachmittag, aber noch immer sehr heiß. Schweißperlen liefen ihm die Wangen hinab. Seine Hände bewegten sich in einem Tempo, das die Zuschauenden nur wahrnehmen konnten, wenn sie den Blick kurz abwandten und dann wieder zurückschauten. Es dauerte insgesamt fünf Minuten. Eine Unterwasserpflanze streichelte seinen Handrücken. Die Zuschauer wurden bereits ungeduldig, aber er ließ weitere fünf Minuten verstreichen. Etwas schneppte nach seinem Finger, und er spürte die steifen Stacheln eines Sonnenfisches. Der Sonnenfisch wurde von einem größeren Schatten verscheucht. Roman hoffte nur, daß die anderen sich lange genug still verhielten. Ein glatter Rücken streifte seine Handfläche. Der Trick bestand darin, weder zu schnell noch zu langsam zuzupacken.

»Er hat einen!« rief Gerry.

Ein Barsch wand sich im schlammigen Boden. Sein Schuppenkleid hatte den dunklen Glanz schon verloren, als Gerry sein Messer in die Kiemen stieß und den Kopf abschnitt.

»Howie hat auch einen!« rief Rosalind.

Roman hatte bei seiner Konzentration nicht gesehen, daß Howie ins Wasser gewatet war. Auch er war auf einen Fang aus. Plötzlich tauchte sein Arm ins Wasser. Er zog ihn leer wieder heraus, aber das Messer in seiner Hand war rot gefärbt.

»Danebengetroffen«, sagte Gerry, als Howie ans Ufer watete.

»Nein, ich hab ihn erwischt.«

Als sie sich vom See zurückzogen, die geköpften Fische in Gerrys Fangsack, machte keiner der Gaukler ein zufriedenes Gesicht. »Es war alles nur ein Scherz«, versuchte Hillary zu erklären.

»Stimmt genau«, sagte Howie, der neben Roman ging. »Ich habe nämlich nicht die Absicht, Kaliban einen Teil seiner Arbeit abzunehmen. Ein Mann, der sein eigenes Grab schaufelt, das hat man schon gehört. Aber ein Mann, der seine Henkersmahlzeit selbst besorgt, das ist mal was ganz Neues.«

»Es verrät zumindest Fantasie.«

»Ein gerissener Fuchs, dieser Kaliban! Er weiß genau, wie er seinem Herrn um den Bart gehen muß«, sagte Howie gut gelaunt. »Ich kann mir genau vorstellen, wie er Sloan kirre gemacht hat. Ich stelle überhaupt immer mehr Gemeinsamkeiten zwischen uns beiden fest. Es wäre schön gewesen, wenn wir uns unter anderen Umständen begegnet wären.«

»Warten wir ab, was die Zukunft bringt«, beschied ihn Roman.

»Er gefällt mir immer besser!« Howie schlug sich auf den Schenkel.

Roman zeigte ihnen, wie man der Insel Nahrung genug für alle abgewinnen konnte. Howie hielt sich im Hintergrund und benannte fast alles, was sie fanden: Wildzwiebel – *purrum*. Brunnenkresse – *panishey shok*. *Pedloer* – Nüsse. Roman steuerte bereitwillig das Wort *yakori bengeskro* für Holunderbeeren bei. Hillary blieb mit jeder Minute weiter zurück. Einmal verschwand sie sogar in den Büschen, um sich zu übergeben.

»Wirst du jetzt endlich Schritt halten?« fragte Howie, als sie zurückkam.

»Ich kann nicht«, murmelte sie.

»Wir können ja umkehren«, schlug Roman vor, obwohl es das letzte war, was er sich wünschte.

Die Marmorlider senkten sich kurz über die blauen Augen. »Wir werden nicht umkehren. Es wird schon gehen.«

Roman führte die anderern durch den Wald. Allmählich verschärfte er das Tempo. Howie folgte mit Hillary am Schluß. Der Laubwald der Niederungen ging langsam in Nadelwald über. Der Moosteppich endete, und eine dicke Schicht Kiefernnadeln bedeckte den Boden. Die grünen Wipfel über ihren Köpfen neigten sich nach Osten. Die Steigung wurde steiler. Vor ihnen lag, was Roman gesucht hatte: der höchste Punkt der Insel. Gerry und die Mädchen blieben ihm auf den Fersen. Aber während er mühelos zwischen den Bäumen voranschritt, rutschten sie immer wieder auf den Kiefernnadeln aus. Sie atmeten erleichtert auf, als er endlich auf einer kahlen Bergkuppe anhielt. Dann sahen sie Howie plötzlich neben ihm auftauchen. Er hatte sie unbemerkt alle überholt.

Roman ließ seinen Blick in die Runde schweifen. Die ganze Insel lag ausgebreitet unter ihm.

»Was soll das?« fragte Howie mit trauriger Miene.

»Es erinnert mich an die alte Geschichte von dem Mann, den Beng, der Teufel, auf einen hohen Berg führte, um ihm alles Gold der Welt zu Füßen zu legen.« Die Insel fiel nach Westen hin stufenweise ab. In der Nähe des Westufers stand die ausgebrannte Ruine eines Hauses. Im Süden schob sich ein Birkenhain zwischen den Kiefernwald und ein Sumpfgelände.

»Das ist aber keine Zigeunergeschichte.«

»Hat ja auch niemand behauptet.«

Außer ihrem eigenen gab es keine weiteren Lagerfeuer. Keine Boote waren zu sehen. Nach Osten hin lag hinter den Kiefern ein kahler Streifen und dann die Platanen und Hartriegelsträucher rund um das Lager.

»Ich könnte dich gleich hier umbringen«, stellte Howie sehr sachlich fest.

»Schon möglich, aber es ist nicht der ideale Ort.« Roman sog den Duft des Kiefernharzes tief in seine Lungen.

»Was gibt's denn?« fragte Gerry, der erst jetzt zu ihnen aufschloß. Die Mädchen mit ihren Kräutersäcken sahen aus, als wären sie nur zu einem Picknick unterwegs. Ihre Wangen glühten von der Anstrengung. Howie wollte gerade antworten, als ein Kardinal, der mit wild klopfendem Herzen in einer Kiefer gebangt hatte, an ihnen vorbeiflog. Flatternd, wie ein rotes Taschentuch, nahm er Kurs auf das Sumpfgelände.

»*Chericlo*«, sagte Roman. Er verließ die Anhöhe über den langen Abhang nach Westen.

»Vogel«, sagte Rosalind und folgte ihm mit den anderen.

Howie wartete auf Hillary. Sie kam erst jetzt auf der Kuppe an, die Hände in die Seiten gestemmt. »Du hältst mich auf.«

»Ich kann nicht schneller.«

»Du hältst mich überhaupt immer auf.«

Hillary beobachtete ihn, während er mit sich zu Rate ging. Offenbar gab es da eine Menge Möglichkeiten zu bedenken.

Roman führte sie über einen Pfad hinab, der sich durch ein dichtes Gewirr von Kiefern wand. Sie sanken tief in den braunen Nadelteppich ein, während sie versuchten, mit der kräftigen, behenden Gestalt an der Spitze Schritt zu halten. Auf einem schmalen Felsplateau wartete er auf sie. Der Kiefernwald hatte schroff geendet, und unter ihnen lag ein ganz anders beschaffener Laubwald.

»Ich hab' gar nicht gewußt, wieviel es auf einer so kleinen Insel zu sehen gibt«, sagte Gerry.

»Da!« Roman zeigte auf einen grauen Schatten. Zwei Ohren zuckten leicht; es war ein Kaninchen. »Das ist ein *kaun-engro*. Und das übersetzt man sinnigerweise mit ›das Ding mit den großen Ohren‹.«

»Können wir's fangen?« Gerry hatte sein Messer schon gezückt. »Kaum. Aber es kommt auf einen Versuch an.«

Das Kaninchen sprang zur Seite, und sie folgten ihm über den Felsvorsprung, Roman übernahm die Führung, als die Felsplatte, zwischen zwei Reihen Kiefern, immer schmaler wurde. Ein zweiter Granitfelsen erhob sich hinter dem Vorsprung, und sie konnten nur noch seitwärts vorankommen. Vor ihren Fußspitzen fiel die Felswand über sechs, sieben Meter steil ab. Schließlich endete der Vorsprung ganz, und Roman dachte schon, sie müßten umkehren. Aber dann sah er, daß die Felswand eine Biegung machte und der Vorsprung sich hinter der Biegung fortsetzte.

»Dies wäre jetzt ein günstiger Zeitpunkt, um zu verduften, nicht wahr?« sagte Isabelle zu Roman.

Roman warf einen Blick zu Gerry hinüber, der jedoch kein Wort sagte. Er drückte sich eng an die Felswand, um Isabelle vorbeizulassen. »Nach Ihnen«, sagte er, und sie verschwand als erste um die Biegung. Roman ergriff ihre Hand, die sie sofort zurückgestreckt hatte. Nachdem sie festen Halt gefunden hatte, folgte er ihr um die Felswand herum. Vor einer tiefen Senkgrube endete der Fels abrupt, und Isabelle wäre beinah hineingefallen. »Irgend jemand hat sich hier vor langer Zeit einmal zu schaffen gemacht«, sagte Roman. Sie mußten sich seitwärts zwischen der Felswand im Rükken und der Grube hindurchzwängen. Das Loch war etwa drei Meter tief, und der Boden war mit Tierexkrementen bedeckt. Weiter unter ihnen, im Wald, hatte ein umgestürzter Baum eine längliche Bresche in den dichten Bewuchs geschlagen.

Roman schaute nach oben. Unmittelbar über ihren Köpfen standen am oberen Ende der Felswand zwei kräftige Kiefern. »Aber inzwischen hat sich die Tierwelt hier häuslich eingerichtet.«

»Schlangen?« fragte Isabelle.

»Die ziehen felsigen Boden vor. Und der Kot stammt auch nicht von Schlangen. Es könnte ein Fuchs oder ein Kaninchen sein. Sekunde!«

Er ging am Grubenrand vorbei zu dem Felsvorsprung auf der anderen Seite. Der Granit hatte Hunderte von Rissen und Spalten, in denen kleines Grünzeug wuchs. Roman benutzte die Spalten, um in den Wald unter ihnen hinabzuklettern. Gerry sah ihm besorgt nach, aber anders als in Howies Gegenwart fühlte Roman diesmal nicht den kalten Schweiß auf seiner Stirn. Er untersuchte unbekümmert die Felswand.

»Ich habe eine kleine Öffnung gefunden«, sagte er. »Nach den Fußspuren zu urteilen, ist es ein . . .«

»Wie heißt es in Zigeunersprache?« sagte Rosalind.

»Ich möchte es lieber genau wissen. Das ist mir sicherer«, sagte Isabelle.

»Stachelschwein. Wer das Zigeunerwort wissen will, kann sich nach dem Unterricht bei mir melden.« Er bat Gerry, ihm Streichhölzer hinunterzuwerfen. »Ich werde ein Feuer mit trockenen Sträuchern machen und sie ausräuchern. Nehmt die Säcke und fangt sie ein.

Aber paßt auf, daß ihr euch nicht gegenseitig in die Grube stoßt!«

Das Unternehmen gedieh nur zu einem Teilerfolg. Sie waren halb blind von dem Rauch, als die Stachelschweine plötzlich alle auf einmal herauskamen und in alle Himmelsrichtungen davonstoben. Mit viel Glück gelang es ihnen, zwei einzufangen. Gerry hatte ihnen schnell den Garaus gemacht.

Auf dem weiteren Weg durch den Wald zu den rauchgeschwärzten Überresten des Hauses, das Roman von der Höhe aus gesehen hatte, benahmen sich die Gaukler merkwürdig verändert. Sie trugen ihre Säcke mit Begeisterung. Isabelle hatte aufgehört, Roman finstere Blicke zuzuwerfen. Noch größer jedoch war die Veränderung, die mit Roman selbst vorgegangen war. Er marschierte locker und gelöst über den Grasboden. An seinem Kinn zeigten sich die ersten schwarzen Stoppeln, sein Hemd war schmutzig und hatte einen Knopf verloren, und sein Haar hing ihm in dichten schwarzen Locken in die Stirn. Er pfiff ein mitreißendes *djili*, um den Marschrhythmus anzugeben. Kleine smaragdgrüne Efeublätter krochen über die Hausruine, und eine junge Platane wuchs aus dem aschegedüngten Boden.

Ein Saum von Fliederbüschen kennzeichnete die Stelle, an der früher der Rasen gewesen war. Rosalind lief mit einem freudigen Aufschrei voraus und schwenkte ihren Sack wie ein Lasso über dem Kopf. Die anderen folgten ihr gemächlich. Plötzlich blieb sie wie angewurzelt stehen, den Blick ungläubig zum Haus hinaufgerichtet, und dann hielten auch die anderen inne. Vor dem schwarzen Gemäuer stand Howie, ein Ausrufezeichen ganz in Weiß. Der Wind zerrte kaum an seinen Haaren, obwohl das Efeulaub hinter ihm heftig zitterte.

»Ende des Picknicks«, sagte er.

Roman machte als einziger die letzten Schritte bis zu ihm. »Es hat ja eben erst angefangen.«

Howie richtete den Blick zum Himmel. »Es wird dunkel. Gott sei Dank! Sie sind lang, nicht?«

»Was ist lang?« fragte Gerry.

»Die Tage«, sagte Roman. Es gab Momente, in denen er Howie besser verstand, als die anderen ihn je verstehen würden. Der Mond war wie ein Gespenst am ruhigen hellen Himmel aufgegangen. »Einen Moment noch!«

Er stieg in den ausgebrannten Keller des Hauses hinab. Der Zementboden stand an einigen Stellen zwei Finger tief unter Wasser. Alles, was er berührte, lag unter einer dicken, feuchtklebrigen Rußschicht. In der hintersten, dunkelsten Ecke unter einem Deckenträger fand er, was er suchte. Er tötete es, bevor es aufwachte.

Alle sahen ihm gespannt entgegen, als er aus dem Keller kam. Gerry hatte sein Messer schon in der Hand, aber Roman hielt seinen Fund zwischen den Händen verborgen. Dann öffnete er sie langsam und zeigte ihnen ein zusammengeschrumpeltes Pelzknäuel, lederartige Flügel und ein Gesicht, das fast nur aus weitaufgerissenen Nüstern bestand. Howie hob das linke Augenlid des Tieres an. Das Auge fehlte.

»Was bedeutet das?« wollte Gerry wissen.

Howie seufzte. »Das bedeutet, daß der Mann, der dieses Tier besitzt, die Fähigkeit der Unsichtbarkeit hat.«

»Ich sehe ihn aber noch.«

Howies blaue Augen blickten Roman forschend an. »Und ich sehe ihn jetzt erst richtig.«

21

Das Feuer kroch wie rotglühende Lava durch die Randsteine hindurch. Einige der Holzspieße waren ausgetrocknet und gingen in Flammen auf. Abgenagte Knochen lagen in der Glut. Ein leergegessener, schräghängender Topf reflektierte den Feuerschein. Roman zündete eine Gauloise in den Flammen an und stieß eine lange Rauchfahne aus.

»Eine letzte Zigarette«, sagte er. »Eine schöne Tradition.«

»Es ist an der Zeit«, pflichtete Howie ihm bei.

»Sie haben nichts gegessen, Howie. Hillary auch nicht.«

Howie gab keine Antwort. Er betrachtete seine Hände. Sie waren groß und kräftig, hatten aber nichts Monströses. Sie waren fast unbehaart. Er riß sich von ihrem Anblick los und sah – wie alle anderen – Roman an.

»Was bedeutet der Tod für einen Zigeuner? *›Ban, ban, Ka-Kaliban.* Hat zum Herrn 'n andern Mann. Schaff einen neuen Diener dir an‹?«

»Sie fragen den falschen Zigeuner. Fragen Sie Nanoosh!«

Howie war für einen Moment verwirrt. »Ach ja, der Zigeuner, der bei dem Unfall umgekommen ist. Aber wir haben nun mal nur Sie, und das auch nicht mehr lange.« Seine Stimme klang traurig, aber sein Gesicht war so bar jeder Regung wie eine Maske. »Ich glaube fast, Sie sind mit Ihren Geheimnissen am Ende.«

»Oh, der unterhaltsame Teil! Den hätte ich doch fast vergessen!« sagte Roman. »Das ist das mindeste, womit ich mich revanchieren kann.«

»Wahrsagen?« fragte Isabelle.

»Er macht nur Spaß«, sagte Gerry.

»Nein, es ist ihm Ernst!« sagte Howie. Er klatschte in die Hände. »Soll er's versuchen! Komm, Kaliban! Blick in die Zukunft! Es geht um dein Leben.«

»Wo ist seine Kristallkugel?« fragte Rosalind.

»Er braucht keine«, erwiderte Howie.

»Nicht jetzt, bitte«, sagte Hillary. »Dies ist nicht der Zeitpunkt für Kartentricks und ähnliche Scherze.«

»Ruhe, bitte, auf den Rängen!« rief Howie. Er stand auf und schritt beim Reden auf und ab. »Meine Damen und Herren! Ha, ha! Nur heute abend, eine Sondervorstellung auf königliche Anordnung. Die einmalige Gelegenheit, dem Schicksal auf die Finger zu gucken, eine Karte aus dem Tarockspiel zu ziehen und einen Blick zurück in die Vergangenheit oder nach vorn in die Zukunft zu werfen. Wer möchte als erster die telepathischen Kräfte des Opfers ... bitte um Verzeihung! ... des Maestro auf die Probe stellen? Ja, dort hinten, das pausbäckige kleine Fräulein in der letzten Reihe.«

Rosalind ließ die Hand sinken. Sie verzog ihr Gesicht angestrengt zu einer Grimasse, die wohl Gerissenheit ausdrücken sollte, und stellte ihre Frage: »Wie sind sich Gerry und Isabelle begegnet?«

»Sie sind Bruder und Schwester«, erklärte Roman.

»Sehr gut, sehr gut«, sagte Howie und applaudierte als erster.

»Keine sonderlich schwierige Frage, aber er hat sie ausgezeichnet pariert.«

»Wie kann er das wissen?« fragte Rosalind. Sie zumindest war beeindruckt.

»Gerry ist ihr jüngerer Bruder, und sie hat immer schon auf ihn aufpassen müssen. Sie liebt ihn, und darum sähe sie es am liebsten, wenn ich schon tot wäre, wenn ich gar nicht erst hier aufgetaucht wäre ...«

»Lassen wir die Ausschmückungen!« unterbrach ihn Howie.

»Versuchen wir's doch mal mit einer schwereren Frage«, sagte Gerry. Sein Gesicht war rot, nicht nur von der Hitze des Feuers.

»Hören wir uns einmal an, was er über Judy Mueller weiß.«

Howie sagte nichts. Er hockte im Schatten und ließ Roman nicht aus den Augen. Rosalinds Kopf zuckte zu dem Baum hinüber, an dem der Ziegenbock festgebunden war. Nur an den schmalen orangefarbenen Augenschlitzen war zu erkennen, daß er noch da war.

»Das Mädchen. Oh, über ihr Leben weiß ich nicht viel zu sagen. Ich kann nur vermuten, daß es ziemlich langweilig verlaufen ist. Wie hätte sie sonst auf Hillarys Vater hereinfallen können. Das war nicht anzüglich gemeint, Hillary.« Roman steckte sich eine neue Zigarette an. »Howie würde es vielleicht so ausdrücken: Das einzige Ungewöhnliche an ihrem Leben war ihr Tod. Und damit hätte er gar nicht einmal unrecht. Sie war völlig überrascht, aber das wart ihr ja schließlich alle, nicht wahr? Außer Howie. Ihr habt das alles für einen Jux gehalten. Ihr wolltet sie abschrecken, damit sie nicht daran denkt, Mr. Sloan zu heiraten. Also habt ihr den gelben Kombiwagen genommen und habt vor ihrem Haus gehupt. Howie hatte die beiden schon vorher verfolgt, er wußte also genau, was zu tun war. Sie stieg ein, und ab ging die Fahrt. Hillary war ja dabei, Judy hatte also keinen Grund zur Angst. Die Fahrt ging in den Wald. Das Ganze sollte nur ein Scherz sein. Ihr steigt aus, geht ein Stück mit ihr spazieren, und plötzlich, aus heiterem Himmel, fährt Howies Schwert hernieder und schneidet ihr den Kopf ab. Ihr anderen steht wortlos dabei und rührt keinen Finger, während Howie sie auszieht und zerstückelt. Dann – nur damit keiner von euch denkt, es sei nur eine dumme Laune von ihm gewesen – kommt er mit den Plastikbeuteln heraus und eröffnet euch, daß Hillarys Vater beabsichtigt, Möbel zu einer New Yorker Ausstellung zu schicken. Er muß es ja wissen. Den Rest kennt ihr. Aber was ihr nicht wußtet, ist, daß Judy Mueller Hillarys Vater den Laufpaß gegeben hatte. Ihr habt euch in ihr getäuscht. Ihr brauchtet sie gar nicht zu töten. Es war unnötig, daß sie starb.« Man hätte eine Stecknadel fallen hören können, als Roman zu Ende gesprochen hatte. Schließlich sagte Gerry: »Das ist eine Lüge!«

»Nicht schlecht gemacht!« sagte Howie.

»Das ist doch alles frei erfunden«, sagte Hillary.

»Es steht jedenfalls in Judys Briefen an Hillarys Vater. Hätte sie nur etwas menschlichen Kontakt zu ihm gehabt, sie hätte es wissen müssen.«

Rosalind war der Sinn dieser Enthüllung verborgen geblieben, nicht aber Isabelle. Ihr finsterer Blick richtete sich auf Howie.

»Aber es ist nun mal geschehen«, fuhr Roman fort. »Sie ist tot, und niemand bringt sie wieder zurück. Aber wie steht's denn mit der Zukunft? Keiner, der etwas über die Zukunft wissen will? Etwas weniger Trauriges? Etwas Freudigeres?« Er blickte in die Runde. Alle sahen ziemlich schockiert aus. »Nein? Wie wär's mit Ihnen, Hillary? Möchten Sie nicht gern wissen, ob Sie schwanger sind?«

Ihre Augen erinnerten ihn an das Pferd, bevor es mit ihm durchging.

»Kommen Sie, nur ein kleiner Spaß nach einem guten Essen. Die letzte Galavorstellung des Zigeuners. Es wird sicher auch Howie interessieren. Er ist nämlich der Vater. Hab' ich recht, Howie?« Howie hockte im Schatten, sein Gesicht eine schwebende Maske. »Nur weiter!« sagte er.

Roman ließ sich von Rosalind ein Tamburin geben. Er nahm einen angesengten Holzspieß aus dem Feuer und zog damit neun Linien auf das Tamburinfell, in der Mitte drei gerade wie Leitersprossen, die übrigen rundherum in Form eines durchbrochenen Kreises. Dann suchte er eine Handvoll Steine vom Boden, wählte neun aus und warf den Rest fort.

»Ich darf zunächst darauf hinweisen, daß wir eigentlich Bohnen nehmen müßten, aber ... nun, es wird auch so gehen.« Er gab Hillary die Steine in die Hand. Sie ließ sie sofort fallen, aber er fing sie mit dem Tamburin auf. »Wenn sie innerhalb der Linien bleiben, dann ist sie schwanger. Wenn nicht, dann nicht. Ich darf mir erlauben, den üblichen Hokuspokus zu übergehen.« Er klopfte mit den Fingerspitzen gegen die Unterseite des Fells. Die Steine begannen wie aus eigenem Antrieb zu tanzen. Er spürte, wie alle um ihn herum den Atem anhielten. Ein letzter Schlag gegen das Trommelfell; die Steine kamen zur Ruhe, alle neun innerhalb der Linien. »Ich gratuliere.«

Hillary sagte kein Wort.

»Du bist schwanger?« fragte Isabelle.

»Das ist doch großartig«, sagte Gerry.

Howie reagierte nicht, und die erste Begeisterung erstickte im Keim.

»Möchten Sie nicht wissen, welches Geschlecht das Kind hat?« fragte Roman. »Es läßt sich feststellen. Gar nicht schwer.«

Hillary funkelte ihn an. Sein Gesicht glühte bronzefarben von der Hitze des Feuers, und sein dichtes schwarzes Haar fiel ihm in die Stirn. Unter seinem offenen Hemd sah sie eine Seemuschel, die an einer dünnen Schnur in die Haare auf seiner Brust herabhing. Seine Augen hatten rote Ringe.

»Das wird ein Spaß!« sagte Rosalind.

»Ist in einem der Säcke vielleicht ein Ei?« fragte Roman, und Gerry suchte und fand eines, das er ihm gab.

»Fein. Und nun, Hillary, müssen Sie es unter Ihrem Hemd an Ihren Bauch drücken, fünf Minuten lang, mit dem stumpfen Ende zu Ihnen. Dann werden wir es am anderen Ende aufschlagen. Zeigt sich der Dotter, ist es ein Junge. Zeigt er sich nicht, dann wurde er von dem Weiblichen, das in Ihnen wächst, angezogen, und es wird ein Mädchen.«

Sie hielt das Ei einfach in der Hand. Roman schob ihre Hände unter ihr Hemd. Neben dem Feuer war noch Mehl und Salz, das er zur Zubereitung des Fisches brauchte. Von Rosalind ließ er sich Backpulver geben. Gerry wollte wissen, was er vorhabe, aber Roman rührte Mehl, Soda und Salz wortlos mit Spucke zu einem Teig an. Dann holte er die Fledermaus aus seinem Hemd hervor und gab ein paar Spritzer Fledermausblut in den Teig. Schließlich rollte er ihn zu einem Streifen aus und wickelte ihn um einen Stock, den er übers Feuer hielt.

»Okay, Hillary, schauen wir nach, was es gibt!« Er zog ihre Hände sanft unter ihrem Hemd hervor und entwand das Ei ihren Fingern. Er hielt das warme Ei dicht vor sein Gesicht und wartete ab, bis Gerrys nervöses Husten beendet war.

Anro, anro in obles
Te e pera in obles,
Ava cavo sastavestes!
Devla, Devla tut akharel!

Er beobachtete Hillarys blasses Gesicht, während er den Spruch in ihrer Sprache wiederholte:

Das Ei, das kleine Ei ist rund,
Rund wie der Bauch,
Kleines Kind, komm heil zur Welt!
Gott, Gott ruft dich!

Mit einem scharfen Stein schlug er das Ei über der Mitte auf und hob die Kappe der Schale auf. Er machte ein verdutztes Gesicht und griff mit zwei Fingern suchend in das rohe Ei.

Hillary erstarrte, als er die Finger herauszog, und nachdem sie einen Moment mit offenem Mund, aber stumm dagestanden hatte, löste sich der Entsetzensschrei. In Romans Fingern hing, triefend von Eiweiß und Blut, ein winziger menschlicher Kopf, häßlich und grinsend.

»Dieser elende Dreckskerl!« entfuhr es Howie.

Roman warf den Kopf ins Feuer. Das Eiweiß verbrannte knisternd, wurde erst weiß, dann schwarz. Ein Geruch von verbrannten Haaren stieg aus den Flammen. Roman zog schnell den Stock mit dem Teig heraus. Der Teig war aufgegangen und wand sich wie eine Schlange um den Spieß.

»Das ist ein alter Trick!« rief Howie.

Keiner beachtete ihn. Sie hatten mit eigenen Augen gesehen, wie der Kopf aus dem Ei gekommen war. Roman streifte den Teig von dem Stock und gab ihn Hillary.

»Essen Sie davon! Es ist Fledermausblut darin. Die Fledermaus ist das reinste aller Flugtiere, weil sie ihre Jungen säugt. Sie müssen Ihr eigenes Kind beschützen.«

Wie betäubt nahm Hillary den Teigklumpen und biß ein Stück ab. Sie kaute und schluckte und biß noch einmal ab.

»Und jetzt, Howie, sind Sie an der Reihe«, sagte Roman. »Sie haben . . .«

Wäre es heller gewesen, hätte er es vielleicht kommen sehen. So aber, beim Licht des Feuers, nahm er nur einen farbigen Blitz wahr, der ihn an den aufgeschreckten Kardinalsvogel erinnerte, und dann einen stechenden Schmerz, der sich von der Schläfe über das Gesicht und über den ganzen Körper verbreitete.

Ein lauter Aufschrei und das Gefühl, daß man sich mit seinem Körper zu schaffen machte, brachte ihn fast zu sich. Aber als er schließlich erwachte, drang nur ein schmerzliches Schluchzen durch den Nebel zu ihm durch. Das erste, was er sah, war der Mond. Nach seinem Stand durch die Blätter urteilte Roman, daß er zehn oder fünfzehn Minuten bewußtlos gewesen war. Er spürte ein wildes Hämmern an seiner Schläfe. Was ihm jedoch größeren Kummer bereitete, war, daß er seine Hände nicht bewegen konnte. Sie waren an seiner Seite festgebunden. Außerdem war da noch etwas, an das er gefesselt war. Es war kein Baum; denn wenn er sich bewegte, bewegte es sich mit. Dann fühlte er rauhes Haar an seinen Händen, und ein scharfer Tiergeruch drang in seine Nase. Er blickte zu der Stelle, wo der schwarze Bock angebunden gewesen war: Er war nicht mehr da, und nun wußte er, er brauchte nicht länger zu suchen. Das Tier war an seinen Rücken gefesselt, und es war tot; das erkannte er an der Art, wie es schlaff den Bewegungen seines Körpers folgte.

»Er ist wach«, sagte Gerry.

Sie saßen noch alle um das Feuer herum, aber Hillarys Gesicht sagte ihm, daß sie in Gedanken weit weg war. Rosalind vergoß bittere Tränen auf das Halsband des Ziegenbocks. Alle sahen sehr verängstigt aus, nur Howie nicht. Er stand da, und aus einer seiner Taschen baumelte ein rotes Tuch, dessen Ende mit einem kleinen Gegenstand beschwert war.

»So was von sensibel!« stöhnte Roman. »Als ob Sie noch nie einen Teufelskopf gesehen hätten.«

Howies Lächeln war diesmal anders als sonst: Eine Sekunde lang verzog sich sein schönes Gesicht um den

Mund herum. Roman wälzte sich auf die Seite, bis er genügend Hebelkraft fand, sich aufzurichten. Eine klebrige Flüssigkeit rann ihm den Nacken hinunter.

»Geheimnisse, hatte ich gesagt, echte Geheimnisse! Schluß jetzt mit dem läppischen *bajour*-Zeug!« Howie stand zwischen Roman und dem Feuer. Seine Silhouette versperrte Roman die Sicht auf die Gegenstände, die seltsame Schatten auf den Boden warfen.

»Und um mir das zu sagen, mußten Sie den armen Bock töten?«

»Das gehört mit dazu. Genau wie dies hier. Erkennst du's wieder?« Howie nahm den kleinen Gegenstand aus der Tasche.

»Das hat Nanoosh gehört.«

»Richtig!« Er hielt es hoch, damit es die anderen sehen konnten. Es war eine kleine Heiligenstatue, wie man sie für das Armaturenbrett oder als Schlüsselanhänger findet. Sie unterscheidet sich nicht von Millionen anderer, nur daß sie schwarz war. »Seine *Develeskie Gueri*, stimmt's?«

»Die Schwarze Madonna«, sagte Roman. Er versuchte, seine Hände aus den Fesseln zu winden, aber es war vergeblich.

»Welche Religion, Kaliban? Christlich?« Seine Stimme dröhnte durch die Dunkelheit. »Heißt sie nicht Kali?«

»Es gibt eine Schutzpatronin der Zigeuner, die unter dem Namen *la Kali* bekannt ist, ja«, sagte Roman. »Einmal im Jahr findet eine Pilgerfahrt zu ihr nach Frankreich statt.«

»Ja, nach Saintes-Maries-de-la-Mer. Kalis, Schwarze Madonnen, gibt es in Polen, Portugal, in Chartres, in der Tschechoslowakei, überall, wo es Zigeuner gibt. In all den Städten, die sie durchwandert haben – Kalkutta, Karak, Karachi, Caracula. Stimmt es nicht, daß die Zigeuner sich selbst nicht nur Roma, sondern auch Kalo nennen? Stimmt es nicht, Kaliban?«

»Würde jemand vielleicht die Freundlichkeit haben, mir zu erklären, wovon Howie da redet?« fragte Roman.

»Was sind das überhaupt für Menschen, die Zigeuner?« fuhr Howie fort. »Drawidische Stämme, die vor den Ariern in Indien ansässig waren. Später wurden sie ein Volk von Nomaden, Unberührbare, T'Hagi, Räuber, Plünderer, Diebe, Betrüger. Und sie geben vor, diese Kali zu verehren« – er schüttelte die kleine Plastikfigur –, »dabei habe ich die echte Kali hier.«

Er langte mit der Hand hinter sich und brachte eine etwa sechzig Zentimeter hohe Statue zum Vorschein, die er vor Roman auf den Boden stellte. Es war ebenfalls eine Schwarze Madonna, aber in einer grotesken Darstellung. Ihre Brüste hingen unter einer grünen Halskette aus Skeletten und Schädeln schlaff herab. Um die Hüfte trug sie einen Gürtel aus verstümmelten Händen. Zwei ihrer zahlreichen Arme hielten einen Dämonenkopf und ein breites Schwert empor. Ihre Zähne standen wie Fangzähne vor, und auf ihrer Stirn prangte ein drittes Auge. Am auffälligsten jedoch war ihre Zunge, die noch von dem Blut des Bockes glänzte.

»Kali!« sagte Howie. »Gemahlin des Schiwa. Ihr Blutdurst erwuchs aus ihrem Kampf mit dem Dämonen Raktavira, der mit einer besonderen Gabe ausgestattet war: Jeder Tropfen seines Blutes, der den Boden berührte, brachte einen neuen Dämon hervor. Sie besiegte ihn, indem sie sein ausströmendes Blut trank, und daher rührte ihr unstillbarer Blutdurst und das Blutopfer, das den Tod eines schwarzen Bockes und eines Mannes erforderte.«

»Das sind doch nur die alten Geschichten von Kali und ihren T'Hagi«, sagte Roman. »Die Briten haben schon vor hundert Jahren in Indien mit ihnen aufgeräumt. Es gibt keine Menschenopfer mehr, keine umherziehenden Männer mit Würgetüchern oder Henkersschwertern.«

»So? Und was ist mit dir und dem Bock auf deinem Rücken? Und was ist das hier?« Er zog das Tuch aus der Tasche und warf es beiseite. »Und das hier?« Er holte hinter seinem Rücken einen anderen Gegenstand hervor, der bislang nur als Schatten auf dem Boden zu erkennen gewesen war – ein kurzes, gekrümmtes Schwert. Er steckte es mit der Spitze neben der Statue in den Boden. Das Flackern des Feuers spiegelte sich in dem spiralförmig aus Silber und Bronze gearbeiteten Griff.

»Das ist ein indisches Henkersschwert, vermutlich aus dem vergangenen Jahrhundert«, sagte Roman in einem Ton, als begutachte er einen antiken Queen-Anne-Stuhl. »Man nannte es *bhotanie,* weil es aus der Stadt Bhotan stammt. Zuweilen hieß es aber auch *bhowani*. Oder Kali. Oder Schwarze Mutter. Es gibt kleinere Exemplare in Trödlerläden überall in New York, aber ein echtes findet man nur selten. Woher haben Sie's?«

»Aus Thailand, während meiner Army-Zeit. Damals fing ich an, mich für Kali zu interessieren. Und für dich.«

»Für mich?«

»Mit dieser Statue wollten wir der dummen Gans aus der Bibliothek einen gehörigen Schrecken einjagen. Aber mir war natürlich klar, daß es damit nicht getan war. Ich wußte auch, daß alles für mich zum besten stand, als die Polypen mir Nanooshs Kali aushändigten. Die haben geglaubt, es gehört Buddy Locher.« Er trat hinter die Statue und das Schwert zurück und gestikulierte wild mit den Armen. »Aber dann mußte uns ausgerechnet ein Zigeuner in die Quere kommen. Das konnten wir unmöglich zulassen. Also mußten wir Jagd auf diesen Zigeuner machen – wir und Kali.«

»Interessant«, sagte Roman. »Eine interessante Theorie, an der allerdings nur eine oder zwei Tatsachen stimmen.«

Howie lachte. »In deiner Position würde ich nicht über Theorien reden, Kaliban.«

»Warum nicht, Howie? Sie haben vorhin selbst gesagt, daß wir Zigeuner Kali schon seit Jahrtausenden verehren. Was also ist Ihr Wissen im Vergleich zu meinem? Kennen Sie die Namen des Bösen – Mot, Beelzebub, Luzifer, Baal, Seth, Leviathan? Oder die Namen Kalis: Parvati, Uma, Gauri, Ambika, Durga, Chamundi, Minakshi, Devi?« Er sah die anderen an. »Ist sein Wissen wirklich so groß, daß Ihr Bruder für ihn zum Mörder werden muß, Isabelle?«

»Er will nur seinen Kopf aus der Schlinge ziehen«, sagte Howie.

»Er gibt zu, daß ich die Wahrheit gesagt habe. Daß Kali die Göttin der Vernichtung ist, die Klauenhand, die Blutdürstige. Dies ist ihr Schwert, und das« – seine Hand langte mit ausgestreckten Fingern nach der Statue – »ist ihr Gesicht.«

»Und das ist nur eine ihrer vielen Seiten wie bei jedem Gott. Wer sie seit Jahrtausenden kennt, der weiß, daß sie alle Farben annehmen kann. In der Nacht ist der Himmel schwarz, aber wenn unsere Augen gut genug wären, könnten wir die verschiedenen Lichter von Millionen Sternen sehen. Der Tod ist ein Teil von Kali, weil er ein Teil des Lebens ist. War das das große Geheimnis, Howie? Ich an Ihrer Stelle würde meine Lesekarte in der Bibliothek verlängern lassen.«

Howies Augen zogen sich zu schmalen dunklen

Schlitzen zusammen, und seine Finger tasteten den Griff des Schwertes ab. Er bekam sich wieder in die Gewalt und ließ die Hand sinken.

»Fast hätte ich vergessen, daß du gefesselt bist, Kaliban«, sagte er mit heiserer Stimme.

»Ein Verehrer von Kali, aber er hat Angst, mich zu töten. Warum wohl?«

Gerry stöhnte gequält auf und sah zu Howie hinüber. Rosalind stierte wie fasziniert auf das kurze Schwert. Roman sprach zu ihnen, als wolle er mit seiner Stimme und seinen Augen das Bild von dem zerschlagenen Mann mit einem toten Bock auf dem Rükken übertünchen.

»Es war sicher eine Überraschung für euch, als Howie die arme Judy umbrachte. An ihren Armen fanden sich keinerlei Spuren. Ich weiß also, daß ihr ihm nicht geholfen habt. Das Dumme ist nur, daß ihr es mit eigenen Augen gesehen habt. Und jetzt braucht er euch, um einen weiteren Mord zu begehen. Dann nämlich seid ihr keine Zeugen mehr, dann seid ihr auch Mörder. Darum hat er sich seine Theorie zusammengezimmert.« Die Flammen spiegelten sich in dem Schweiß, der ihm über das Gesicht rann. »Ich nehme an, daß diesmal Gerry der Mann der Stunde ist. Als nächste dürfte Isabelle an der Reihe sein und ein paarmal zuschlagen müssen. Dann Rosalind und zum Schluß Hillary. Und dann werdet ihr alle mit vereinten Kräften die kläglichen Überreste in den See werfen. Wäre ich nicht hier aufgetaucht, dann säße jetzt irgendein hoffnungsvoller Teilnehmer des Festivals an meinem Platz. Das wäre erst ein Spaß geworden.«

»Nicht jeder von uns kann die Zukunft voraussagen«, sagte Hillary, ihr langes Schweigen unterbrechend.

»Aber jeder von uns kann seine eigene Zukunft gestalten. Jeder – außer Howie. *Te aves yertime mander, te yertil tut o Kali.* Howie hat keine Zukunft.«

»Du drohst mir, Kaliban?« sagte Howie verwirrt.

»Ich nicht – sie.«

Howie folgte der Richtung seines Kopfnickens zu der Statue.

Dann fuhr Roman, ohne jeden boshaften Unterton, fort: »In ihrer unendlichen Weisheit vernichtet sie alles, was unnütz ist oder was die vom Schicksal vorausbestimmte Zeit gelebt hat.«

»Hier gibt es nur einen, der die vom Schicksal vorausbestimmte Zeit gelebt hat«, sagte Howie. Er riß das Schwert aus dem Boden und warf die kleine Plastikfigur ins Feuer. Sie quoll auf, verlor ihre Form und verbreitete einen bitteren Geruch, Howie sah befriedigt zu und ging am Feuer vorbei zu den anderen.

»Jetzt?« fragte Gerry.

»Wir verzichten auf alles Zeremonielle.« Howie schob ihm den Griff des Schwertes zu. »Hier!« Er drückte es ihm in die Finger.

»Was ist denn schon dabei?! Ein Schlag genügt.«

»Ich glaube, ich kann nicht«, sagte Gerry. Er schien körperliche Schmerzen zu leiden.

»Steh auf, verdammt noch mal! Du brauchst ja nicht mal hinzusehen. Du holst nur aus, und ich halte ihn fest. Steh schon auf!« Er packte Gerry und zog ihn auf die Beine.

Gerry warf Howie einen verschreckten Blick zu, und seine Knie gaben nach. Er ließ das Schwert aus der Hand fallen, während er zusammengerollt zu Boden sank.

»Du Waschlappen! Steh auf, oder du machst als erster mit dem Schwert Bekanntschaft!« Howies Wut brach sich Bahn und entstellte sein bleiches Gesicht. Hillary sah es; es war das Gesicht aus dem Ei.

»Ich kann nicht«, stöhnte Gerry.

»Es stimmt, was er sagt«, erklärte Roman.

Howies Kopf fuhr herum. »Noch so ein Trick?«

»Gift. Auch eine uralte Zigeunergabe, wenn ich daran erinnern darf. Pilze, die ich auf unserem kleinen Streifzug durch die Insel gefunden habe. Ich habe sie ihrer Suppe beigemischt. Es wird ihnen allen so ergehen wie Gerry, wenn sie versuchen aufzustehen. Wenn sie sich still verhalten, dauert es etwas länger, aber keiner wird verschont bleiben. Sie müssen so schnell wie möglich zu einem Arzt.«

Isabelle stand auf. Sie machte nur einen Schritt und brach dann zusammen, die Hände über dem Bauch. Sie wollte Roman verfluchen, aber auch das gelang ihr nicht mehr. Howie zerrte Rosalind mit einer Hand vom Boden hoch. Er zwang ihr das Schwert in die Hand und schob sie zu Roman hin. Sie sackte neben dem Feuer zu Boden. Howie geiferte, lief wütend von einem zum anderen, trat sie mit dem Fuß und stieß wilde Drohungen aus. Schließlich gab er es auf und blieb mit wutverzerrtem Gesicht stehen.

»Ein Arzt«, sagte Roman noch einmal. »Sonst haben Sie bald noch drei Leichen auf dem Hals, die sie beiseite schaffen müssen. Und das dürfte sich als weitaus schwieriger erweisen.«

Howie zog Hillary auf die Füße. Ihr hatte Roman nichts von den Pilzen gegeben; sie konnte also nicht krank sein, zumindest nicht physisch.

»Dann tust du es eben!« schrie Howie ihr ins Gesicht. »Er weiß zuviel.«

»Hat es schon immer gewußt.« Sie weigerte sich, das Schwert zu nehmen und wandte sich den Gestalten am Boden zu. »Sie werden sterben.«

Ein tierisches Knurren entrang sich Howies Kehle. Er stieß sie von sich und hob eine der würgenden Gestalten vom Boden auf. Roman ließ ihn still gewähren. Howie würde sie zum Boot hinunterbringen. Er würde sie zwar nicht hinüberrudern, aber immerhin würde er das Lager für ein paar Minuten verlassen. Auch mit dem Tierkadaver auf dem Rücken mußte das zur Flucht genügen.

Howie sah prüfend zu ihm hinüber, um seine Gedanken zu erraten.

»Es sieht ganz danach aus, als ob ich wieder mal alles allein tun muß. Aber wenn ich mit euch fertig bin, werdet ihr aussehen wie siamesische Zwillinge, du und der Bock.« Mit einer Hand hielt er Rosalind, mit der anderen hob er die Statue auf. »Und falls du Gesellschaft brauchst während meiner Abwesenheit ... hier ist deine verfluchte Kali, Kaliban.«

Er warf die schwere Figur mit verblüffender Leichtigkeit. Roman versuchte sich abzudrehen, um den Aufprall mit dem Bock abzufangen, aber es gelang ihm nicht. Die Statue traf ihn in die Rippen. Er taumelte und fiel vornüber, der tote Bock obenauf. Aus dem Augenwinkel sah Roman den Mond, vom Laub der Bäume grausam zerschnitten. Die volle Scheibe begann, kleiner zu werden, immer kleiner. Seine Lungen hatten keine Luft mehr, und atmen konnte er nicht. Vollmond bedeutete Glück, dessen war er sich ganz sicher.

Andererseits, dachte er, während der Mond verschwand, gab es immer wieder Ausnahmen.

22

»Haben Sie sie wirklich vergiftet?«

»Es reicht für einen ordentlichen Magenkrampf.«

Hillary hatte ihn auf die Seite gewälzt, um das Gewicht des Bocks von ihm zu nehmen. Endlich kam wieder Luft in seine Lungen.

Hillarys Gesicht war ebenso weit weg wie der Mond.

»Wo sind die anderen?« Er keuchte so heftig, daß sie ihn kaum verstehen konnte.

»Wir haben sie zum Boot gebracht. Ich bin zurückgelaufen, während Howie noch mit ihnen beschäftigt war.«

Er starrte blind zu ihr auf, denn außer dem Feuer und dem Mond war alles um ihn dunkel.

»Bitte, töten Sie Howie nicht!« flehte sie ihn an. »Das müssen Sie mir versprechen! Ich liebe ihn noch immer.«

»Ich . . . Howie töten? Ich . . .« Es war geradezu grotesk: Da stand sie über ihm, einem halbblinden Mann, der mit einem toten Bock auf dem Rücken nahezu hilflos am Boden lag, und flehte ihn um Gnade an. Seine Rippen schmerzten von lautlosem Lachen.

»Kommt er zurück?«

»Sofort. Aber Sie müssen mir versprechen, daß Sie ihm nichts antun, wie Sie es mit den anderen gemacht haben.«

»Aber ich mußte sie aus dem Weg schaffen. Um ihnen die Qual der Wahl zu ersparen . . .« Er hatte Mühe, seine Zunge in der Gewalt zu halten. Er durfte Hillary nicht verlieren. Sie mußte bei ihm bleiben.

»Versprechen Sie's?«

Versprechen? Wem hatte er nicht schon Versprechungen machen müssen! Als ob er die Macht über den Gang des Schicksals besäße, er, der mit seinem Wort an

Dany und an Celie gebunden war und mit seinem Körper an diesen bedauernswerten Bock, den das Schicksal nur um wenige Minuten früher ereilt hatte als ihn selbst. Er bezwang den Schmerz an seinen Rippen und seiner Schläfe und erhob sich schwankend auf die Knie. Die Hufe des Bocks pendelten, schlaff wie ein Dudelsack, zu den Seiten aus. Mit jeder seiner Bewegung senkte sich der Kadaver in eine andere Richtung und drohte, ihn mitzuziehen.

»Helfen Sie mir, Hillary, um Gottes willen!«

Sie sah ihn verständnislos an.

Er fluchte und wiederholte seine Bitte. »Ich verspreche es Ihnen«, setzte er hinzu.

Selbst in gebückter Haltung, auf Hillary gestützt, war ihm schwindlig. Jetzt unterschied ihn wirklich nichts mehr von Kaliban. Er war halb Mensch, halb Tier. Er spreizte vorsichtig die Beine, jeden Moment gewärtig, daß sie ihn im Stich lassen würden.

»Binden Sie mich los!«

Es war, als ob sie erst jetzt seine mißliche Lage bemerken würde. Fast zog es ihn zu Boden, als sie sich an den Stricken zu schaffen machte.

»Würde das Schwert helfen?« fragte sie.

»Das Schwert?« Er hätte nie daran gedacht, daß Howie das *bhowani* bei ihm zurücklassen würde. »Natürlich. Wo ist es?«

»Auf der anderen Seite des Feuers.« Es lag – kaum zu übersehen – nur wenige Schritte entfernt und reflektierte das Feuer wie ein halbmondförmiger Spiegel.

»Schnell, holen Sie es!«

Hillary zögerte leicht verwirrt. Wie war es möglich, daß er es nicht gesehen hatte? Im selben Moment hörte er Howie zurückkommen – das heißt, es war nicht Howie, was er hörte, denn Howie bewegte sich vollkommen geräuschlos, sondern die unnatürliche Stille, die jedem Raubtier vorauseilt. Die Zikaden verstummten als letzte, und als es soweit war, zog Roman Hillary zurück.

»Schon gut! Nehmen Sie mich an der Hand, und dann schnell in den Wald!« flüsterte er.

Sie faßte seine braune Hand und führte ihn gehorsam vom Feuer weg in den Wald. Hier, zwischen den Bäumen, war er vollends blind. Schon nach wenigen Schritten – Hillary konnte das Lager noch überblicken – kniete Roman plötzlich nieder und zog Hillary zu sich hinab.

Howie stand am Rand der Lagerstätte, direkt ihnen gegenüber. Er stand so bewegungslos da, daß man glauben konnte, er hätte schon immer an dieser Stelle gestanden. Dann ging er, ohne jede Eile, mit langen Schritten, zum Feuer und warf einen Blick in die Runde. Er sah das Schwert. Seine Augen suchten noch einmal das ganze Lager ab, und er bemerkte, daß weder der Bock noch die Fesseln zurückgeblieben waren. Er hob das Schwert vom Boden auf und lachte – so laut, daß Roman ihn unmittelbar vor sich glaubte. Hillary beobachtete die Szene wie ein Rehkitz aus dem Gras.

»Ich weiß, daß ihr mich hören könnt«, rief Howie. »Ihr könnt noch nicht weit sein. Ihr seid so Hals über Kopf davongerannt, daß ihr sogar das Schwert vergessen habt. Das aber hättet ihr schon mitnehmen müssen. So habt ihr keine Chance. Hillary, du hast einen bösen Fehler gemacht. Oder hast du etwa geglaubt, ich werde deinen Verrat hinnehmen? Täusche dich nicht! Aber egal ... zwei sind immerhin leichter zu finden als einer. Oder sollte ich sagen – drei?« Wieder lachte er. »Könnt ihr mich sehen? Ich wette, ja.« Er drehte sich blitzschnell ein paarmal herum. Dann wurde er wieder ruhiger. »He, Antiquitätenhändler, hast du noch mehr Tricks auf Lager, oder sind sie dir ausgegangen? Zufrieden mit dem Fledermausauge? Klappt es? Vielleicht ein paar Worte in Romani? Nein?«

Hillary begann zu schluchzen. Romans Finger spannten sich um ihren Arm, bis sie schmerzten.

»Nun gut, mir soll's recht sein. Bleibt nur in eurem Versteck! Aber ihr wollt doch sicher sehen, was euch bevorsteht.« Er kam, am Feuer vorbei, auf sie zu. Einen Moment lang glaubte Hillary, er müsse sie gesehen haben. Aber er bückte sich nur, um die Statuette aufzuheben, mit der er zum Feuer zurückging. »Schau gut zu, Zigeuner! Du auch, Hillary! Genau das werde ich mit euch machen!«

Er hielt die Statuette mit ausgestreckter Hand von sich und hieb das Schwert hinein. Die Figur war aus Hartholz, aber die Klinge versank zwei Finger tief in Kalis Halskette und Brust. Er zog das Schwert heraus und warf die Figur auf den Boden. Dann schlug er auf den Kopf ein, die Fangzähne und die Zunge fielen ab, die Figur rollte auf den Rücken, und Howie attackierte den Hals. Mit jedem Hieb steigerte sich seine Wut, und als die Figur über und über von klaffenden Rissen bedeckt war, tropfte ihm der Schweiß vom Gesicht. Er gab sich erst zufrieden, als nichts Erkennbares mehr von der Figur übriggeblieben war, keine Hände, Brüste, Beine. Dann stand er auf, ließ erschöpft die Hände hängen, das Gesicht kalkweiß, und starrte auf sein Opfer hinab. Er hob den abgetrennten Kopf auf.

»Was macht er jetzt?« flüsterte Roman.

»Er hat den Kopf ins Feuer geworfen und schlägt immer noch darauf ein«, sagte Hillary. Ihre Stimme klang wie die eines fünfjährigen Kindes aus einem entfernten Raum.

Howie hieb drauflos, bis der Kopf im Feuer nicht mehr zu erkennen war, und danach schlug er weiter auf die Flammen ein, erdrückte mit der breiten Klinge des Schwertes die Glut, bis nur noch vereinzelte Flämmchen aufzüngelten, und auch die erstickte er eins nach dem andern. Seine Gestalt war verschmolzen mit der Dunkelheit der Nacht.

»Jetzt komme ich und hole euch!«

Sie kauerten so dicht am Boden, wie sie nur konnten. Roman preßte sein Ohr auf die Erde, aber er konnte keine Schritte hören. Eine kühle Brise glättete das Gras um sie herum und hob ihre Rücken hervor wie kleine Hügel.

Howie müßte sie jetzt erreicht haben, wenn er nicht in die falsche Richtung gelaufen war. Kein Schwert traf ihren Rücken. Das erste Insekt nahm sein Zirpen wieder auf. Roman ließ Hillarys Arm los. Daß seine Finger verkrampft und die Handfläche schweißnaß war, überraschte ihn nicht.

»Was machen wir jetzt?« fragte sie.

Seine Kenntnis von der Insel war unvollständig. Das Lager war auf der Ostseite; und das Gelände zwischen dem Lager und dem Ufer kannte er. Er kannte auch das Südufer und das Gebiet zwischen diesem und dem höchsten Punkt der Insel im Westen. Den Kiefernhain und den Wald bis zu der Hausruine hatten sie durchstreift, aber Howie hatte großen Wert darauf gelegt, sie über den Uferpfad zum Lager zurückzuführen. Der Wald in der Inselmitte, die Birkenhaine zum Sumpf hin, der Sumpf selbst und der größte Teil des Ufers von Osten nach Norden und weiter nach Westen waren unbekanntes Gelände.

»Wie gut kennen Sie die Insel, Hillary?«

»Nicht gut. Ich war in letzter Zeit tagsüber meist krank. Nachts ging's mir dann wieder besser.«

»Wart ihr auch unten in dem Sumpfgebiet?«

»Ja, zum Beerensuchen.« Allmählich kam wieder Klang in ihre Stimme. »Es ist ziemlich tief.«

»Wir müssen eine Stelle finden, wo wir uns ausruhen und die Last von meinem Rücken nehmen können. Wissen Sie keine, wo wir heute noch nicht gewesen sind?« Der Sumpf schied aus. Blind und ohne Hände durch den Sumpf zu stolpern hätte nur bedeutet, Howie die Arbeit abzunehmen.

»Nein. Wir sind die meiste Zeit im Lager geblieben. Nur Howie ist losgegangen und hat fürs Essen gesorgt.«

Roman schloß die Augen, um nachzudenken. Sie offenzuhalten und doch nichts zu sehen, war weit schlimmer. Lange konnten sie an dieser Stelle nicht bleiben, und wenn sie sich wieder auf den Weg machten, mußten sie sich über das Ziel im klaren sein. Jeder Schritt verursachte Geräusche. Logischerweise hätten sie dem Südufer zustreben müssen, aber dort würde ganz sicher Howie auf sie warten. Sie hatten keine Zeit zu verlieren, ebensowenig wie Howie, der sein Werk und seine Flucht schnell vollenden mußte.

»Kennen Sie den Polarstern, Hillary?«

»Natürlich.«

»Können Sie ihn sehen?«

Er spürte, wie sie sich von ihm wegwandte. »Ja, da ist er.«

Sie brachen auf, und Hillary folgte dem Stern, dessen Licht durch die Baumwipfel fiel. Sie führte Roman zuversichtlich an einem Hemdsärmel. Es war ihr noch immer nicht völlig ins Bewußtsein gedrungen, daß er nicht sehen konnte, und er wußte es. Von Zeit zu Zeit stieß der Bock gegen einen Baum und drohte, ihn von den Beinen zu reißen, aber der Boden war eben, und es gelang ihm, das Gleichgewicht zu halten. Nur einmal hörten sie Howie rufen. Es klang so weit entfernt, daß sie wieder Mut faßten.

Der Boden wurde rauher, und Romans Füße streiften über scharfe Felsen. Eine hohe Brennessel strich über sein Gesicht und hinterließ schmale rote Streifen. Vielleicht war Isadore inzwischen beim Festival; vielleicht hatte er sogar das Boot ankommen sehen. Roman verdrängte dieses Wunschdenken rasch wieder. Das quälende Schuldgefühl wegen des Tricks mit dem Ei ließ sich nicht so leicht beiseite schieben. Hillary wäre sicherer gewesen, wenn sie ihn gejagt hätte, statt mit ihm davonzulaufen. Aber nun war es zu spät. Er hatte sie getäuscht, und er war gezwungen, sie in dieser Täuschung zu belassen. Er hatte sie durch Lügen zum Handeln veranlaßt.

»Schauen Sie doch, ist das nicht schön«, sagte sie. Sie waren stehengeblieben. Er hörte das leise Plätschern der Wellen und die elektrisch verstärkte Musik von der anderen Seite des Sees.

»Sehen Sie da, den Kleinen Bär. Und das da drüben ist Kassiopeia«, sagte er.

Hillary sah nach oben. Wo Kassiopeia hätte sein müssen, war eine weiße Wolke. Sie nickte glücklich.

»Vielleicht finden wir einen scharfkantigen Stein.« Roman ließ sich in die Hocke hinabsinken und tat so, als suche er den Boden ab. Howie würde inzwischen das Südufer enttäuscht verlassen haben. Roman hatte das sichere Gefühl, er würde wieder normal atmen können, wenn er nur die Hände freibekäme. Der Mond tauchte einen Moment lang zwischen zwei Wolken auf, und Roman hatte für kurze Zeit den irrigen, aber erhebenden Eindruck, als könne er wieder sehen.

»Wie ist es hiermit?«

Roman ließ es sich in die Hand geben. Er fuhr mit dem Daumen über die Kante. Es war Glas.

»Großartig! Kommen Sie, schneiden Sie den Strick durch!«

Er beugte sich vornüber und bot ihren Händen den

gefesselten Bock dar. Die Stricke spannten sich über seiner Brust, als sie zu sägen begann. Es würde nicht lange dauern, und die Glasscherbe hätte die Fasern durchschnitten. Er lauschte dem Summen der Moskitos, die den Kadaver umschwärmten. Seine kurzen Nackenhaare richteten sich auf, und dann standen plötzlich alle Haare an seiner Wirbelsäule aufrecht.

»Hillary, sind dort im Wasser größere Felsen?« Sie bejahte seine Frage mit einer Seelenruhe, als sprächen sie über die Vorzüge einer Landschaft. »Wir müssen ins Wasser. Aber vermeiden Sie jedes laute Plätschern. Verstecken Sie sich hinter den Felsen!«

Sie drehte sich sofort zum Wasser um, ohne auf ihn zu warten. Er bekam gerade noch mit einer Hand ihren Gürtel zu fassen und folgte ihr. Das Wasser reichte ihm bis zu den Knien, dann bis zur Brust. Sein Gesicht kühlte sich ab. Der Wasserauftrieb machte es ihm einerseits leichter, die Last auf seinem Rücken zu tragen, andererseits machte er es ihm praktisch unmöglich, sich zu verstecken.

»Wie groß sind die Felsen?«

»Groß genug.«

Für weitere Argumente fehlte die Zeit. Der Grund des Sees fiel ab, und sie mußten wassertreten. Seine Hand löste sich von ihrem Gürtel . . . fand wieder Halt. Er stieß mit der Brust an einen Felsen, und er tastete sich vorsichtig daran entlang.

»So, da sind wir«, sagte sie.

Er bemühte sich nach Kräften, oben zu bleiben, aber immer wieder drückte der Bock, wie ein überdimensionaler Buckel, sein Gesicht unter Wasser. Er winkelte die Hände, so weit wie möglich, vom Körper ab und bekam einen Felsvorsprung zu fassen. Als sein Fuß schließlich einen anderen Vorsprung fand, schmiegte er sich so eng an den rauhen Felsen, als wolle er hineinkriechen. Hillary benahm sich so ruhig und gelassen wie eine Schlafwandlerin.

Zehn Minuten lang warteten sie im Wasser, und die Kälte drang immer tiefer in ihre Körper ein. Dann, ehe er Hillary auffordern konnte, wieder an Land zu gehen, löste sich eine weiße Birke im hellen Mondlicht aus der Reihe der anderen Bäume zum Strand hin. Er erkannte einen glitzernden Ast, als sich der Baum der Stelle näherte, an der Hillary die Fesseln hatte durchschneiden wollen. Die weiße Gestalt huschte hin und her, und Roman mußte erkennen, daß Hillary ihn nur etwa zwanzig bis dreißig Schritte weit ins Wasser geführt hatte. Ihm war der mühsame Weg zu den Felsen hinaus wie eine Meile erschienen, dabei hatten sie sich kaum von der Stelle bewegt.

Dann erinnerte er sich an die Beschaffenheit des Bodens – eine hauchdünne Schicht Sand über hartem Felsgestein. In einer etwas dickeren Sandschicht wären ihre Spuren zum Wasser hin unübersehbar gewesen. Die verschwommene Gestalt kam nie auf die Idee, sich dem Wasser zu nähern. Sie wandte sich ab, zog sich zurück und verschwand, lauernd vorgebeugt und den glitzernden Arm erhoben, wieder in den Bäumen.

Sie warteten noch einmal zehn Minuten, ehe sie zum Ufer gingen. Der Bock war doppelt so schwer wie vorher. Die Stricke waren strammer. Hillary schüttelte sich fröstelnd. Ihr Haar hing ihr tropfnaß über die Schultern, und ihr Hemd saß eng angepreßt über Brust und Bauch.

»Das war knapp. Ein Wunder, daß er uns nicht gesehen hat.«

»Uns? Sie brauchen sich doch nicht zu sorgen«, sagte Hillary. »Sie sind unsichtbar.« Es war nicht scherzhaft gemeint. Roman klapperte mit den Zähnen.

»Haben Sie die Glasscherbe noch? Er wird jetzt eine Weile nicht zurückkommen.«

»Tut mir leid, die ist im Wasser verlorengegangen.«

Der Bock ließ sich nicht bewegen, so heftig sie auch an ihm zerrte. Schließlich machten sie sich wieder auf den beschwerlichen Weg, hielten jedoch nach wenigen Schritten an, um die quietschnassen Schuhe auszuziehen. Sie band ihre Segeltuchschuhe sauber zusammen und hängte sie zum Trocknen um ihren Hals. Barfuß schlichen sie wieder in den Wald zurück – das Mädchen Hillary und an ihrem Arm etwas, das auf den ersten Blick wie ein hilfloses Lasttier aussah.

23

»Der Kleine Bär steht jetzt ungefähr eine Handbreit über den Bäumen«, sagte Hillary schläfrig.

»Gut. Nur noch drei Stunden, dann wird es hell«, sagte Roman.

»Kann ich noch etwas schlafen?«

»Nein, lieber nicht.«

Der Mond schien hell und beständig. Die Wolken hatten sich verzogen, und sie würden sich erst im Morgengrauen wieder einstellen. Roman und Hillary befanden sich am östlichen Rand des Kiefernhains an einer Stelle, von der aus sie die Wiese bis zum Wald in der Mitte der Insel überblicken konnten. Schon vor einer Stunde waren sie hier angekommen, und seitdem hatten sie Howie bei seinen Streifzügen weiter unterhalb beobachtet. Seine Rundgänge um die Insel verengten sich immer mehr zum Mittelpunkt der Anhöhe hin. Jede Runde war kürzer als die vorherige. Anfangs war er in Fünfzehn-Minuten-Abständen wiederaufgetaucht. Inzwischen waren die Abstände auf etwa fünf Minuten zusammengeschmolzen.

Roman beugte sich vor. Sie hatten den Strick über einen Aststumpf am Baum gehakt und so die Last auf seinem Rücken etwas erleichtert. Nie wieder waren sie so nahe daran gewesen, ihn von der Last zu befreien, wie unten am Strand, aber aufs Ganze gesehen hatten sie doch sehr viel Glück gehabt. Zweimal war Howie in Reichweite an ihnen vorbeigelaufen – einmal im Birkenhain, wo er plötzlich und unversehens wiederaufgetaucht war, und einmal in den Wäldern weiter unten. Howie war ein raffinierter Verfolger und Spurenleser. Geschrien hatte er nur in den ersten Stunden der Verfolgungsjagd, seitdem hatte er geduldig geschwiegen. Nach Hillarys Beschreibung blieb er jedesmal, wenn er vorbeikam, stehen und prüfte die Umgebung. Keine noch so leichte Veränderung an den Umrissen von Bäumen oder Sträuchern würde ihm entgangen sein.

Roman hatte ihn inzwischen durchschaut. Das makellose Weiß seines Anzugs hatte ihn zunächst getäuscht, genau wie die schwarze Farbe der Statuette die anderen verwirrt hatte. Howie war Priculics. Am Tage war Priculics ein schöner junger Mann. In der Nacht war er ein gewaltiger schwarzer Hund, der alles, was ihm in den Weg trat, tötete und verschlang. Priculics hatte Faust gejagt, und jetzt jagte er sie, die Zähne blekkend und auf allen vieren schleichend.

»Roman!«

Er schüttelte den Kopf. Er war eingeschlafen. Es war die ständige Anstrengung, etwas sehen zu wollen, obwohl seine Augen auch nahe Bäume nur als verwaschene Schemen wahrnahmen.

»Roman, es muß wunderbar sein, ein Zigeuner zu sein.«

»Warum?«

»Man braucht sich vor nichts zu fürchten. Ich habe

mich mein Leben lang gefürchtet. In Ihrer Nähe kann nichts passieren.«

»Pst!«

Die weiße Gestalt glitt in etwa zwanzig Schritt Entfernung vorbei. Sie bewegte sich jetzt schneller. Howies Geduld war arg strapaziert worden. Als er vorbei war, zogen sich Roman und Hillary zur nächsten Baumreihe zurück. Auf der Wiese wären sie zu leicht zu entdecken gewesen. Außerdem wollte Roman stets genau wissen, wo Howie sich gerade befand.

Das Suchgebiet konzentrierte sich um die Anhöhe. Auf der anderen Seite endete der Kiefernhain in einer Sackgasse, da nämlich, wo er steil zu den tiefer gelegenen Wäldern abfiel. Roman beschloß, sich nur noch ein weiteres Mal zur Anhöhe hin zurückzuziehen, danach würden sie dann den Weg zurück zum Ufer wagen müssen.

»Alles schläft«, sagte Hillary. Das gegenüberliegende Ufer war völlig dunkel; das junge Volk hatte sich zur Ruhe begeben. Roman fragte sich, ob Isadore wohl zwischen den Schläfern umherwanderte. »Es ist alles so friedlich – wie das Ende der Welt«, sagte sie. »Ich meine nicht Weltuntergang oder Zerstörung, wenn ich Ende der Welt sage. Ich meine es anders: So als ob ihre Welt dort drüben zu Ende wäre und wir hier draußen auf dieser Insel ganz allein lebten.«

»Finisterre.«

»Ja, so meine ich es. Wir könnten unsere eigenen Gesetze machen. Zum Beispiel, daß Gegenstände nicht mehr fallen, sondern steigen, und daß Wasser stromaufwärts fließt.« Sie kauerte sich, Wärme suchend, eng an Romans Knie. »Ist es dumm, das zu wünschen?«

»Jeder wünscht sich das.«

Sie wollte weiterreden, aber Roman legte ihr einen Finger über die Lippen. Der weiße Schemen kam wieder durch die Bäume, diesmal näher, als Roman erwartet hatte. Hillary hockte so dicht neben ihm, daß er hören konnte, wie sich ihr Herzschlag von einem ruhigen Rhythmus zu rasendem Tempo steigerte. Howie schaute zu ihnen hoch, versuchte, die Schatten unter den schützenden Zweigen zu durchdringen. Etwas Kleineres hüpfte wie ein Ball den Abhang hinunter. Es war ein Kaninchen. Als der größere weiße Fleck endlich weiterzog, unterdrückte Hillary ein erleichtertes Auflachen. Ihr Herzschlag normalisierte sich. Roman hätte gern seinen Arm um sie gelegt, wenn er nur gekonnt hätte. Sein Hemd war an den Ärmeln und auf der Brust rot verschmiert, wo die Stricke die Haut wundgescheuert hatten. Sie half ihm auf die Füße, und sie liefen zusammen zu der nächsten Kiefernreihe zurück. Sein Rücken und seine Beine waren steif von der verkrampften Haltung, und er folgte ihr mit schwerfälligen Schritten.

Hillary war kaum unter den Zweigen ihres neuen Verstecks verschwunden, als sie plötzlich aufschrie. Ihr Schrei durchdrang die Nacht wie das Platzen eines Luftballons. Roman warf sich neben sie zu Boden. Die Sägezähne einer Falle hatten sich um ihren Fuß geschlossen. Roman erinnerte sich, was sie über Howie gesagt hatte; daß er die anderen im Lager zu lassen pflegte und allein auf Nahrungssuche gegangen war. So also war das: Er hatte Fallen aufgestellt und sie regelmäßig kontrolliert. Hillary hatte noch Glück gehabt. Die Zähne hatten sich nur in ihre Schuhspitze gebohrt. Sie zog den Fuß heraus und ließ den Schuh in der Falle hängen.

»Tut mir leid«, sagte sie, vor Angst schluckend.

»Schon gut, aber wir müssen von hier verschwinden.«

Es war zu spät. Sie sahen Howie, kaum daß sie zwischen den Bäumen hervorgekrochen waren. Er kam mit Riesenschritten die Anhöhe heruntergelaufen. Als er sie erblickte, schwang er sein Schwert und stieß unartikulierte Laute aus. Er kam so leichtfüßig und ungehindert heran wie der Wind, sein triumphierendes Gesicht vom Mond hell erleuchtet. Roman und Hillary versuchten, bergab zu entkommen, aber Howie hatte sie eingeholt, noch ehe sie ihr letztes Versteck erreichten.

Natürlich war er zuerst bei Roman. Howie hieb das Schwert beidhändig auf seinen Rücken. Roman lief weiter, und noch zweimal bohrte sich Howies Klinge tief in ihr Ziel. Mit gesenktem Kopf stürzte Roman weiter, während jeder neue Schlag ihn fast von den Füßen zu reißen drohte. Einmal strich die halbmondförmige Sichel knapp über seinen Kopf hinweg und schnitt die Spitze eines Bockshorns glatt ab. Hillary humpelte mit nur einem Schuh weit voraus, den Berg hinauf. Roman fiel auf die Knie, erhob sich sofort wieder. Für einen kurzen Moment sah er Howies Gesicht. Es war nicht wiederzuerkennen. Die Augen traten weit hervor, die Lider waren kaum noch sichtbar, die Lippen strafften sich über den Zahnreihen. Roman sprang von einem Baum zum anderen. Howie trieb ihn mit spitzen Freudenschreien durch die steifen Äste, das Schwert blinkte wie Quecksilber vor Romans Augen. Immer wieder gaben Romans verkrampfte Beine nach und rutschten auf dem glatten Nadelteppich aus.

Als Howie zum letzten Schlag ausholte, warf sich Roman vor seine Füße. Howie hatte bereits Schwung geholt; der Schlag ging daneben und riß Howie mit sich. Er stürzte bäuchlings auf den Boden, glitt über den Nadelteppich und fand keinen Halt für seine Hände. Das Schwert wirbelte durch die Luft weiter, den halben Abhang hinunter, ehe es gegen einen Baum prallte und dort liegenblieb.

Roman sah der Gestalt nach, wie sie den Berg hinunter verschwand, um die Waffe wiederzuholen. Auch das Schwert sah er deutlich, sogar den Griff aus Silber und Bronze. Howie hob das Schwert auf und drehte sich nach oben um. Vergeblich suchte er mit den Augen den Abhang nach dem Zigeuner ab. Roman dagegen sah ihn sehr deutlich.

Roman stieg weiter zur Anhöhe hinauf. Als er oben ankam, hatte er seine Hände und Arme frei, und er trug den Bock wie einen Rucksack auf der Schulter. Wieder einmal lag die ganze Insel um ihn herum. Weit unten machte sich Howie verzweifelt an den Aufstieg.

»Sie leben!« Hillary trat verängstigt hinter einem Busch hervor; sie traute ihren Augen nicht. »Sie leben«, sagte sie, schon sicherer geworden. »Er hat Sie nicht töten können. Ich hab's gesehen.« Sie berührte zaghaft sein Gesicht.

Roman lud den Bock von seiner Schulter. Der Kadaver war fast in zwei Teile zerschnitten; eine ganze Seite war kreuz und quer von klaffenden Wunden durchzogen. Es blutete nur wenig, weil das Tier bereits tot war. Die Stricke, mit denen der Bock an Romans Rücken gefesselt war, waren an mehreren Stellen durchschnitten. Er rieb seine Arme, um die Blutzirkulation anzuregen.

»Au!« entfuhr es ihm, als er eine wunde Stelle massierte. Und als Hillary stutzte, fügte er erklärend hinzu: »Ich weiß, ich bin unverwundbar, aber auch ein Zigeuner ist zart besaitet. Howie wird bald hier sein. Gehen wir also lieber!«

»Wo wollen wir uns denn jetzt verstecken?«

»Damit ist es jetzt vorbei.«

Sie wollte fragen, wie er das meinte, aber er war bereits den Westabhang hinunter vorausgegangen. Auch jetzt trug er wieder seine groteske Last auf dem Rükken. Diesmal erwies sie sich kaum als hinderlich. Sie hatten die Schwerkraft zum Weggenossen, und sie rutschten auf dem Hosenboden über den raschelnden Nadelteppich. Er führte sie so sicher durch das dunkle Labyrinth, als wäre es heller Tag. Ein paarmal glaubte sie ein zufriedenes Lächeln auf seinem Gesicht zu sehen.

Die Rutschpartie endete abrupt, als sein starker Arm sie plötzlich packte und sie auf dem Rücken liegenblieb.

»Was ist?« Hillary richtete sich langsam auf und fand sich unmittelbar vor dem Rand einer steilen Felswand. Ihre Füße hingen frei über einem sechs oder sieben Meter tiefen, mit Bäumen und Sträuchern bewachsenen Abgrund.

»Dies ist ein Teil der Insel, den Sie noch nicht gesehen haben. Schluß jetzt mit dem Weglaufen! Wir warten auf Howie.«

»Sie meinen, wir sind in die Enge getrieben.«

»So endet es immer, wenn man wegläuft und sich verstecken will. Ich hätte Howie schon damals, im Hause Ihres Vaters, gegenübertreten sollen. Jetzt muß ich es tun, er kommt jeden Moment den Berg herunter.«

»Dabei scheinen Sie aber ganz guter Dinge zu sein.«

»Das erleichtert mir die Sache etwas. Sie sollten sich jetzt verstecken. Falls es schiefgeht, können Sie in Ihrem Versteck bleiben, bis er wieder gegangen ist.«

»Nein, ich muß zuschauen.« Sie schüttelte heftig den Kopf.

»Es könnte aber sein, daß er der Glücklichere von uns beiden ist.«

»Howie hat keine Chance. Das habe ich schon immer gewußt.« Der schmerzliche Ausdruck in ihren Augen sagte ihm, daß sie diesmal nicht auf die magischen Kräften der Zigeuner anspielen wollte. Ihre Worte bezogen sich auf etwas anderes, etwas, von dem er nur sehr wenig wußte und auch gar nicht mehr wissen wollte.

»Also gut!« Er nahm ihre Hand, und sie tasteten sich vorsichtig über den Granitvorsprung, den Kadaver hinter sich herziehend. Howie war zwar am Nachmittag nicht mit ihnen in dieser Gegend gewesen, aber möglicherweise kannte er das Felsmassiv. Die Spitze einer Platane streifte von unten ihre Füße, und die Kiefern in ihrem Rücken drohten, sie vornüberzustoßen. Schließlich erreichten sie die Stelle, an der sich die Felswand hinter ihnen erhob, und nach wenigen Schritten bog der Vorsprung, auf dem sie sich bewegten, ins leere Dunkel ab.

Kurz hinter der Biegung fand Roman den Rand der Senkgrube, in die Isabelle am Nachmittag fast hineingefallen wäre. Seine nackten Fußsohlen tasteten sich über die rauhe Fläche zwischen dem Loch und der Felswand. Die Stachelschweine – falls sie überhaupt zurückgekehrt waren – gaben keinen Laut.

Hillary faßte seine Hand, und er zog sie vorsichtig heran. Der Platz reichte kaum für beide aus, und sie mußte es sich in einer Nische der Wand so bequem wie möglich machen. Roman langte an ihr vorbei, um den Strick des Bocks zu fassen zu bekommen. Er zog den Kadaver behutsam zwischen ihren Füßen und dem Grubenrand zu sich.

»Was machen Sie jetzt?«

»Howie hat uns eine Falle gestellt. Jetzt stellen wir ihm eine.« Er fuhr mit der Hand über den Strick. Den Teil, der von den Schwerthieben in Stücke geschnitten worden war, hatte er oben auf der Höhe zurückgelassen. Aber auch das Stück, das er jetzt in der Hand hielt, war stark beschädigt. Für dieses eine Mal mußte es jedoch noch halten. Er legte eine Schlaufe um die Schultern des Bocks und gab Hillary das freie Ende des Stricks.

»Denken Sie an Ihr Versprechen, Roman!«

Es schien unsinnig, nach all den Versprechungen, die er bereits gebrochen hatte. Trotzdem sagte er: »Das tue ich ja die ganze Zeit.«

Seine Hände tasteten die Felswand ab, bis sie einen Halt fanden. Er kletterte an der Wand hinauf und bat Hillary um das Seil. Sie warf es ihm zu. Der Bock begann langsam zu steigen.

Er arbeitete rasch und mit einer inneren Begeisterung, deren er sich fast schämte. Er wählte einen kräftigen Ast als Galgen und wickelte den Strick zweimal herum. Das freie Ende des Stricks sicherte er am Stamm der Kiefer. Der Bock lag am Boden unter dem Ast und dem schlaffen Strick. Noch einmal untersuchte Roman den Ast auf Knorren und Stümpfe, dann schob er den Kadaver sanft über den Felsrand und ließ ihn an dem Strick langsam nach unten absinken, bis die Hufe eben in dem dunklen Schatten des Lochs verschwanden. In dieser Höhe sicherte er den Strick mit einem weiteren Knoten am Baumstamm. Er zog sein Hemd aus und benutzte es als Geräuschdämpfer beim Abbrechen kleinerer Äste und Zweige.

Hillary war einer Panik nahe. Es war ihr gelungen, den Bock aus ihren Gedanken zu verbannen, solange er auf Romans Rücken gewesen war. Nun, da das Tier dicht neben ihr hing, hatte es beinahe menschliche Formen angenommen. Sie war dankbar, als Roman ihr leise zuflüsterte, sie solle die abgebrochenen Zweige annehmen, die er ihr von oben herunterreichte. Danach dachte sie, er sei verschwunden, aber plötzlich stand er wieder neben ihr.

»Von alldem haben Sie mir nichts gesagt.«

»Wer eine Falle stellt, will etwas fangen, oder?« sagte

er. Er legte die Zweige über das Loch, so daß auch die freischwebenden Füße teilweise bedeckt waren.

Prüfend betrachtete er die Umrisse des Kadavers. Die Hinterbeine hingen nur noch sehr lose am Rumpf fest, aber diesen Mangel konnte Roman rasch beseitigen, indem er dem Tier sein Hemd überstreifte.

»Ich hatte gedacht . . .« Sie hielt den Atem an. Der Bock pendelte leicht hin und her und stieß an ihr Bein.

»Ich weiß. Sie brauchen sich jetzt nur ganz still zu verhalten. Als erster werde ich selbst durchkommen, und dann Howie. Sie haben nichts weiter zu tun. Hier!« Er zog etwas aus der Tasche und gab es ihr in die Hand. Ihre Finger fühlten sofort, was es war. »Das hilft.«

Roman brachte es nicht übers Herz, etwas zu sagen. Lügen gab es solche und solche, und wenn sie glaubte, das Fledermausauge würde ihr helfen, warum nicht? Er dämpfte das Pendeln des Tieres und warf einen letzten kritischen Blick auf sein Werk. Im Schatten der Kiefern war nichts weiter zu erkennen, als ein Körper, der sein Hemd trug.

»Vielen Dank, Roman. Ich weiß, was das für Sie bedeutet«, sagte Hillary. Aber Roman war schon nicht mehr da. Neben ihr wackelte der bekleidete Kadaver leicht in der Nachtbrise.

Der untergehende Mond wurde größer und dicker, die Luft frischer. Roman war auf dem Weg zur Bergkuppe. Howie konnte nicht weit sein. Sein Schwert war blutverschmiert, und auch er mußte glauben, daß sie nicht allzuweit gekommen sein konnten. Roman umkreiste die Kuppe einmal ganz, ehe er zum höchsten Punkt weiterstieg. Der von Osten aufgekommene Wind war hier oben besonders stark. Roman legte sich auf den Bauch und wartete ab. Lange würde es nicht dauern. Die Zeit wurde knapp für Howie.

Howie war besorgt. Auch aus der Entfernung war das zu erkennen. Er war jetzt an der Stelle, wo er sie zuvor eingeholt hatte, und lief mit offenem Mund keuchend hin und her. Roman wartete, bis der Wind leicht abflaute, dann begann er zu sprechen, gerade so laut, daß seine Stimme bergab zu hören war. »Hickory dikkory dock, die Ratte sucht den Bock . . .«

Howie blieb stehen und starrte zur Kuppe hinauf.

»Ekkeri akkery an . . .«

Howie stürmte den Berg hinauf. Roman ließ ihn bis auf fünfzig Schritte herankommen, dann zog er sich auf der anderen Seite rückwärts gehend zurück. Leichtfüßig schlüpfte er zwischen den Kiefernstämmen hindurch. Dann, noch in Sichtweite der Kuppe, hielt er an.

»Ekkeri akkery ukery an, fillisi follasi nakelas jan, ekkeri akkery ukery an.«

Howies Kopf tauchte über der Höhe auf, dann seine Schultern. Sein blondes Haar hing, mit Dornengestrüpp durchsetzt, wirr um seinen Kopf. Unter seinen Augen lagen dunkle Ringe. Das Schwert hielt er tief gesenkt. Während der langen Nacht war es doch wohl schwer geworden. Er spähte lauernd um sich.

»Hokkani hukkani dook . . .«

Howie sah ihn. In zwei Riesenschritten war die weiße Gestalt über die Höhe weg und raste blind den Abhang hinunter. Unbekümmert um Bäume und wild auf die herabhängenden Äste einschlagend, stürzte er in fast schnurgerader Linie seinem fliehenden Opfer nach.

Roman wich den Bäumen geschickt aus. Er hörte, wie Howie hinfiel und gegen einen Stamm prallte. Dann wieder das Geräusch laufender Füße. Er schlug einen Haken und war verschwunden. Das Geräusch hinter ihm brach ab. Er stellte Howies Geduld auf eine harte Probe, indem er ihn lange auf den nächsten Vers warten ließ.

»*. . . hokkani hukkani dook.*« Und schon raschelten die Füße wieder in den Kiefernnadeln.

Howie kam durch die Bäume gestürzt. Roman schlug einen Haken und rannte nach links. Howie stolperte, als er zu einem Schlag ausholte, aber sein Sturz brachte ihn näher an Roman heran. Auf dem Oberschenkel rutschend, suchte Roman wieder nach rechts zu entkommen. Neben seinem Kopf fiel ein Ast, sauber abgetrennt von Howies wütendem Hieb. Allmählich wurde das Schwert Howie zur Bürde. Roman gewann Abstand, erst einen Schritt, dann zwei, und Howies Schläge wurden immer wirkungsloser. Roman schwang sich um einen Baumstamm herum scharf nach rechts, und Howie fand keinen Halt am nächsten Baumstamm, weil er sich verzweifelt an sein Schwert klammerte, das er nicht verlieren wollte. Er stürzte der Länge nach zu Boden. Roman war von der Bildfläche verschwunden. Howie stand auf und lehnte sich an einen Baum. In dieser Gegend der Insel war er noch nie gewesen. Er machte einen vorsichtigen Schritt und klammerte sich sofort wieder an den Baum. Vor ihm lag ein schmaler Felsgrat und dahinter – nichts.

Roman stand mit dem Rücken zu der hohen Felswand auf dem schmalen Vorsprung. Er horchte, bis er sicher war, daß nichts von oben in den Abgrund gefallen war. Dann fing er wieder an: »*Hokkani hukkani dook . . .*«

Howies Kopf fuhr herum. Der Zigeuner war näher, als er zu hoffen gewagt hatte. Er hielt das Schwert in Hüfthöhe zum Schlag bereit und tastete sich auf dem Vorsprung behutsam vorwärts. Roman trat fünf Schritte zurück. Im Dunkeln knackte eine Kiefernnadel in der Richtung, aus der Howie kam.

»Avata ratti dosch.«

Wieder das Knacken einer Nadel. Howie legte immer weniger Sorgfalt auf Geräuschlosigkeit. Er sah die Wand, die den Felsvorsprung versperrte und jede Flucht durch die Kiefern unmöglich zu machen schien. Er zögerte, weil er nicht wußte, ob Roman diesen Fluchtweg dennoch gegangen war.

Roman kauerte an der Biegung. Im dunklen Schatten der Kiefern konnte er Howie selbst nicht sehen, wohl aber das ständige Aufblitzen der Schwertklinge.

»Cocalor dand, dand ha ran.«

Er zog sich hinter die Biegung zurück. Sein Körper streifte Hillary, als er sich zwischen ihr und dem Loch durchzwängte. Der Bock drehte sich an seiner Aufhängung fast unmerklich hin und her. Roman brachte ihn zu völliger Ruhe und nahm hinter dem Kadaver und den Zweigen zu dessen Füßen Aufstellung. Nur einmal schaute er zu Hillary hinüber. Ihre Augen waren weit aufgerissen und hatten den starren Glanz wie bei jemandem, der zu Tode gequält wird.

Die Silhouette des Felsgrats an der Biegung veränderte sich ständig und schob sich immer weiter ins Leere hinaus, als Howie herumkam. Er tastete sich langsam vorwärts, das Schwert vor sich haltend. Sein Fuß streifte vorsichtig über den Felsrand, und dann war er um die Ecke.

»Hokkani hukkani dook.«

Fast hätte Howie das Gleichgewicht verloren, als er die Stimme hörte und die schattenhafte Gestalt direkt vor sich sah. Ein schwaches Ausatmen, dann kam er näher, den Blick unverwandt auf das weiße Hemd gerichtet. Als er an der Nische, in der Hillary sich versteckt hatte, vorbeikam, hob er das glitzernde Schwert hoch über seinen Kopf.

»Tu's nicht«, schrie Hillary auf.

Howie stockte und fuhr herum. Sie sahen einander an, keine Handbreit trennte die beiden voneinander. Ein entsetzter Aufschrei von Hillary.

Roman sah, wie Howie auf der Seite zum Schlag ausholte, auf der Hillary nicht von der Felswand geschützt war. Roman selbst hatte keine Möglichkeit, über das Loch hinweg einzugreifen. Er versetzte dem Bock einen kräftigen Stoß. Der Bock pendelte jedoch so langsam auf Howie zu, daß dieser ihn herankommen sah. Er hatte genügend Zeit, zum Schlag auf den Bauch des toten Tieres anzusetzen. Die Klinge fraß sich durch die Eingeweide wie durch Butter. Die Wirbelsäule des Bocks war bereits mehrfach gebrochen. Die untere Hälfte des Kadavers löste sich und fiel durch die Zweige in das Loch. Howie schwankte, von der Wucht des eigenen Schlages mitgerissen, nach vorn. Sein Fuß glitt über den Grubenrand hinweg, und er umklammerte verzweifelt den pendelnden Tierkadaver. Es gelang ihm noch, sich zur Hälfte aus dem Loch herauszuziehen, aber dann wurde der Druck auf das bereits lädierte Seil doch zu groß; es riß. Howie und das Oberteil des Bocks verschwanden gemeinsam in der Grube. Zuallerletzt warf er noch das Schwert beiseite, um nicht auf ihm zu landen.

Zwei Stunden saßen sie auf dem schmalen Vorsprung und warteten. Während der ganzen Zeit drang kein Laut aus der Grube. Schließlich räumte die Dunkelheit am Himmel das Feld – es war wirklich eher ein sang- und klangloses Aufgeben der Nacht als ein siegreicher Einzug des Tages. Die Wälder weiter unten lagen noch in tiefem Schatten, als die Wipfel der hohen Kiefern sich der Dämmerung zuneigten. Roman ließ sich in das Loch hinab. Und er sah sofort, daß Howie sie noch lange hätte warten lassen.

Er lag am Boden der Grube, seine Arme umklammerten den Bock. Das Schwert lag harmlos daneben, zusammen mit den Hinterbeinen des Bocks, die es vor dem Sturz noch abgetrennt hatte. Howie rührte sich nicht, als Roman Hillary das Schwert hinaufreichte, er zuckte auch nicht, als Roman ihn auf den Rücken wälzte. Die letzte Überraschung stand in seinem Gesicht geschrieben. Roman drückte ihm die Augen zu und zog die Mundwinkel herab. Soviel hatte er nicht einmal für das Mädchen auf dem Aluminiumtisch tun können. Aber auch so sah Howie immer noch aus wie eine zerbrochene Gipsfigur, die trotz hoffnungsloser Beschädigung noch einmal notdürftig zusammengeflickt worden war. Roman wand den Bock aus seinen Armen. Auf seiner Brust blieben zwei schwammige Löcher zurück, wo sich die Hörner des Bockes hineingebohrt hatten. In den goldenen Augenschlitzen des Tieres fing sich das erste Licht des Tages, das über die Kiefernwipfel herabdrang.

»Howie hat sich geopfert«, sagte Hillary.

24

»Nur so kommt Sinn in die Sache«, sagte Isadore. »Er war scharf auf das Geld des Mädchens. Darum hat er ihrem alten Herrn den Mord anhängen wollen. Kommen Sie mir bloß nicht mit Ihrem Hokuspokus!«

Roman und Isadore waren auf dem Weg durch die Centre Street zum Polizeipräsidium. Sie kamen nur langsam voran. Bei jedem neuen Argument blieb Isadore stehen und bohrte seinen dicken Zeigefinger in Romans Arm. Die Passanten sahen sich schon um nach dem kleinen, rundlichen Polizisten und dem Mann mit dem Heftpflaster im dunklen Gesicht.

Roman schnippte mit den Fingern. »Von der Seite habe ich es noch gar nicht betrachtet.«

Isadore warf ihm einen seiner finsteren Blicke zu. »So? Dann beziehen Sie doch bitte auch gleich noch dies in Ihre Betrachtungen ein: Das einzige, was diese jungen Leute vor einem vernichtenden Gerichtsurteil bewahren kann, ist Ihre Aussage. Größeren Ärger können wir ihnen nur ersparen, wenn Sie uns keinen Ärger machen, Roman, zumindest bis nach dem Prozeß. Also keine schmutzigen Dinger mehr!« Sein Finger trommelte eine Tarantella auf Romans Schulter.

Roman konterte mit einer gepfiffenen Mazurka. Er bekam zwar Kopfschmerzen davon, aber wenigstens war er so vor weiteren Fragen sicher. Sie betraten das Präsidiumsgebäude und bestiegen einen Fahrstuhl.

»Ein schlechtes Zuhause, verkorkstes Familienleben«, lenkte Isadore ein. »So ist es doch immer. Hätten sie ein anständiges Zuhause gehabt, hätten sie doch all diesen Quatsch nicht geschluckt.« Diese psychologische Erklärung schien ihm ein akzeptabler Kompromiß zwischen Romans Dämonentheorie und dem üblichen ökonomisch-finanziellen Motiv. »Bleiben Sie mir um Gottes willen mit Ihren Märchen vom Teufel vom Leibe. Captain Frank schätzt es überhaupt nicht, wenn man ihm mit solchen Lösungen kommt.«

»Wie recht Sie haben!«

»Ich kann doch nicht sagen, daß ein Werwolf in Gestalt dieses Howie eine neue Welle von Menschenopfern kreieren wollte. Was glauben Sie, wie komisch das in den Akten aussehen würde?! Nein, mein Lieber, Sie müssen sich schon unserer Theorie anschließen, und die lautet: Howard Washington Hale, 32, als psychiatrischer Fall aus dem Marine Corps entlassen, schizoid, überdurchschnittlich intelligent, probierte eine ganz neue Masche aus, um zu Geld zu kommen. Okay?«

»Sie sind der Detektiv«, erwiderte Roman bescheiden, während er mit höflicher Geste Isadore den Vortritt in dessen eigenes Büro ließ.

»Das muß ich mir selbst dauernd vorsagen.«

Sie setzten sich, und Isadore schob Roman ein Bündel Papiere zum Unterschreiben hin. Roman las die Dokumente Wort für Wort durch. Isadores verstohlene Blicke wanderten zu den Männern an den anderen Schreibtischen hinüber. Er zog sein Jackett aus, säuberte seine Fingernägel, stocherte zwischen seinen Zähnen herum, aber Roman ließ sich Zeit. Isadore nahm schließlich sogar seinen Hut ab. Einige der anderen Beamten feixten schon hämisch zu ihm herüber.

»Nun unterschreiben Sie schon endlich diese gottverdammten Papiere!« zischte Isadore. »Sehen Sie nicht, wie Sie mich zum Hanswurst machen?! Sie stehen schließlich auf unserer Seite, wenn ich Sie nochmals daran erinnern darf.«

Bei amtlichen Papieren verstand Roman keinen Spaß. Er nahm seine Zigaretten heraus und schob sie Isadore über den Tisch zu. Der lehnte dankend ab und nahm statt dessen ein Kaugummistäbchen in den Mund. Dieser verdammte Zigeuner steckte bis oben hin voller Tricks.

Isadore meditierte über die Gesellschaft im allgemeinen und über das Verhältnis Vater/Sohn, Vater/Tochter und Zigeuner/Nichtzigeuner im besonderen. Das Merkwürdigste an dem ganzen Fall war, daß ausgerechnet dieser Sloan, Greys Kollege aus dem Antiquitätengewerbe, am besten weggekommen war: Verfahren eingestellt, Tochter unbelastet, lästige Freundin aus dem Weg, Versicherungsgeld in der Tasche.

»Dies hier ist nicht für mich«, sagte Roman.

Er reichte Isadore eines der Papiere über den Tisch. Es war ein Bericht aus Boston, und Isadore mußte sich fragen, ob seine Gedanken nicht doch durch einen Wink aus dem Bereich des Übernatürlichen auf Sloan gelenkt worden waren. Der Kunsthändler war vergiftet in seiner Werkstatt aufgefunden worden – Selbstmord, knapp eine Stunde nach seiner Freilassung. Der erste Bericht hob hervor, daß Mund und Rachen des Kunsthändlers mit Goldfarbe bedeckt waren. Von Romans Hand stand am Rand das Wort ›Orpiment‹.

»Was heißt das nun wieder?« fragte Isadore.

»Daß er selbst zu einer Antiquität geworden ist. Sie sehen, es gibt halt doch noch Leute, die an Magie glauben.«

Dann begann er, die Papiere zu unterschreiben. Isadore nahm den Bericht und begab sich zum Fernschreibraum – in der Hoffnung, daß inzwischen nicht noch mehr seltsame und unlogische Dinge passiert wären. Er drückte sich beide Daumen.